Sur son cheval blanc dans la nuit noire

Joël Carobolante

Sur son cheval blanc
dans la nuit noire

Photos de couverture : Pixabay

Édition : BoD · Books on Demand,
31 avenue Saint-Rémy, 57600 Forbach, bod@bod.fr
Impression : Libri Plureos GmbH, Friedensallee 273,
22763 Hamburg (Allemagne)

ISBN : 978-2-3225-7343-1
Dépôt légal : mars 2025

Voici mon secret. Il est très simple : on ne voit bien qu'avec le cœur. L'essentiel est invisible pour les yeux.

Antoine de Saint-Exupéry, *Le Petit Prince*

L'amour ne voit pas avec les yeux, mais avec l'âme.

William Shakespeare, *Le Songe d'une nuit d'été*

Table

I

Sur son cheval blanc

Demain, ce sera un jour spécial. Nous changerons de siècle, ce sera le 1er janvier 2101, et j'aurai 120 ans.

120 ans ! Eh oui ! Cela commence à faire ! Et puis, ce n'est pas donné à tout le monde de célébrer son anniversaire le premier jour de l'année, et d'avoir 120 ans pile poil quand un nouveau siècle commence ! Ni d'avoir vécu sur trois siècles ! (Bon, c'est vrai, pour le XXIIe siècle, ce n'est pas encore le cas, j'ai quelques heures à attendre, et je gage que je n'en profiterai pas très longtemps...)

120 ans : c'est passé si vite ! C'est simple : je n'ai pas vu le temps passer ! Enfin si, quand même ! Pour être honnête, avec l'âge, j'ai un peu ralenti le rythme, mes pas sont plus lents, peut-être parfois hésitants, mais j'ai gardé toute ma tête ! Et des tas de souvenirs à raconter ! Certes, à mon âge, pour faire ce livre, j'ai dû me faire aider par mon arrière-petite-fille afin de tout remettre en ordre dans ma pauvre tête. Bien sûr, je n'ai rien écrit, ni dicté, c'est la petite qui m'a posé tout un tas de questions – pire qu'un interrogatoire de police ! – et qui a tout mis en forme en essayant de donner à l'ensemble une forme cohérente. Je ne sais pas si elle a réussi – comment juger ? En tout cas, pour ma part, j'ai

essayé de répondre du mieux que j'ai pu à ses questions, mais aucune mémoire n'est infaillible, et il est bien connu que chacun se crée des faux souvenirs dès que l'on essaie de se remémorer ce qui nous a marqué. Avec cela, comment s'y retrouver ? On se rappelle mieux de ses souvenirs d'enfance que ceux qui sont venus après. Dans l'enfance, le temps passe moins vite, notre cerveau est encore frais et disponible, et il n'est pas très rempli ! Mais après, c'est beaucoup plus compliqué ! Heureusement je sais que la petite – elle n'aime pas que je l'appelle ainsi, après tout elle a bien entamé la quarantaine, mais c'est pour la taquiner –, la petite donc, qui s'appelle comme moi Céline (heureux hasard !) a pris la peine de tout vérifier pour voir si ce que je racontais était vraisemblable, sans vouloir me censurer pour autant. Mais le vrai est-il toujours vraisemblable ? Pas forcément ! Elle a aussi tenu à ce que ce livre reste le mien, écrit à la première personne du singulier. Merci donc, Céline ! (Je parle de Céline la petite , je ne me congratule pas moi-même, non ! Et c'est promis : à partir de maintenant, Céline la petite accepte de s'effacer devant ma modeste personne. Qu'elle en soit une fois de plus remerciée !)

120 ans ! Comment vous raconter tout cela ? Une vie remplie de joies et de drames, comme toute vie, mais sans doute plus encore que pour beaucoup de personnes. Une vie intense, assurément !

Comment commencer, oui ? Par le commencement ? Pourquoi pas ? Si vous m'avez bien lue, et si vous n'êtes pas trop mauvais en calcul, vous savez déjà que je suis née le 1er janvier 1981. Maintenant, vous venez de voir que j'écris au féminin : je suis née fille, et mes parents m'ont donc appelée Céline, un prénom resté longtemps à la mode, bien après une célèbre chanson des années soixante du XXe siècle.

J'ai vu le jour dans une clinique toulousaine, car mes parents habitaient non loin de là, au sud de la ville rose, à Portet-sur-Garonne, près du confluent entre l'Ariège et la Garonne. C'était la campagne près de la ville – encore mieux que la ville à la campagne ! Notre maison était située sur une hauteur, ce qui nous permettait par beau temps de voir les Pyrénées. C'était un spectacle majestueux, ces montagnes qui nous paraissaient si proches, peut-être à quelques heures de marche quand même, mais en tout cas à beaucoup moins d'une heure en voiture, alors qu'en réalité, elles restaient fort éloignées et inaccessibles à pied, contrairement à ce que je pensais dans ma petite tête d'enfant. Par contre, il en allait autrement de la zone de confluence. C'était là une autre merveille, un autre monde, parfois presque irréel, où l'on allait autant qu'il nous était possible. La nature y était reine. On pouvait y voir des oiseaux et des poissons dont je n'ai pas retenu les noms, ainsi que des grenouilles et des crapauds, des loutres aussi, mais le plus remarquable, c'était encore la végétation. La rencontre des deux cours d'eau, quelque peu différents, avait créé un endroit d'autant plus particulier qu'il avait aussi servi à l'exploitation de gravières. De nouvelles zones humides les avaient depuis remplacées, en plus de celles qui existaient déjà naturellement. La faune et la flore avaient su se les approprier sans trop de peine : la nature reprend toujours ses droits. Tout cela était donc d'une grande diversité. On pouvait ainsi voir sur le site des vasières et des roselières, et des arbres ayant le pied dans l'eau, comme noyés par un déluge qui ne laissait échapper aucun bruit. Et puis il y avait encore des îlots boisés, des bras morts et des plages et bancs de galets : c'était tout un monde qui avait des airs de paradis pour la petite fille que j'étais.

Devant ces eaux, je rêvais d'horizons lointains. Comme l'Ariège avait rejoint la Garonne, je me voyais rejoindre celle-ci, sur une barque sereine, pour me laisser glisser vers ses villes riveraines : Castelsarrasin au nom exotique, Agen et ses pruneaux, Marmande et ses tomates, Cadillac-sur-Garonne où je m'imaginais dans une voiture de luxe, et enfin Bordeaux et son port pour couronner le tout, avant que la Garonne ne prenne des airs d'Amazone en devenant Gironde pour se jeter dans l'immensité de l'océan Atlantique. Mais en fait d'océan, mes parents, eux, préféraient suivre un autre itinéraire et rejoindre la mer Méditerranée, plus proche, ou alors aller vers les Pyrénées, et cela me convenait aussi. Vers la mer, à Gruissan, il y avait les marais salants d'un rose étonnant, et les chalets sur pilotis : c'était magnifique. À la montagne, les sommets enneigés me ravissaient. Et puis, avec un peu de chance, voir des marmottes, des écureuils, des bouquetins ou des isards, c'était féerique ! Ou même de simples vaches, brebis ou chèvres, parfois au beau milieu de la route, sereines et sans-gêne !

Tout cela était bien différent de la ville ! Là, tout n'était qu'agitation : à Toulouse, la rue Alsace (qui s'appelait en fait la rue d'Alsace-Lorraine), bruissait de monde. Et puis il y avait les voitures et les bus, il fallait faire attention aux feux avant de traverser la chaussée ! Bien sûr, la ville était connue pour ses monuments, comme le Capitole, la basilique Saint-Sernin ou l'église des Jacobins et son couvent. Mais quand on est petit, tout cela n'est pas très intéressant. Et puis, mes parents se contentaient plutôt d'aller au centre commercial de Portet-sur-Garonne, le plus grand d'Europe.

Une autre ville qui a marqué mon enfance, c'était Muret, car nous habitions non loin de là. Bien plus petite que Toulouse, son intérêt était surtout d'être la ville d'un pionnier de l'aviation, l'ingénieur Clément Ader, inventeur de trois avions en forme de chauve-souris qui avaient frappé les esprits. Grâce à Clément Ader, et comme lui, je m'imaginais m'envoler quelques centimètres au-dessus du sol. En fait, j'ai appris plus tard que ses avions étaient instables et ne tenaient pas la route (si je puis dire), et qu'il n'est même pas sûr qu'Ader ait volé. Mais s'il l'a fait, il a été le premier, dès avant 1900 ! Il s'est sans doute bien élevé au-dessus du sol ! En tout cas, il a inventé le mot « avion » !

Mon père, lui, gardait les pieds sur terre. Enfin, à l'époque... Il se prénommait Patrick. C'était le facteur du coin. Ah ! Je dois préciser ce qu'était le facteur. Rien à voir avec les mathématiques : on parlait d'ailleurs aussi de préposé. C'était une personne qui distribuait le courrier dans chaque logement. Le courrier, c'était l'ensemble des écrits manuscrits d'autres personnes qui vous donnaient de leurs nouvelles, ou d'entreprises avec des devis et des factures. Des petits paquets d'objets divers pouvaient aussi en faire partie. Dans mon enfance, le facteur n'était déjà plus un personnage important, le téléphone et le minitel (un précurseur du micro-ordinateur) lui avaient beaucoup fait perdre de son importance, et surtout de son prestige. Mon père était aussi pêcheur et chasseur, et je n'aimais pas cela. J'aimais trop les animaux pour les voir mourir ainsi, et puis son long fusil me faisait peur.

Maman s'appelait Martine, comme la petite héroïne des albums éponymes. Je ne sais trop pourquoi, mais elle m'avait caché l'existence de cette autre Martine : peut-être parce que celle-ci n'était plus à la mode à l'époque, que ses albums étaient jugés rétrogrades et sexistes, ou alors Maman jugeait que ce n'était pas un bon modèle pour moi... ou au contraire que la petite fille était bien trop sage, ou Maman n'aimait pas la concurrence ! Il n'empêche : c'est grâce à une de mes amies que j'ai découvert cette Martine-là et lu tous les albums disponibles. Et j'ai adoré, aussi bien les histoires que les magnifiques dessins. Bien entendu, Maman l'a su, et elle a fini par m'acheter les albums que je voulais. Non, mais ! De toute façon, Maman était bien placée en matière de livres, car elle travaillait à la bibliothèque municipale.

Mon petit frère Sébastien était né deux ans après moi, en 1983 – mais pas le 1er janvier comme moi, non ! Juste un jour ordinaire ! Il était plutôt calme et gentil, même s'il m'appelait sa petite chipie pour me taquiner. Il faut dire que j'étais sans doute plus dégourdie que lui, un vrai garçon manqué, comme on disait à l'époque. Et pourtant, on disait que c'était lui, le garçon « réussi ». Je ne dis pas cela pour me vanter, surtout quand on sait tout ce qui a suivi...

Aussi loin que je me souvienne, mes parents se disputaient souvent, sur n'importe quoi. Il y avait beaucoup de cris. C'était traumatisant pour Sébastien et moi. J'étais trop petite pour tout comprendre, mais cela nous faisait vivre dans la peur. On en parlait tous les deux, et cela nous rapprochait. Heureusement, entre deux disputes, tout allait plus ou moins pour le mieux, même si l'on savait que cela n'allait pas durer. J'y reviendrai, malheureusement...

Mais il ne faudrait pas que j'oublie Patapouf le chien et Moustache la chatte – tout pareil que dans les albums de Martine ! Il ne manquait que les poneys Café et Pépito de l'oncle André, et les autres noms qui apparaissaient dans ces albums. Mais mes parents n'avaient pas voulu d'autres animaux, et notamment pas de poneys : par manque de place, avaient-ils dit. Notre maison était pourtant au milieu d'un terrain que je trouvais assez grand, et puis on était à la campagne : j'aurais pu très bien y promener des poneys dans les alentours. Cela aurait été super ! Mais bon, je m'étais fait une raison ! À défaut de poneys, et avec un peu de chance, on pouvait partir à la recherche de biches ou de sangliers, à condition de se lever tôt et de ne pas faire trop de bruit, ce qui était beaucoup nous demander, à Sébastien comme à moi. Tout cela pour dire que l'on voyait plus souvent des animaux moins sauvages, comme les chats et chiens des voisins qui habitaient un peu plus loin. Cela suffisait malgré tout à faire notre bonheur.

Aurélie, Émilie et Virginie étaient mes amies : c'était apparemment la mode des prénoms en « ie ». Comme garçons, il y avait Nicolas et Sébastien : nous les filles, on était donc majoritaires ! À nous six, on était au complet ! Mais le plus souvent, on était moins, et chacun avait un ami ou une amie plus proche. Pour Sébastien, c'était Nicolas. Pour moi, c'était Aurélie.

C'était Aurélie qui m'avait fait découvrir Martine. Elle m'avait aussi fait découvrir ce qu'était un foyer heureux, sans disputes constantes entre les parents. Un foyer comme le nôtre, des parents et des enfants, une maison et un jardin avec un chien et un chat, mais un foyer qui respirait tout le temps la joie de vivre, dans le calme et la sérénité, avec juste quelques petites chamailleries de temps en temps, mais sans trop d'importance. Un foyer où l'on avait tout pour être heureux, en somme. À la maison, par contre, c'était bien différent. Quand tout était calme, je savais que cela n'allait pas durer. Le calme avant la tempête... Je ne comprenais pas : après tout, mes parents s'étaient aimés, alors pourquoi en venaient-ils maintenant à se disputer ? Mon père criait et Maman pleurait. Dans ces moments-là, mon père me faisait peur. Je savais qu'il pouvait être violent. Je l'avais vu frapper maman plusieurs fois. Pourquoi ? Je ne sais pas. J'ai beaucoup réfléchi à lui. Peut-être, comme c'est souvent le cas, avait-il été lui-même frappé dans son enfance ? Qui sait ? En tout cas, il ne buvait pas, mais quand je repense à lui, je vois un être colérique, jaloux aussi, et pas mal égoïste, qui ne respectait pas Maman. Peut-être était-il bipolaire ou schizophrène ? Il avait ses moments tranquilles où il pouvait se comporter comme un père et un mari normal, calme et charmant, aimant même. Mais après...

Plusieurs fois, Maman est venue se réfugier près de moi, elle devenait comme mon enfant, je n'osais pas essuyer ses larmes, je ne disais rien, je ne savais quoi faire, mais cela suffisait à l'apaiser un peu, du moins si mon père ne venait pas nous rejoindre pour continuer à lui crier dessus, ou pire, à porter la main sur elle. Que faire, oui ? Si c'était maintenant, je saurais qui appeler, mais je n'étais qu'une petite fille, je n'avais pas dix ans, alors je me taisais, même auprès d'Aurélie. Mais à plusieurs reprises, mon père s'était emporté contre Maman en présence d'Aurélie qui m'avait ensuite demandé pourquoi mon père se comportait ainsi. Je n'avais trop su quoi lui répondre, à part que c'était exceptionnel, que mon père savait aussi être gentil, et c'était vrai, Aurélie le savait. Par la suite cependant, Aurélie a préféré éviter de venir à la maison, je ne la voyais plus que chez elle ou à l'extérieur.

Comment mon père se comportait avec Maman dans leurs moments intimes, cela je ne le sais pas. En tout cas, contrairement à certains pères, il n'a pas eu de gestes déplacés à mon égard, ni à celui de mon frère, pour autant que je sache. Comme je me laissais moins faire que Sébastien, que j'étais quelque peu rebelle, je sais qu'il préférait mon frère, mais cela ne me gênait pas, car moi, je me sentais plus proche de Maman. Dans son désarroi, je la sentais si fragile que j'avais envie de la protéger contre lui. Je savais bien qu'une mère est là pour protéger ses enfants, mais je comprenais que parfois le monde ne tourne pas rond, et pour cela j'en voulais beaucoup à mon père. Je savais que tout cela n'était pas normal, que c'était mal.

Un jour où elle avait été battue, Maman vint me trouver, une fois le calme revenu. J'entends encore ses paroles, comme si c'était hier :

– Écoute, Céline, tout cela n'est plus possible ! Je tiens à toi et à Sébastien plus que tout, mais je n'ai vraiment pas le choix, je suis en danger ici, je dois partir. Je sais cependant que votre père vous aime, malgré tout. Il ne supporterait pas que je parte en vous prenant avec moi. Et puis, il y a l'école, vos amis... Je téléphonerai à votre père pour régler tout cela. En attendant, je vais chez Papi et Mamie. Après, avec votre père, il faudra qu'on se mette d'accord sur ce qu'on appelle la garde alternée : vous serez tantôt chez lui, tantôt avec moi. Je vais essayer de trouver un logement à moi où vous serez bien, où vous aurez chacun votre propre chambre. Fais-moi confiance. Sébastien tient beaucoup à son père. J'essaierai de lui expliquer tout cela dès que je pourrai. En attendant, si je ne peux pas lui parler avant mon départ, dis-lui tout ce que je viens de te dire. Pardonne-moi d'agir ainsi, dans la précipitation, mais je n'ai vraiment pas le choix !

Maman, partit donc dès le lendemain, alors que mon père était allé travailler. Elle avait les larmes aux yeux quand elle nous dit au revoir, à Sébastien et à moi. Elle avait auparavant tout expliqué à mon frère, sans pour autant lui dire du mal de son père. Sébastien a eu de la peine à comprendre, et de la peine tout court.

Après cela, je ne sais pas si vous pouvez imaginer la colère de mon père. Il a traité Maman de tous les noms, des mots tellement grossiers, même de sa part ! Il s'en est aussi pris à Sébastien et à moi – surtout à moi, d'ailleurs ! Il savait bien que Maman se confiait à moi, alors il voulait tout savoir, que je lui raconte tout.

Quand Maman lui a téléphoné, sa colère a redoublé. Mais ma mère était avec ses parents, alors elle a pu lui tenir tête. Et puis, au téléphone, c'était aussi plus facile. Malgré les cris de tous côtés, rien n'a été décidé ce jour-là. Comme notre père ne pouvait pas nous laisser seuls quand il allait travailler, pour nous garder il a fait appel à la fille d'une personne qu'il connaissait. Ma mère profitait de ces moments-là pour venir nous voir, mais mon père l'a su. Et un jour, il s'est pointé à l'improviste. Inutile de vous raconter... Maman est repartie sous les coups et les insultes. Je sais que par la suite, on a dit qu'elle aurait dû porter plainte. Mais elle ne voulait pas, et puis cela se faisait sans doute moins à l'époque. Elle s'est donc contentée de prendre un avocat pour entamer une procédure de divorce, et surtout pour obtenir notre garde, à Sébastien et à moi. Grâce à cette procédure, nous avons pu tous deux aller chez elle chaque week-end, alors même qu'elle était encore chez ses parents.

Chez Papi et Mamie, c'était petit, mais c'était bien. Il y avait de la vie et de la bonne humeur, alors que chez mon père, on se retrouvait seuls avec lui qui broyait du noir. C'était le jour et la nuit, même si à la maison j'avais mes copines, surtout Aurélie. Malgré tout, j'étais bien plus tranquille chez Papi et Mamie, et même si je m'y ennuyais parfois, que c'était agréable et reposant !

Mamie essayait aussi de m'expliquer pourquoi l'amour ne rime pas toujours avec... « toujours », justement. Car pour moi, c'était un peu compliqué à comprendre. Comment deux êtres qui s'étaient aimés, qui avaient dû se promettre monts et merveilles, jurer de se chérir pour toute leur vie, pouvaient-ils en arriver à ne plus se comprendre et à se disputer, voire à se haïr ? Comment un homme pouvait-il frapper sa femme, celle qui l'avait fait rêver, qui avait été l'objet de toutes ses pensées, de tous ses désirs ?

Je ne comprenais pas. Moi qui n'avais pas dix ans, j'en étais restée au prince charmant sur son cheval blanc. Un jour, mon prince viendra, me disais-je. Il viendra pour me délivrer de la peur et de l'enfer, et il m'emmènera au loin vers le pays de la paix et de la félicité. Au galop sur son cheval blanc, on ira droit devant, vers le bonheur dans l'union de nos cœurs.

Mon prince charmant sur son cheval blanc, c'était celui du film d'animation des studios Disney « Blanche Neige et les Sept Nains ». Bien sûr, je savais que ce n'était qu'un film, que ce n'était pas la vraie vie, Maman me l'avait dit, mais comme toutes les petites filles, je pouvais quand même rêver que j'étais une jeune princesse qu'un beau prince charmant réveillerait de son sommeil éternel par un premier baiser, avant de l'emmener sur son cheval blanc vers son château où nous pourrions vivre tous les deux à jamais heureux. Après tout, c'était mignon comme tout, non ?

Mais, dans un autre genre, moins romantique mais plus viril, mon prince charmant, c'était aussi l'interprète de Zorro dans la série télévisée du même nom. Un personnage fort différent, très beau lui aussi, plus bagarreur certainement, mais malin comme tout, et qui gagnait tout le temps ! Un autre style, assurément, mais tout aussi charmant ! C'est vrai : Zorro n'avait pas habituellement un cheval blanc, son cheval Tornado était tout noir, on ne pouvait pas faire moins blanc ! Mais Zorro avait aussi à l'occasion un cheval blanc, Phantom, tout aussi blanc que Tornado était noir ! Alors, après la célèbre chanson « Un jour, mon prince viendra » du film de Disney, il y avait en plus celle de la série télévisée, toujours de Disney :

Un cavalier qui surgit hors de la nuit
Court vers l'aventure au galop.
Son nom, il le signe à la pointe de l'épée
D'un Z qui veut dire Zorro.
Zorro, Zorro,
Renard rusé qui fait sa loi,
Zorro, Zorro,
Vainqueur, tu l'es à chaque fois.

Après le prince charmant et Zorro – le fameux Don Diego de la Vega sans son masque – il y avait aussi... Jeanne d'Arc ! Rien à voir avec les deux autres ! Pas de quoi fantasmer, non plus ! Et ne croyez surtout pas que je m'imaginais en Jeanne d'Arc, non, absolument pas ! Mais j'admirais la prestance de la cavalière, plus que de la guerrière, sans me soucier le moins du monde de la couleur de son destrier !

Non loin de chez nous, la maison où nous avions habité tous les quatre avant le départ de Maman, il y avait un grand terrain avec des chevaux. J'avais plaisir à aller les voir, et à les caresser quand ils s'approchaient de moi, de mes amis ou des membres de ma famille. Ils m'impressionnaient, c'était la force, la puissance. Au début, ils m'avaient même fait peur : les chevaux, c'est énorme, quand on est toute petite ! Mais après, j'ai compris qu'ils étaient en fait tout gentils, et qu'ils ne demandaient pas mieux que je leur fasse des câlins ! Ce n'était pas facile, vu ma taille, mais heureusement, ils baissaient la tête vers moi, tout heureux d'avoir un peu de compagnie ! À l'époque, j'aurais bien aimé faire de l'équitation, c'était d'ailleurs prévu, mais après la séparation de mes parents, il n'en avait plus été question. Dommage ! Je l'ai bien regretté par la suite. Heureusement que mes grands-parents avaient récupéré Patapouf le chien et Moustache la chatte. Mais j'anticipe ! Il faut d'abord que je vous raconte le drame de mon enfance, ce jour où tout a basculé. Comme cela s'est produit maintenant il y a vraiment très longtemps, tellement d'années, et qu'il s'est passé tellement d'autres choses depuis, je peux en parler avec un certain recul, presque un certain détachement... Enfin, c'est plutôt ce que j'essaie de me faire croire. Comment pourrais-je prendre du recul ? Certains évènements vous marquent pour la vie. Surtout peut-être quand ils surviennent dans votre enfance, les années de l'innocence et de l'insouciance, diraient certains. Non, je ne peux oublier, ni pardonner. Je peux juste vous raconter ce jour funeste...

II

Dans la nuit noire

C'était un dimanche soir, en 1989, quelques jours avant les vacances de Noël que Sébastien et moi devions passer avec Maman. Il était ensuite prévu que l'on passe les derniers jours chez notre père. Mon frère et moi, nous attendions Maman qui devait nous récupérer pour la semaine. Notre père n'était pas de bonne humeur. En fait, plus le moment de notre départ approchait, plus il se montrait irascible. Maman n'entrait plus jamais dans la maison : elle sonnait et attendait au portail. En général, Papi, son père, l'accompagnait. Ce jour-là ce fut le cas. Quand il entendit la sonnette, mon père maugréa, se dirigea vers la porte, avant de se raviser. Il saisit le fusil qui était posé sur la cheminée, ouvrit brusquement la porte et cria quelque chose comme ça :

– Maintenant, ça suffit ! Soit tu rentres à la maison et tout redevient comme avant, soit tu te barres ! Mais alors, adieu les enfants !

Maman était habituée aux sautes d'humeur de mon père, mais là, c'était quand même nouveau. Que pouvait-elle faire ? Elle savait que cela ne servait à rien d'essayer de calmer mon père. Elle n'insista donc presque pas et partit à regret.

Le lendemain, notre père nous empêcha d'aller à l'école. Il n'avait pas dû dormir de la nuit. Il l'avait sans doute passée à ruminer de sombres pensées. Maman se rendit à l'école pour voir ce qu'il en était. Quand elle sut que Sébastien et moi, nous n'y étions pas, elle alla le signaler à la gendarmerie, et vers midi on sonnait à nouveau au portail.

Quand il vit les gendarmes, mon père prit son fusil, sans hésiter, avant de leur crier :

– Foutez-moi le camp hors de chez moi !

Posément, un gendarme essaya de le calmer, l'invitant à discuter avec lui, mais mon père ne voulait rien entendre. Au bout d'un moment, il finit par pointer son arme en l'air et à tirer un coup. Cela nous fit mal aux oreilles, à Sébastien comme à moi. Quant aux gendarmes, ils reculèrent d'un pas, dirent encore à mon père de se calmer, de penser à ses enfants, de bien réfléchir à ce qu'il faisait, parce que cela ne menait à rien et n'arrangeait rien, puis ils se retirèrent, en promettant de revenir le jour même.

Effectivement, ils revinrent, plus nombreux, dans l'après-midi. Leur chef essaya de calmer mon père, tout en tentant d'ouvrir le portail, mais il était fermé à clé. C'était nouveau : certes, d'habitude mon père le fermait, mais jamais à clé. Quand Maman était là, il en était toujours ainsi, et mon frère et moi pouvions sortir à peu près librement de chez nous, à condition, bien sûr, de rester quand même aux alentours. Pour aller un peu plus loin, il fallait l'autorisation de nos parents et que les copains soient avec nous ou qu'une grande personne nous accompagne.

Le chef des gendarmes invita mon père à se calmer et le prévint qu'il allait escalader le portail. Mon père tira alors un coup de feu dans sa direction, mais je pense sans le viser. En tout cas, le gendarme ne fut pas blessé. Au bout d'un long moment, lui et ses collègues partirent sans plus insister.

Ils revinrent le lendemain matin. Leur chef essaya de nouveau de parlementer avec mon père, mais celui-ci ne voulait rien entendre, il exigeait la présence de Maman. Comme les gendarmes ne semblaient pas vouloir partir, mon père tira trois coups de feu dans leur direction, mais apparemment sans blesser personne. Mon frère et moi, on se tenait à une fenêtre à l'étage, tandis que mon père était au rez-de-chaussée. Toutes les autres fenêtres restaient fermées par leurs volets en bois. Notre père prétendait, qu'ainsi barricadés, on pourrait tenir un siège. Nous deux, comme Noël approchait, on en venait à espérer une sorte de miracle, s'il le fallait, puisqu'il le fallait. On voyait bien que notre père n'était plus du tout le même. Avant, il avait eu ses sautes d'humeur, mais maintenant, c'était tout le temps. Il en venait aussi à tenir des propos incohérents. Comme j'étais encore petite, je ne comprenais pas tout, mais je comprenais quand même que ce qu'il disait ne tenait pas la route, comme si cela ne tournait décidément plus rond dans sa tête.

Le lendemain, les gendarmes revinrent avec Maman. Le dialogue s'amorça entre notre père et leur chef.

Notre père ne voulait recevoir que Maman, tandis que le gendarme exigeait de venir avec elle. Personne ne voulait céder. Le gendarme annonça alors qu'ils allaient tous partir, avec Maman. Notre père se ravisa alors, et leur cria d'attendre. Il réfléchit à voix haute, se demandant comment faire pour ouvrir le portail. En effet, s'il sortait, il risquait de se faire prendre par les gendarmes. Il ne pouvait pas non plus nous envoyer, Sébastien ou moi : c'était courir le risque que l'on ne revienne pas.

– Écoutez, cria-t-il aux gendarmes, si vous voulez entrer, débrouillez-vous, mais je ne veux qu'un homme avec Martine, et sans arme. À la moindre embrouille, je tire ! Je n'hésiterai pas, croyez-moi !

À titre d'avertissement, et pour confirmer ses menaces, il se mit d'ailleurs à tirer deux coups de feu en l'air. Cela nous fit trembler, mais malgré tout, on avait enfin l'espoir de revoir Maman, et que le gendarme ramène notre père à la raison.

La serrure du portail ne résista pas longtemps aux gendarmes. Leur chef s'avança alors avec Maman.

– Levez bien les bras, et pas d'entourloupe ! reprit notre père. Avancez au pas, Martine la première ! Je vais ouvrir la porte, vous la refermerez en entrant. Au moindre coup foireux, je n'hésiterai pas à tirer ! Alors ne tentez rien que vous pourriez regretter !

Le gendarme et Maman firent comme le demandait notre père. Sébastien et moi, nous étions bien contents de voir Maman venir vers la maison.

– Posez votre fusil, demanda le gendarme. Vous allez parler un peu avec votre dame, et nous repartirons avec les enfants. Ils ont besoin de leur maman. Ils ont aussi besoin d'aller à l'école et de voir leurs copains. Vous ne pouvez pas continuer de les prendre en otages comme cela, voyons, ce n'est pas raisonnable ! Tout peut encore s'arranger sans problème. Faites-moi confiance !

– Toi, tu la boucles ! ordonna notre père.

Puis, s'adressant à Maman :

– Et toi, tu reviens à la maison ! Fin de discussion ! C'était pourtant clair : on s'était promis de s'aimer toute la vie, à la vie, à la mort ! Si tu n'en es plus capable, moi je te l'ai promis : je t'aimerai jusqu'à ma mort ! Rappelle-toi ce qu'on se disait, le plus sérieusement du monde : je t'aimerai jusqu'à ce que mort s'ensuive ! Mais cela devait être dans très longtemps, cela ne devait pas s'arrêter maintenant, non !

En disant cela, notre père était à la fois ému et en colère, cela constituait un mélange étrange. Mon frère et moi, comme depuis le premier étage on ne voyait rien, on a alors décidé de se rapprocher et on est venus s'asseoir en haut de l'escalier. Au même moment, je ne sais pas pourquoi ni comment, tout dégénéra brusquement. Le gendarme fit-il un geste malheureux ? Peut-être. En tout cas, il reçut une balle et tomba à terre. Maman se précipita vers lui. Notre père lui tira dessus. L'air complètement hagard, il détourna le regard, et il nous vit, Sébastien et moi. Il nous tira aussitôt dessus à nous aussi. Sans réfléchir. Pourquoi ? Je me suis tant de fois posé la question : oui, pourquoi ?

Même lui ne le savait sans doute pas. Cela avait été comme un réflexe. On ne réfléchit pas lors d'un réflexe.

Que se passa-t-il après ? Je ne l'ai su que plus tard : alertés par les coups de feu, les autres gendarmes se rapprochèrent prudemment, et ils virent le carnage. Quant à moi, j'avais perdu connaissance. Je ne me suis réveillée que deux jours après, à l'hôpital. Les premiers mots que j'entendis furent ceux d'une femme :

– Tu te réveilles ? Je vais prévenir Monique.

Cette Monique arriva peu après. Elle se présenta :

– Bonjour, Céline. Je m'appelle Monique et je suis psychologue.

Je ne savais pas trop ce qu'était une psychologue, et je n'avais aucune envie de le demander. J'avais trop mal partout, surtout à la tête. En portant les mains sur elle, j'ai compris que j'avais un bandage sur les yeux. Monique m'expliqua que j'avais été blessée à la tête, et que les médecins s'en occupaient. Elle me posa ensuite beaucoup de questions, au point de me fatiguer. Je trouvai quand même à grand-peine la force de l'interroger pour savoir où étaient Maman et Sébastien. Elle mit ce qui me sembla de longues secondes avant de me répondre. Elle me dit qu'ils avaient été blessés et que les médecins s'en occupaient, pour eux aussi. Puis elle me laissa en me demandant de surtout me reposer, et en m'assurant qu'elle reviendrait très vite et que je n'avais qu'à l'appeler si je voulais lui parler. J'avais trop mal pour dire quoi que ce soit d'autre. Papi et Mamie arrivèrent peu après. Au son de leurs voix, je les trouvais comme très lointains, ils ne me semblaient pas comme d'habitude, mais j'avais trop mal pour leur parler, oui, j'avais surtout envie de me rendormir et de ne penser à rien. De fait, je me rendormis, mais au bout d'une éternité. Je suppose que le personnel médical me donna ce qu'il fallait pour cela.

À mon réveil, je demandai à voir Monique. Mais il n'y avait apparemment personne dans la salle. Je me rappelai alors ce que l'on m'avait dit : il fallait que j'appuie sur un bouton pour demander quelqu'un. Après avoir un peu tâtonné, je trouvai le bouton, et j'appuyai dessus. Une personne vint peu après, et je lui parlai de Monique. Elle me répondit qu'elle s'en occuperait dans la matinée, mais que pour le moment, c'était encore la nuit et qu'il fallait essayer de dormir, ce que je ne réussis pas à faire. Je me posais trop de questions.

Monique vint me voir comme promis. Elle me posa encore des questions, beaucoup de questions, puis elle prit mes mains dans les siennes. Sa voix changea brusquement :

– Écoute, Céline, maintenant il faut que je te dise des choses graves. Tu ne reverras plus ni ta maman, ni ton frère, ni ton père. Ils sont morts. Mais d'une façon ou d'une autre, ils sont encore avec toi, ils seront toujours avec toi, et moi je suis là, et tu as encore tout le personnel médical ici, et puis tu as aussi ton papi et ta mamie. Tout le monde t'aime et on va tous prendre bien soin de toi. Tu comprends ?

C'était on ne peut plus direct ! Pourquoi pas, après tout ? Au moins, ce qui devait être dit était dit...

Monique m'avait jugée capable d'entendre la vérité. Mais comment parler de la mort à des enfants ? Qu'ai-je répondu ? Je ne sais plus. Avais-je bien compris ? J'avais surtout compris que Monique me disait que je n'allais revoir ni Sébastien, ni Maman, ni mon père. Pourquoi ? La mort ne m'était pas familière. Tout ce que j'avais vu de mort, c'était ce que ramenait mon père après ses parties de chasse et de pêche, ou encore les proies de notre chatte Moustache : vraiment rien de bien intéressant, les cadavres d'animaux, je n'aimais pas ! Je pense que ce jour-là, je n'ai pas tout compris, et que c'était mieux ainsi. De toute façon, j'avais encore trop mal pour tout comprendre, et je pense qu'avec les médicaments, je devais être dans un état second.

Les jours suivants, Monique revint me parler de Maman et de Sébastien, ainsi que de mon père, avec le plus de tact possible. J'avais toujours un bandage sur les yeux, et cela commençait à m'agacer. Je le lui dis :

– Ça me gêne, ce truc ! Je ne pourrai pas voir Maman avec ça ! Quand est-ce qu'on me l'enlève ?

Je compris que Monique esquissait comme un sourire compatissant quand elle me répondit :

– Ne t'en fais pas ! On va bientôt te l'enlever !

Elle croyait peut-être que je voulais fuir la réalité. Mais ce n'était pas forcément le cas, je ne sais pas. Plus tard, un médecin indiqua à Papi et Mamie que j'avais probablement un trouble dissociatif de l'identité : j'ai retenu le nom, je l'avais trouvé bien savant à l'époque, et même un peu amusant.

Certains enfants ont un ami ou une amie imaginaire auxquels ils peuvent se confier. Moi, non. Mais un jour, ou peut-être une nuit, je m'étais endormie (comme dans une chanson), et je n'étais plus Céline, mais Morgane. Et Morgane avait une vie bien meilleure que Céline : elle vivait dans une famille heureuse où tout le monde s'aimait, où le ciel était toujours bleu sous un soleil radieux, et où chacun était souriant et heureux de vivre. Était-ce un rêve ? Non, car je pouvais être Morgane le jour aussi bien que la nuit, sans être endormie. Selon les moments, j'étais Céline ou Morgane. Mais j'étais plutôt Morgane quand j'étais seule ou quand je voulais me sentir bien, quand j'avais besoin de me rassurer. Grâce à Morgane, Céline pouvait supporter son passé, vivre le présent et envisager l'avenir. J'aimais bien Morgane. De toute façon, je ne pouvais que l'aimer puisque Morgane, c'était moi, tout en étant un modèle pour Céline. Sa joie de vivre faisait plaisir, c'était encourageant. Gentille et brave Morgane ! Papi et Mamie l'aimaient bien, eux aussi.

Avec Papi et Mamie, j'avais bien compris – enfin moi, Céline – que plus rien ne serait jamais comme avant. Au ton de leurs voix, je devinais qu'ils étaient profondément tristes, même si je voyais bien (façon de parler, puisque je ne voyais rien...) qu'ils faisaient tout pour ne rien laisser paraître et ne pas m'inquiéter. Mais le cœur n'y était pas, et cela se sentait. Dans leurs voix et dans leurs gestes, il y avait trop de douleur, j'avais du chagrin pour eux, et plus ils me parlaient, plus je comprenais, et plus je partageais leurs sentiments. Sentiments variés de désespérance, d'incompréhension, de colère même. C'était la fin de quelque chose, oui, plus rien ne serait jamais comme avant : ni le sourire de Maman, sa gentillesse, son amour constant, sa bonté, sa douceur, le réconfort qu'elle apportait, sa faiblesse même, touchante comme tout ; ni Sébastien, mon petit frère, mon ami, mon confident, Sébastien et nos disputes, pas bien méchantes, Sébastien et tout ce que l'on faisait ensemble, et pas seulement des bêtises ; ni mon père enfin, mon père mystérieux, parfois gentil, parfois cruel, mon père que j'avais cessé au fond de moi d'appeler Papa depuis qu'il s'en prenait à Maman. Tout cela était donc fini, je ne les reverrai plus...

Plus le temps passait – et le temps passe très lentement à l'hôpital – plus je comprenais, plus tout cela devenait réel, tristement, cruellement réel. Déni, résignation, acceptation du sort, de l'absence et de la mort, j'ai tout connu, mais ne comptez pas trop sur moi pour m'appesantir sur mes moments de déprime, cela relève de l'intime, je ne vous dirai que le minimum. Et puis Morgane était toujours là pour me remonter le moral. Elle, elle avait à vivre sa vie, comme on dit, elle n'était pas là pour se laisser abattre. De toute façon, à elle, il ne lui était rien arrivé de mal.

Quelques jours après, Monique reprit sa voix grave des mauvaises nouvelles :

– Céline, il faut que je te parle de tes yeux. La balle qui t'a frappée les a atteints tous les deux, car tu as été touchée de côté. C'est un miracle que tu n'aies pas été tuée sur le coup. Il s'en est fallu de quelques centimètres.

Je me souviens d'avoir murmuré ou soupiré, peut-être en moi-même, d'un ton quelque peu ironique et fatigué :

– Quel miracle ! Super !

N'ayant apparemment rien entendu, ou ayant fait semblant de n'avoir rien entendu, Monique avait continué de son ton toujours calme :

– Tu vas encore être opérée, il faut qu'on retouche un peu ton visage, mais tu ne reverras pas, tes yeux ont été trop endommagés. Tu auras des yeux artificiels, ce qu'on appelle des yeux de verre. Mais ne t'inquiète pas : tu vas aller dans un institut où on va t'apprendre à vivre sans tes yeux. Tu seras bien entourée, et après tu pourras continuer à te déplacer. Si tu le souhaites, tu pourras avoir un chien pour t'accompagner. Ce sera comme ton meilleur ami. C'est une nouvelle vie qui commence pour toi. Mais surtout ne t'en fais pas, nous serons tous là avec toi, ici à l'hôpital, et puis tu auras l'institut. Et il y aura aussi ton papi et ta mamie.

Je vous passe la suite. À la fin, Monique m'avait demandé si j'avais des questions. Si j'avais des questions ? Mais j'en avais des milliers ! Mais à quoi bon ? Elle m'avait aussi parlé d'acceptation, comme pour le décès de mes proches. Il fallait que j'accepte ce qui était, on ne pouvait pas refaire le passé. Mais je n'avais pas dix ans, à peine neuf, et je venais de tout perdre, ma famille, et maintenant la vue ! Pourquoi moi ? Qu'avais-je fait pour mériter cela ? Et comment pouvait-on vivre sans y voir ? Ne plus voir les seuls êtres qui me restaient, Papi et Mamie, Aurélie ? Rien ne serait plus comme avant, de toute façon. Je ne devais plus voir ni Moustache ni Patapouf, ni les fleurs au printemps, le ciel étoilé les nuits d'été, les feuilles multicolores des arbres en automne, la neige en hiver, les nuages aux formes bizarres en toutes saisons, le soleil qui se lève ou se couche à l'horizon, ni mes amis les chevaux, ni les biches, ni tout ce qui fait le charme de la nature, tout ce qui est joli, tout ce qui fait la vie. Mais comment pourrais-je vivre sans voir ? Déjà que je ne voyais plus ni Maman ni Sébastien, ni même mon père, maintenant, même s'ils avaient été encore là, je n'aurais pas pu les voir ! Tout cela se bousculait dans ma tête. Des questions ? Il m'avait fallu plusieurs jours pour en poser à propos de ce qu'avait fait mon père. Monique avait essayé de me renseigner du mieux qu'elle avait pu. Elle avait elle-même interrogé tant les gendarmes que Papi et Mamie. Elle m'avait ainsi confirmé que mon père avait eu bien des problèmes, que, pour une raison ou une autre, cela n'allait pas bien dans sa tête. Peut-être avait-il subi des violences dans son enfance, ou son père en avait-il fait subir à sa mère. Je connaissais moins mes grands-parents paternels, ils étaient à la fois plus loin et d'un tempérament plus distant, je les voyais peu en tout cas. Je savais que dans sa jeunesse, mon père avait rêvé de devenir chanteur. Comme dans la célèbre chanson, et comme tant d'autres, aussi bien chanteurs qu'acteurs, comédiens, artistes, écrivains ou politiciens, il aurait pu lui aussi chantonner : « Je me voyais déjà en haut de l'affiche. » Mais le succès n'est pas pour tout le monde, que l'on soit doué ou non. Il y a la vie, les circonstances, également le talent, sans doute. Les échecs peuvent engendrer des gens frustrés, aigris, rancuniers, même si l'on ne s'en aperçoit pas toujours. Mon père avait eu des moments heureux avec Maman, Sébastien et moi. Mais ses vieux démons avaient fini par prendre le dessus. Monique me confirma ainsi qu'il était bien le seul responsable de la mort d'un gendarme, de Maman et de Sébastien. Après avoir tiré sur tout le monde, il s'était ensuite tiré une balle dans la tête.

Je me rappelle qu'il nous avait parlé, à mon frère et à moi, du drame de Cestas, peu avant notre drame à nous. Cestas, près de Bordeaux, est du nombre de ces villes qui ont fait un temps l'actualité, à l'occasion d'un évènement tragique. Cela peut même engendrer un tourisme morbide, au grand dam des habitants qui n'y sont pour rien.

Cela s'était passé vingt ans auparavant, en 1969. Un père de famille s'était retranché dans la ferme familiale avec ses trois enfants. Après quinze jours de négociations avec les gendarmes, il les avait libérés et avait alors écopé de six mois de prison ferme. Entre-temps, son épouse avait obtenu le divorce et la garde des enfants, le père n'ayant qu'un droit de visite limité. À l'époque, le droit de garde allait toujours à la mère, sauf cas exceptionnels.

Le 1er février, il se barricadait de nouveau avec ses enfants au même endroit. Sa fille aînée réussit cependant à s'enfuir et à avertir sa mère qui prévint les forces de l'ordre. L'homme menaçait de tuer ses deux autres enfants, exigeant d'obtenir leur garde ainsi que le retour de son ex-femme. Ni les gendarmes, ni le maire, ni le curé ne parvinrent à le raisonner. Le 11 février, il tira un coup mortel sur un gendarme. Un assaut fut alors tenté, mais sans succès, le forcené réitérant ses menaces. Le 13 février, le commandant de gendarmerie lui remit une ordonnance du juge stipulant que les enfants seraient confiés à une institution spécialisée. Le forcené, satisfait, était alors prêt à réfléchir à une reddition, quand il apprit par la radio que le gendarme sur lequel il avait tiré était mort. Un médecin autorisé à entrer dans la ferme devait ensuite expliquer que cette situation avait tout changé pour le forcené, car maintenant, disait-il, il y avait un mort entre lui et les forces de l'ordre, et il avait donc encore besoin de réfléchir. Quant aux enfants, ils prétendaient être prêts à mourir avec leur père. Le 14 février, des médiations du procureur de la République ainsi que de plusieurs avocats, ne parvinrent pas à faire entendre raison au forcené. Un photographe réussit cependant à entrer en contact avec lui. Le 15 février, à court de vivres, il en appela à l'aide. Il refusa aussi de remettre les enfants à une éducatrice spécialisée venue le voir. Selon ce que l'on raconta, on ne permit pas à sa fille aînée de le rejoindre. Le 16 février, un journaliste parvint à entrer dans la maison, à s'entretenir avec lui et à prendre des photographies. « Si ma femme revient, je relâche les gosses » lui dit le forcené. À sa sortie, le journaliste fut appréhendé pendant une heure, mais les gendarmes ne trouvèrent pas son minuscule appareil photo caché dans son slip. Le journal local, devait annoncer cette interview en première page. Excédé par tout le bruit fait autour de cette affaire, au niveau du ministère on ordonna l'assaut qui eut lieu le lendemain matin. Les forces de l'ordre découvrirent les enfants, grièvement blessés, et le forcené, agonisant. Tous trois décédèrent peu après, dans l'ambulance pour le père et le fils, à l'hôpital pour la fille, après une opération.

Dans cette affaire, le rôle de la presse avait été critiqué. Comme l'actualité était particulièrement calme, il avait bien fallu la remplir, et cela avait créé cet emballement médiatique. En outre, par un concours de circonstances, des journalistes étrangers étaient dans la région. Les Japonais avaient alors été informés, puis les Allemands, les Anglais, les Belges, les Néerlandais, les Suisses, les Espagnols, les Italiens et même les Américains, les Canadiens, les Australiens, les Brésiliens, presque le monde entier. Ce fut un cas unique en son genre. Mais selon le journaliste qui avait interviewé le forcené, le dénuement aurait pu être différent. Le commandant de gendarmerie connaissait cet homme et il aurait pu finir par l'amener à la raison. De plus, toujours selon ce journaliste, il s'agissait d'une personne habituellement calme et sérieuse, non ce à quoi l'on pense en parlant d'un forcené. Le journaliste récusait d'ailleurs ce terme. Par contre, la mère des enfants qu'il avait rencontrée était selon lui une personne fort désagréable. De nombreuses personnes lui en voulurent de n'être pas allée voir son ex-mari pour sauver ses enfants. Elle craignait peut-être pour sa vie. Peut-être que son ex-mari avait été violent envers elle. Qui sait ? En tout cas, ses enfants n'étaient apparemment pas sa priorité. Elle vint cependant assister à leur enterrement, mais elle fut huée par la foule.

On le voit, cette affaire ne ressemblait pas vraiment à ce que j'avais vécu. En ce qui concerne Maman, je n'ai rien à lui reprocher. Avec mon père, tout était allé beaucoup plus vite qu'à Cestas, et en l'absence de journalistes. Je lui en veux toujours d'avoir brisé notre famille, même si avec le recul et le temps qui a passé, je peux admettre qu'il avait des problèmes dans sa tête. Mais expliquer n'est pas excuser, sinon cela justifierait tout et n'importe quoi. On a tous des obstacles à surmonter dans la vie, cela ne nous autorise pas à faire le mal. Il n'y avait que Morgane pour ne se rappeler que des moments heureux avec lui. Bienheureuse et simple Morgane !

Après le drame de Cestas, il y a pu y avoir d'autres histoires de forcenés, mais elles n'ont jamais fait autant la une de l'actualité. Quand des hommes tuent leurs enfants et leur épouse avant de se donner la mort, ils le font d'ailleurs le plus souvent sans se barricader ni tirer au fusil autour d'eux.

Lors de mes longues journées à l'hôpital, en centre de convalescence, puis à l'Institut des Jeunes Aveugles, je n'ai pas arrêté de penser à tout cela. Pourquoi une telle violence dans le monde ? Comme si la violence de la nature ne suffisait pas ! Il y avait depuis toujours les tremblements de terre, les cyclones, les inondations et d'autres catastrophes naturelles, et il fallait que des hommes en rajoutent avec des guerres et des meurtres ! Et ce, même après des millénaires de civilisations humaines ! Il y avait souvent de quoi désespérer ! Et encore, à l'époque, je n'avais pas tout vu. Je vous raconterai plus tard...

Mais moi, j'étais trop occupée et trop bien entourée pour m'apitoyer sans cesse sur mon sort. Et puis même, le départ sans retour de mes proches était comme contrebalancé par ma cécité. Quand on a deux gros problèmes en même temps, je ne dirais pas que l'un peut parfois faire oublier l'autre, mais il peut faire que l'on y pense moins, ne serait-ce qu'un instant. Il fallait que j'accepte ce qui venait de se passer, et que je m'accepte moi-même dans mon nouvel état.

Quand on perd le sens de la vue, on a tout le temps de réfléchir à ce que l'on perd. C'est ce que j'ai fait pendant longtemps, en pensant aussi aux autres sens. La vue peut être considérée comme notre sens le plus sophistiqué, tandis que l'audition est le plus fragile car il est sans cesse sollicité : il y a toujours du bruit quelque part. L'odorat est le plus personnel, avec le goût auquel il est mêlé. Le toucher, lui, fait partie du sens des perceptions corporelles, un sens grâce auquel on peut ressentir ce que fait notre corps, même les yeux fermés ou si l'on est aveugle. Selon certains savants, nous avons encore d'autres sens. L'équilibre est ainsi notre sixième sens qui nous permet de nous tenir debout. Certains y ajoutent le sens du chaud et du froid, ou encore de la douleur. Mais au final, le cerveau intègre tout ce que nous ressentons et, selon les savants, vouloir compter combien de sens nous avons n'a alors plus guère de... sens !

La vue est en tout cas le sens qui nous semble le plus important – à tel point que dire « Je vois » revient à dire « Je comprends ». Dans ce sens-là (encore un sens...), même les personnes aveugles peuvent donc dire « Je vois »... Pour se déplacer, ne pas entendre n'est pas trop gênant, mais ne pas voir... On dit d'ailleurs que plus des trois quarts des informations que l'on reçoit viennent de la vue. Chez l'être humain, c'est le sens qui a pris le pas sur les autres, notamment sur l'odorat. Celui-ci, ainsi que le goût et le toucher semblent certainement passer après. Ne pas pouvoir humer un bon plat ou sentir une jolie fleur, ce n'est quand même pas pareil que de ne plus pouvoir voir le visage de ses proches et toutes les beautés de la nature, avec toutes ses couleurs qui enchantent la vie.

« Pouvoir voir », ai-je dit : tout est là ! Quand on ne voit plus, on ne peut plus ! On devient handicapé. Les handicapés les plus visibles étaient à l'époque ceux qui circulaient en fauteuil roulant. Mais même eux pouvaient se déplacer plus facilement que les aveugles. Des personnes amputées des quatre membres avaient pu faire des choses remarquables. Mais les aveugles ? En dehors de la musique et de la chanson, ils n'étaient pas nombreux à être devenus célèbres. Alors oui, perdre la vue, c'était vraiment le pire handicap qui pouvait être. Et certains cas pouvaient être pires que d'autres. Il y avait ceux qui avaient perdu la vue d'un seul coup, comme moi, et ceux qui étaient aveugles de naissance. Ces derniers n'avaient connu que la nuit, ils y étaient habitués depuis toujours. Tandis que moi et les autres, on devait vivre avec nos souvenirs et nos regrets. Et puis, il y avait ceux qui perdaient la vue petit à petit. J'ai parlé avec plusieurs personnes qui étaient dans ce cas. Peut-être était-ce le pire des cas. Ces personnes voyaient leurs yeux s'éteindre peu à peu, elles devaient se réadapter sans cesse à leur quotidien, tout en sachant que l'inéluctable allait arriver. D'où pour beaucoup, des migraines, des dépressions, le refus de la réalité... Certes, moi aussi, j'avais connu des périodes sombres, et j'en connaissais encore quand je n'étais pas Morgane, mais quand l'inéluctable est passé, il a quand même l'avantage d'être en arrière, derrière soi, passé, justement ! Il n'y a alors plus qu'à se décider à faire avec pour aller de l'avant.

De toute façon, je n'avais pas trop le temps de m'éterniser sur mon sort. À l'Institut des Jeunes Aveugles, j'appris à me déplacer avec une canne, et aussi à lire le braille. Petit à petit, je découvris ainsi que je pouvais quand même continuer à vivre en y trouvant quelque plaisir. Et puis, Papi et Mamie étaient toujours là pour moi, surtout après mon retour chez eux. J'étais sans doute trop jeune pour avoir un chien d'aveugle, et Patapouf, notre chien, était trop occupé à renifler tout ce qui lui tombait sur la truffe pour me guider efficacement. Mais je savais qu'un jour, un chien d'aveugle me permettrait d'être encore plus libre.

La liberté ! Cette année-là, celle du drame, 1989, ce fut aussi celle d'une actualité bien chargée ! Au mois de novembre, le mur de Berlin tombait, et un vent de liberté allait souffler en Europe de l'Est. L'Union soviétique elle-même n'allait pas y survivre. Je n'avais que huit ans, presque neuf, mais je m'en souviens très bien. La chute du mur a eu lieu juste quelques semaines avant le drame que je vous ai raconté : les images sont parmi les dernières que j'ai pu voir. Pour tout ce qui est arrivé par la suite, aucune image réelle, bien sûr, mais tous les bruits entendus à la radio et à la télévision, et aussi les images que je me faisais moi-même des évènements. Cette liberté recouvrée par nos voisins de l'Est enchantait le monde entier, et je me réjouissais aussi pour eux. C'était comme un bonheur que l'on n'avait pas vu venir, et qui promettait des lendemains enchanteurs. Vingt ans après les premiers pas de l'homme sur la lune, l'humanité franchissait une nouvelle étape vers la liberté, et sur notre propre planète, cette fois ! Des familles séparées par un mur odieux pouvaient être réunies, et des pays entiers rejoignaient enfin le monde libre. C'était à tout le moins vertigineux ! Et cela se passait l'année même où la France célébrait le bicentenaire de la Révolution. Encore la fête de la liberté ! Le monde avait longtemps rêvé à l'an 2000. Il approchait de plus en plus, encore une vingtaine d'années, et on y serait, et ce serait assurément sous le signe de la liberté ! Je savais que les adultes avaient imaginé mille merveilles pour cet an 2000, mais pour moi c'était quand même encore très loin. Comment allais-je vivre d'ici là ? Une vingtaine d'années quand on n'en a que neuf, que l'on n'a plus de parents et que l'on a perdu la vue, c'était en réalité quelque peu nébuleux. Et quant à la liberté, pour moi elle avait assurément rétrécie. Je ne pouvais imaginer qu'une vie diminuée, beaucoup moins intéressante que pour les autres enfants.

À l'Institut des Jeunes Aveugles, les éducateurs ne voyaient pas les choses de la même façon. Avant d'aller plus loin, il faut que je mette les choses au point, justement. « Aveugle » fait partie des mots que certaines personnes préfèrent éviter, comme « sourd » ou « nain ». Elles préfèrent parler de « non-voyant », de « malentendant » ou encore de « personne de petite taille ». Mais pour moi, cela ne changeait rien : aveugle j'étais, et je n'avais rien à y gagner si l'on me donnait un autre nom. Un semblant d'euphémisme ne changeait rien à la réalité. Les mots ne guérissent pas toujours des maux, et personne ne dit d'un mort qu'il est un « non-vivant ». Alors, « non-voyant »... Ensuite, sur le mot « voir » : combien de fois des personnes m'ont expliqué ceci ou cela, pour finir me par me dire « Tu vois ? », avant de se sentir gênées et de me présenter aussitôt leurs excuses... Mais à part le cas de personnes au comportement un peu trop lourd, cela ne me choquait pas outre mesure. « Tu vois ? », c'est avant tout une question de langage, une expression qui n'est pas forcément une interrogation, comme quand on dit : « Tu vois, j'ai bien aimé le film que j'ai vu hier soir. » Et puis je voyais ou non dans ma tête, à défaut d'y voir avec mes yeux. À propos du mot « voir », je pourrais d'ailleurs vous citer beaucoup d'autres mots qui le comportent, qu'ils aient ou non un lien avec lui : abreuvoir, apercevoir, assavoir, avoir, bavoir, concevoir, contre-pouvoir, couvoir, décevoir, devoir, émouvoir, entrapercevoir, entrevoir, gravoir, lavoir, mouroir, mouvoir, percevoir, pleuvoir, pourvoir, pouvoir, préconcevoir, prévoir, promouvoir, ravoir, recevoir, redevoir, repleuvoir, repourvoir, repouvoir, réservoir, revoir, rivoir, savoir, vivoir et enfin le dernier, voir, tout simplement ! Faudrait-il supprimer tous ces mots pour les aveugles ? Non, vous le voyez bien !

Le personnel de l'Institut était là pour nous encourager à faire toujours plus, presque comme pour nous empêcher de nous fixer des limites. En cela il différait de certains enseignants que j'ai pu connaître plus tard qui ne comprenaient pas ou ne tenaient pas compte de mon handicap. Il en allait de même pour ceux qui étaient dans le même cas que moi : on pouvait parler, on se comprenait. Mais avec le monde extérieur, cela allait se révéler beaucoup plus compliqué.

À l'Institut donc, il ne fallait jamais abandonner, ni laisser la moindre déprime gagner le dessus. J'ai ainsi beaucoup apprécié les exemples que l'on nous donnait de personnes qui avaient réussi leur vie, malgré leur cécité. Il y avait des exemples récents et des plus anciens, avec beaucoup de sportifs, des nageurs et des coureurs dont certains avaient participé aux Jeux paralympiques. Il y avait aussi des alpinistes et des aventuriers. Par exemple, au XIXᵉ siècle, un aveugle britannique, James Holman avait fait des voyages autour du monde, sans accompagnateur. Au siècle suivant, un autre aveugle, le français Jean-Pierre Brouillaud, était parti, tout seul lui aussi, en auto-stop jusqu'en Inde et à Katmandou, avant de continuer à sillonner les cinq continents. Quant à l'Everest et d'autres sommets, ils avaient été conquis par plusieurs aveugles. Même les porteurs d'autres handicaps pouvaient nous inspirer, comme les sportifs amputés des quatre membres. Mais l'exemple le plus remarquable, pour nous les aveugles, était sans doute celui d'Helen Keller, une auteure, conférencière et militante américaine décédée une vingtaine d'années auparavant. Devenue aveugle et sourde à un an et demi, elle n'était cependant pas muette. Grâce à la persévérance de son éducatrice Anne Sullivan, elle avait réussi à communiquer, malgré son double handicap. Son éducatrice avait eu l'idée de lui esquisser des signes dans la paume de sa main, avant de lui faire toucher un objet. Par la suite, en portant ses mains sur les lèvres et la gorge de ceux qui lui parlaient afin de sentir les vibrations, Helen Keller avait pu comprendre ce qu'on lui disait. Grâce à cela, ainsi qu'à une forme de langue des signes où les mots étaient épelés dans la main, et aussi grâce au braille, elle avait pu apprendre à parler, à lire et à écrire. Et elle ne s'en était pas privée : elle avait fait des études, obtenu un diplôme universitaire, elle avait écrit une douzaine de livres, ainsi que de nombreux articles, elle avait aussi donné des conférences, car elle avait beaucoup à dire. C'était en effet une militante socialiste et pacifiste qui combattait pour le droit de vote des femmes et la défense des travailleurs, ainsi que pour une guerre révolutionnaire mettant fin à la Première Guerre mondiale et assurant la victoire du prolétariat. En outre, elle avait cofondé une organisation portant son nom pour la prévention de la cécité et la réduction de la malnutrition dans le monde. Elle avait aussi convaincu le Lions Club International de s'engager à combattre la cécité évitable. Une vie bien chargée, en somme ! Je n'ai jamais oublié une de ses citations, aussi claire que profonde : « Les plus belles choses dans le monde ne peuvent pas être vues ou même touchées ; elles doivent être ressenties avec le cœur. »

Un éducateur m'avait aussi raconté l'histoire de Valentin Haüy. En 1771, cet homme avait été choqué par l'accueil moqueur fait à de jeunes aveugles lors d'un spectacle. Quelques années après, il donna une pièce à un jeune aveugle qui faisait l'aumône. En touchant la pièce, le jeune aveugle lui fit remarquer qu'il avait dû se tromper, sa valeur étant importante. Valentin Haüy comprit qu'un aveugle pouvait « lire » la pièce en la touchant. Il mit alors au point un système de lettres en relief pour apprendre à lire aux aveugles. Le jeune mendiant fut un de ses élèves. L'école fondée par Valentin Haüy devait par la suite être prise en charge par l'État.

On m'avait ensuite, bien sûr, parlé de Louis Braille, l'inventeur d'un système d'écriture et de lecture pour aveugles. Devenu lui-même aveugle à la suite d'un accident dans son enfance, Louis Braille avait fréquenté l'école fondée par Valentin Haüy. Il y avait découvert un système d'écriture en relief fondé par un certain Charles Barbier de La Serre, dont le nom n'est pas passé à la postérité, et c'est un peu injuste. Cet homme considérait que l'écriture conventionnelle était bien trop compliquée pour l'alphabétisation universelle. Il avait mis au point un système qui transcrivait les sons en points saillants. Quand il le découvrit, Louis Braille y apporta des améliorations. Son propre système avait l'avantage d'être un alphabet basé sur celui des voyants, et qui était aussi plus facile à déchiffrer et à enseigner. Il finit donc par supplanter celui de Charles Barbier de La Serre. Louis Braille était également un organiste de talent, décédé en 1852, à 43 ans seulement.

La musique était d'ailleurs naturellement le domaine des aveugles, car c'est un langage universel accessible à tous. Avec la chanson, elle a eu son lot de célébrités parmi les aveugles, comme Ray Charles, Stevie Wonder, Andrea Bocelli, Gilbert Montagné... Pour moi aussi, c'était un plaisir naturel, je pouvais m'y livrer quand je voulais, sans jamais avoir besoin de demander l'aide de personne. Pour écouter tout ce monde, il y avait la radio, bien sûr, mais aussi les cassettes, les disques et les CD qui les remplaçaient de plus en plus. On changeait d'époque, et pour le mieux : les CD me convenaient bien, ils posaient moins de problèmes que les disques, et surtout que les cassettes. Quand la bande magnétique sortait de celles-ci, quelle galère c'était pour essayer de la remettre en place ! Surtout en ne la voyant pas ! Il fallait tenter de la remettre dans le même sens, le bon sens.

Quelle époque ! Mais bon, heureusement, oui, qu'il y avait la musique et la chanson ! Quand on n'y voit pas, il n'y a pas mieux pour rêver et s'évader, pour s'émouvoir aussi. C'est notre liberté à nous, les aveugles ! Comme un jour, je fredonnais le refrain de « Colchiques dans les prés », une éducatrice m'expliqua que c'était une chanson qui datait de la Seconde Guerre mondiale, et dont la musique était l'œuvre d'une ancienne Guide de France d'un mouvement qui a depuis fusionné avec les Scouts de France. Elle était totémisée « Corbeau unique » et, beaucoup plus tard, elle allait être agressée sauvagement par un cambrioleur et laissée pour morte. Elle en perdit un œil et écrivit un livre bouleversant sur son agression et son auteur, ses interrogations à elle, sur l'amour et le pardon, la destinée de chacun. C'était une leçon de courage et d'amour, de résilience comme il était devenu à la mode de le dire. Quant aux paroles de la chanson, elles étaient dues à une de ses amies du scoutisme :

Colchiques dans les prés fleurissent, fleurissent
Colchiques dans les prés : c'est la fin de l'été.

La feuille d'automne emportée par le vent
En ronde monotone tombe en tourbillonnant.

Châtaignes dans les bois se fendent
Châtaignes dans les bois se fendent sous les pas.

Nuages dans le ciel s'étirent
Nuages dans le ciel s'étirent comme une aile.

Et ce chant dans mon cœur murmure, murmure
Et ce chant dans mon cœur appelle le bonheur.

De façon générale, j'adorais toutes les chansons où il était question des beautés de la nature : ces beautés, je les revoyais les yeux fermés, les yeux morts. En tant que fille d'Occitanie, j'aimais tout particulièrement ce qui était en quelque sorte notre hymne national. Je veux, bien sûr, parler de « Se canta », qu'il faut prononcer « Se canto », une chanson qui aurait été écrite au Moyen Âge par Gaston Phébus, comte de Foix et seigneur du Béarn, entre autres titres. Il l'aurait probablement écrite en gascon du Béarn, peut-être pour implorer sa belle, Agnès de Navarre qui était retournée chez son père de l'autre côté des Pyrénées, afin qu'elle revienne auprès de lui. En béarnais ou gascon du Béarn,

« Se canta » se dit « Se canti ». Se canta, se canto, se canti : l'important, c'est que ça chante !

La chanson a été transmise de manière orale au cours des siècles, et adaptée selon les régions et les époques. On ignore sa forme d'origine. Son air, très populaire, a aussi pu être mélangé à des chants locaux. La chanson est d'ailleurs connue sous plusieurs noms, notamment « Aqueras Montanhas » en Béarn, « A la font de Nimes » dans la région de Nîmes, « Montanhes Araneses » dans le val d'Aran, « Aqueras Montanyas » ou « Aqueras Montaňas » dans le Haut-Aragon, et « Se Chanta » dans les vallées occitanes du Piémont. En Ardèche, « L'Ardecha» se chante sur le même air que « Se canta ». Le même air traverse donc la moitié sud de la France, avec des échappées en Espagne et en Italie : un vrai succès !

Comme beaucoup de langues, l'occitan se divise en plusieurs dialectes, il existe donc plusieurs versions de « Se canta », y compris au sein d'un même dialecte.

Voici une de celles en vigueur du côté de Toulouse, mais il faut noter que la graphie peut varier, et que « Se canta » est ici écrit « Se canto » :

Debat ma fenestro
At oun auselou
Touto la ney canto,
Canto sa cansou.

Se canto, que cante
Canto pas per you,
Canto per ma moi
Qu'es a len de you.

Aqueros mountagnos
Que tan hautes soun
M'empéchoun de beyre
Mas amours oun soun.

Bassas-bous mountagnos
Planos, aoussas-bous
Per que posqui beyre
Mas amours oun soun.

Aqueros mountagnos
Tan s'abacharan
E mas amourettos
Se rapproucharan.

Avec la traduction plus ou moins littérale en français :

Dessous ma fenêtre
Il y a un oiselet
Qui toute la nuit chante
Chante sa chanson.

Sil chante, qu'il chante
Il ne chante pas pour moi
Il chante pour ma mie
Qui est loin de moi.

Ces montagnes
Qui sont si hautes
M'empêchent de voir
Où sont mes amours.

Baissez-vous montagnes
Plaines haussez-vous
Pour que je puisse voir
Où sont mes amours.

Ces montagnes
S'abaisseront
Et mes amourettes
Se rapprocheront.

Certaines versions ont d'autres couplets, ou ont des couplets traduits différemment en français :

Ces fières montagnes
À mes yeux navrés,
Cachent de ma mie
Les traits bien aimés.

Les chères montagnes
Tant s'abaisseront
Qu'à la fin ma mie
Mes yeux reverront.

J'aimais aussi une version avec quelques paroles sur la ville rose :

Toulouse, Toulouse
Rouge fleur d'été
Tu rendrais jalouse
Toutes les cités

Rien que ça ! Je ne vais pas abuser en citant « Ô mon païs, ô Toulouse » de Nougaro... Il n'empêche, tout cela était bien beau ! En français comme en occitan. Je ne connaissais de l'occitan, ou de ses patois, que quelques mots et expressions, qui se mélangeaient au français du coin, comme « a bisto de nas » pour « à vue de nez », « adishatz » pour « adieu », « boudu con ! » pour « bon dieu ! » – avec le « con » ajouté à tout bout de champ à Toulouse –, « bouléguer » pour « mélanger », très utilisé lors des parties de loto, « brave » pour « un peu bête », « cagade », « caguer » et autre « fas cagat » que je préfère ne pas traduire, « cagnard » pour « soleil violent », « canaillou » pour « fripon », « castagne » pour « bagarre », le fameux « chocolatine », bien sûr, « coforobé » que j'adorais, pour « ça ira bien comme ça », « coucougner » pour « dorloter », « drôle » pour « enfant », « escagasser » pour « importuner », « s'escaner » pour « s'étouffer », « espanter » pour « étonner » – mais moi, quand j'étais toute petite, je préférais dire « Tu m'espatates » à mes amis –, « fadas » pour « fou », « macarel ! » pour exprimer la surprise – enfin disons que c'est l'équivalent de « putain ! » –, « mascagner » pour dire que l'on a du mal à faire un travail, « mila diou ! » équivalent de « bon dieu ! », « péguer » pour « coller », « poutou », « poutouner » et « poutounade » pour les gros baisers que l'on se fait, « qu'es aquo ? » qu'il est inutile de traduire, « raï » pour « peu importe », « rouméguer » pour « ronchonner », « en avoir un sadoul » pour « en avoir assez », ou encore, pour finir, et j'en passe, « tchaoupiner » pour « tripatouiller ».

J'ajouterai, quand même encore, « m'as compres ! », pour « tu m'as compris ! », une expression à employer en signe de connivence avec son interlocuteur. À propos de « raï », au début je ne comprenais pas quand j'entendais ce mot, alors que j'étais toute petite. Pourquoi invoquer ainsi les rails ? Et pourquoi pas la route ? Cela n'avait aucun sens ! Était-ce parce qu'il y avait une voie ferrée pas trop loin de chez nous ? Ou parce qu'un voisin travaillait aux chemins de fer ? Que de mystères ! Cela me plongeait dans de profondes réflexions, quasi métaphysiques !

Tout cela était bien pittoresque, mais moi, en matière de chansons, et « Se canta » mise à part, je préférais quand même les chansons françaises, et notamment celles de Michel Berger chantées par France Gall, notamment « Il jouait du piano debout » ou l'énergique « Résiste ! », avec un air aussi entraînant que les paroles :

Si on t'organise une vie bien dirigée
Où tu t'oublieras vite,
Si on te fais danser sur une musique sans âme
Comme un amour qu'on quitte,
Si tu réalises que la vie n'est pas là
Que le matin tu te lèves
Sans savoir où tu vas

Résiste !
Prouve que tu existes
Cherche ton bonheur partout, va
Refuse ce monde égoïste
Résiste !
Suis ton cœur qui insiste
Ce monde n'est pas le tien, viens
Bats-toi, signe et persiste
Résiste !

Bon ! Je ne vais pas tout fredonner, juste un autre morceau :

Tant de libertés pour si peu de bonheur
Est-ce que ça vaut la peine ?
Si on veut t'amener à renier tes erreurs
C'est pas pour ça qu'on t'aime
Si tu réalises que l'amour n'est pas là
Que le soir tu te couches
Sans aucun rêve en toi

Résiste !..

Et un dernier :

Danse pour le début du monde
Danse pour tous ceux qui ont peur
Danse pour les milliers de cœurs
Qui ont droit au bonheur
Résiste !..

Mais bon ! Je ne vais pas vous citer toutes les chansons que j'aimais, ces années-là ou plus tard. Je ne vous ai même pas parlé de la chanson qui a pour titre mon prénom, Céline. Une fort belle chanson quelque peu mélancolique :

Dis-moi, Céline, les années ont passé
Pourquoi n'as-tu jamais pensé à te marier ?
De toutes mes sœurs qui vivaient ici
Tu es la seule sans mari.

Non, non, non, ne rougis pas, non, ne rougis pas
Tu as, tu as toujours de beaux yeux
Ne rougis pas, non, ne rougis pas
Tu aurais pu rendre un homme heureux.

Vous connaissez la suite. Non ? On y apprend que Céline, l'aînée de la famille a rejeté un amoureux pour s'occuper de ses frères et sœurs qui n'avaient plus leur maman. Cette chanson, datée de 1966, était bien antérieure à ma naissance. Elle racontait une histoire complète. Le genre était bien différent de « Résiste ! » (que j'aime écrire avec un point d'exclamation), mais j'aimais bien quand même. Cela me rendait songeuse, rêveuse. Mais il fallait que je redescende sur terre, sur le plancher des vaches, au lieu de m'envoler dans mes rêveries. Quand on est comme moi aveugle, on se pose naturellement la question de ce que l'on pourra faire plus tard comme métier, l'idéal étant de pouvoir faire ce que l'on aime pour aimer ce que l'on fait. Mais c'était difficile. Certaines professions, la plupart même, étaient exclues d'office : pilote d'avion ou conductrice de train, par exemple, mais aussi tout un tas d'autres, comme dans la restauration. Comment savoir sans le voir si un plat est bien présenté ? Et s'occuper des enfants ? Quels parents confieraient les leurs, surtout les tout petits, à une aveugle ? Et il y avait beaucoup de métiers qui semblaient difficiles à exercer sans l'aide d'une autre personne. Comme chez les aveugles le toucher est un sens essentiel (c'est le cas de le dire), je pensais devenir peut-être masseuse ou kinésithérapeute, ou les deux. Mais c'était encore loin, il fallait d'abord poursuivre une scolarité aussi bonne et complète que possible.

Ah ! l'école ! En 1989, lors du drame, j'étais dans la dernière classe de l'école primaire. Je n'ai pas pu la terminer, et à la rentrée j'ai dû la réintégrer, mais dans une nouvelle école proche du logement de Papi et Mamie, et cette fois en tant qu'aveugle et redoublante. J'avais perdu mes amies, je n'y voyais plus, ce ne fut donc pas facile, mais je me suis accrochée, et au final cela s'est plutôt bien passé. L'école, on aime ou on n'aime pas. Mais quand on a un handicap, il faut en plus faire avec, et il faut aussi faire avec les autres enfants. Si les adultes font en général attention avec les handicapés, les enfants peuvent être particulièrement méchants, et même parfois cruels. Volontairement ou non : c'est l'innocence de l'enfance. J'ai eu mon lot de moqueries, de rejets, mais j'ai quand même eu aussi des amies, des filles qui acceptaient ma différence et qui voulaient bien m'aider. Orpheline et aveugle : cela avait de quoi attirer leur curiosité, après tout ! Et puis la curiosité pouvait se muer en amitié. À cet âge, c'est encore facile.

À propos des enfants, laissez-moi au passage vous raconter une histoire vécue par une autre aveugle. Une petite fille de cinq ans lui avait demandé :

– Comment fais-tu pour manger ?

Comme si ne pas voir pouvait empêcher de manger...

Elle lui avait alors répondu :

– Bah ! Avec une fourchette ! Tu crois quoi ?

Tout simplement !

En 1990, des élèves se moquèrent particulièrement de moi. Je n'ai pas compris sur le coup, car je ne m'y attendais pas, j'avais des tâches de sang, et je ne le voyais évidemment pas : c'étaient mes premières règles. Quelle histoire ! Mamie me l'avait bien expliqué, mais pour moi, les règles, c'était pour un futur encore lointain. Eh bien non ! Le futur, c'était maintenant. J'étais précoce, je n'y pouvais rien. J'étais sans doute la première de la classe à qui cela arrivait, et je pense que les autres filles n'avaient pas compris ce qu'il en était. Papi non plus : il crut un moment que j'avais fait je ne sais quoi avec je ne sais qui. Gentil papi ! En tout cas, ce fut pour moi une nouvelle complication à gérer, j'étais encore plus différente que les autres, mais enfin, je vous passe les détails, après tout, je vous en ai déjà trop dit.

À la rentrée de 1991, j'allais maintenant au collège. Par chance, il n'était pas loin de là d'où j'habitais, chez

Papi et Mamie. Ce fut dur, très dur, mais à force de faire j'obtins de leur part l'autorisation d'aller seule au collège. Enfin, seule : je les soupçonnais, à raison je pense, de me suivre plus ou moins de loin pour voir si tout se passait bien. Du moins pendant un certain temps, assez long à mon avis. Bon ! Malgré ma canne blanche, j'ai dû heurter des arbres ou des poubelles, ou d'autres objets, quitte à m'en excuser auprès d'eux, mais dans l'ensemble j'arrivais en bon état à destination ! En tout cas, j'avais plaisir à être de plus en plus autonome, de plus en plus libre, même si ma liberté était étroitement surveillée. Je rêvais toujours d'avoir un chien guide d'aveugle, mais ce n'était pas encore le moment : le logement de Papi et Mamie n'était pas assez grand, et mon chien Patapouf était encore là. Et Patapouf était plutôt jaloux, il n'aimait pas trop que je m'intéresse à d'autres chiens. Déjà qu'il devait partager mon affection avec Moustache la chatte ! Alors, un autre chien...

Après le collège, le lycée. Il était un peu plus éloigné, mais un service de ramassage scolaire était assuré, le transport ne fut donc pas un problème. Je continuais de gagner en assurance et en autonomie. Parfois trop, même : quand j'étais Morgane, je n'avais pas perdu la vue, alors j'y allais franchement, au risque de me heurter à la réalité ! Et de me cogner la tête ! Malgré les coups, j'ai eu mon baccalauréat avec mention en 1999 : comme quoi je n'avais pas été si mauvaise. En tant qu'aveugle, j'avais aussi pu bénéficier de certaines aides bienvenues. Ce qui ne m'a pas empêché malgré tout, je l'ai déjà dit, d'avoir quelques professeurs qui ne faisaient aucun cas de mon handicap. Par contre, d'autres étaient fort bienveillants à mon égard : il y avait de tout, en somme, comme en dehors de l'école, mais je veux surtout me souvenir de l'un d'eux qui avait étonné et amusé toute la classe en nous racontant l'histoire du gorille. Il s'agissait en fait d'une expérience scientifique très sérieuse qui avait été menée aux États-Unis. Des personnes devaient visionner attentivement une vidéo où deux équipes, l'une habillée en blanc et l'autre en noir, jouaient au basket, et compter le nombre de fois où les joueurs de l'équipe des blancs se passaient le ballon. Lors de la partie, une personne traversait la scène déguisée en gorille et en battant sa poitrine avec ses poings. Ensuite, les participants à l'expérience devaient annoncer combien de passes ils avaient comptées, et on leur demandait s'ils avaient remarqué quelque chose sortant de l'ordinaire. Seulement la moitié d'entre eux parlèrent du gorille. Les autres avaient été trop occupés à compter les passes pour le voir. Les spécialistes appellent cela la cécité d'inattention, quand le cerveau ne peut gérer plusieurs informations en même temps. Elle explique par exemple pourquoi quand on est préoccupé par un problème, on peut oublier un bébé dans une voiture.

– Comme quoi, nous pouvons tous être aveugles ! avait conclu le professeur.

L'an 2000 approchait. Le fameux an 2000 attendu depuis si longtemps ! Même si pour certains, c'était un sujet de crainte. Pourtant, même avant l'an 2000, le 11 août 1999, lors de l'éclipse solaire totale, la station spatiale Mir ne s'écrasa pas sur Paris, comme prédit par un célèbre couturier quelque peu excentrique, d'après les prophéties de Nostradamus et ses propres visions. Et en l'an 2000, il n'y eut pas non plus de « bug » catastrophique comme annoncé dans le monde de l'informatique : tout ne tomba pas en panne. Par contre, il est vrai qu'il y eut bien une tempête mémorable fin 1999, avec de nombreuses victimes, près d'une centaine en France, des milliers et des milliers d'arbres abattus, et des coupures d'électricité : à la veille de l'an 2000, nombre de foyers durent s'éclaire à la bougie ! Mais le monde continua de tourner ! Et en 2001, on commença officiellement un nouveau siècle. Et l'année suivante on changea de monnaie : l'euro remplaça le franc. C'étaient là vraiment des années très chargées ! Et dramatiques aussi : les attentats du 11 septembre 2001 aux États-Unis firent près de 3000 morts et entraînèrent des guerres en Afghanistan et en Irak. Toujours des guerres... Lors de la décennie précédente, il y en avait même eu en Europe lors de l'éclatement de la Yougoslavie, et ailleurs, notamment en Tchétchénie, outre des massacres en Algérie et un génocide au Rwanda. C'était l'Histoire avec une grande hache, comme on dit. L'Histoire qui justifiait le mot d'Aldous Huxley : « Le fait que les hommes tirent peu de profit des leçons de l'Histoire est la leçon la plus importante que l'Histoire nous enseigne. »

Mais tandis que les guerres continuaient comme toujours, la technologie progressait, notamment avec les téléphones portables et Internet. La révolution numérique était en marche. De nouvelles perspectives s'ouvraient pour le monde, y compris pour les aveugles, avec les ordinateurs personnels à synthèse vocale. Ne plus voir n'était plus aussi handicapant qu'autrefois. Exit le minitel qui, lui, ne leur apportait rien !

Toutes ces années de la fin du XXe siècle et du début du XXIe furent vraiment exceptionnelles, à tous égards. En 1994, le tunnel sous la Manche reliait enfin l'Angleterre à l'Europe. La même année, Nelson Mandela devenait président de l'Afrique du Sud jusqu'en 1999 : le régime raciste de l'apartheid n'existait plus. Dix ans plus tard en 2009, Barack Obama allait devenir le premier président métis des États-Unis. En 2004, les anciens pays communistes d'Europe de l'Est rejoignaient l'Union européenne. Les réseaux sociaux naissaient peu après le début du siècle, et le smartphone était inventé : plus tard, il allait remplacer les petits téléphones portables, parachevant pour un temps la révolution numérique. Mais il y eut aussi la canicule de 2003, le tsunami de 2004, le cyclone Katrina à la Nouvelle-Orléans en 2005, et on parlait de plus en plus du réchauffement climatique : le protocole de Kyoto pour réduire les gaz à effet de serre date de 1997.

Quant à moi, après mon baccalauréat je commençai à la rentrée de 1999 des études supérieures pour devenir masseuse-kinésithérapeute. Je rêvais toujours d'avoir un chien guide d'aveugle, mais en attendant cela ne m'empêchait pas de me déplacer autant que je le pouvais, seule si je connaissais la route, sinon accompagnée. Plus que jamais, je voulais profiter d'un peu de liberté. Mais cela ne se passait pas toujours bien et beaucoup de choses m'énervaient. Par exemple, quand j'allais demander des renseignements à quelqu'un, ce quelqu'un donnait trop souvent les explications à la personne qui m'accompagnait. Mais bon sang ! Ne pas voir ne veut pas dire que l'on ne comprend pas, que l'on est stupide ! Je sais que beaucoup de personnes font pareil avec les personnes âgées, comme si elles ne pouvaient pas comprendre ! Mais la plupart ont encore toute leur tête ! Pourquoi vouloir les infantiliser ? À l'inverse, d'autres personnes voulaient trop bien faire. C'était parfois presque amusant. Une fois, j'attendais quelqu'un sur un trottoir. Une dame m'a fait traverser la rue, sans rien me demander, je n'ai pas eu le temps de lui dire que je ne voulais pas traverser, et je me suis retrouvée de l'autre côté, un peu perdue car c'était à un carrefour important et je ne savais pas quelle rue j'avais traversée. C'est vrai, cela partait d'une bonne intention, alors passons ! Et puis c'était quand même mieux que les gens qui me criaient dessus, malgré ma canne blanche, parce que j'avais eu le malheur de les toucher un tout petit peu !

Vivre sa différence sans être trop dépendante des autres : assurément, le combat était permanent ! Je voulais le plus souvent me débrouiller toute seule, mais parfois il fallait bien que je m'en remette aux autres. À l'époque, il n'existait pas encore ces appareils qui permettent de décrypter, de décrire les couleurs. J'allais dire « de voir » ! Merveilleux appareils, oui ! Sans eux, si je voulais choisir mes vêtements toute seule, j'en portais parfois certains qui n'allaient pas vraiment ensemble, et on me le faisait remarquer. Pour remédier à cela, j'avais établi un code selon les étiquettes : je les coupais plus ou moins, et selon leur longueur, cela correspondait à une couleur. Pour élargir les possibilités, je cousais, ou Mamie cousait une autre étiquette à côté. C'était là le genre d'astuces que l'on apprenait au fil de la vie, si je puis dire. Pour acheter les vêtements, je me faisais aussi accompagner. Sinon, je préférais le plus possible me déplacer seule. Le problème était alors quand il y avait des travaux, ou quand l'arrêt de bus était déplacé, ou changé même. C'était tout comme pour vous quand vous devez vous déplacer dans le noir. Il fallait que je retrouve mes repères, ce n'était pas toujours facile. Mais bon, avec les années, j'avais appris à ne pas paniquer pour un rien. Cela n'avait plus rien à voir (encore « voir » !) avec l'adolescence – une période compliquée pour tout le monde. J'ai évité d'en parler, peut-être pour me présenter plus forte que je ne l'étais. Mais enfin, cela avait été une période difficile pour moi. J'avais perdu la vue depuis peu, finalement, et cela me complexait d'autant plus de ne pas voir, j'évitais de me mêler aux autres, je me murais dans mon silence, je me suis fait peu d'amies.

Le silence ! Quand je marchais dans la rue avec ma canne blanche, je remarquais que les gens s'arrêtaient de parler, pour reprendre leurs conversations quand j'étais passée. De même, quand j'étais assise avec d'autres personnes, ma canne blanche posée à côté, tout le monde ne savait pas que j'étais aveugle. Quand je le disais : silence ! Cela jetait comme un froid. Tout cela me gênait, cela me rappelait constamment ma différence, cela créait une distance entre les autres et moi – moi qui ne demandais qu'à ne pas me faire remarquer. Pour autant, je trouvais un peu vaine l'attitude des personnes qui faisaient une hiérarchie dans la façon d'appeler les aveugles et les handicapés. J'ai déjà dit ce que je pensais de « non-voyant ». Mais cela allait plus loin. Certains rejetaient le terme « handicapé » pour « personne handicapée », afin de souligner qu'un handicapé était avant tout une personne. D'autres allaient plus loin encore en préférant parler de « personne avec un handicap », comme pour réduire l'importance de celui-ci. Tout cela partait sans doute d'une bonne intention, mais cela ne changeait rien à la vie des personnes concernées.

À la faculté, cette année-là, j'étais la seule aveugle. Par contre, il y avait une fille dure de la feuille, comme on dit. On a eu du mal à communiquer, mais on a réussi, et on s'est même entraidées. C'était sympa ! Elle m'a aussi présenté son frère, un gars charmant qui, lui, bégayait. Quelle famille ! Tous les trois, au début, on a un peu parlé de nos problèmes respectifs. Enfin, surtout mon amie et moi, son frère préférait ne dire que le minimum. Cela nous encourageait de nous rendre ainsi compte que nous n'étions pas seuls au monde. Cette amitié nous faisait du bien à tous les trois. J'éprouvais quelques sentiments pour le frère de mon amie, ce garçon si gentil qui avait du mal à s'exprimer. Cela me touchait. Était-ce de l'amour ? Non, je ne pense pas, plutôt beaucoup de sympathie, une attirance pour quelqu'un qui avait des problèmes comme moi, et qui savait les vivre en prenant quand même la vie du bon côté. Un bon copain, oui. Mais lui, peut-être était-il amoureux de moi ? Qui sait ? S'il l'était, il n'a jamais osé me le dire. Dommage, cela m'aurait fait plaisir de le savoir !

Et mes amours, justement ? Bien sûr, j'avais eu mes premiers émois dès le collège, et ensuite au lycée. Tout passait d'abord par la voix : je ne pouvais me fier qu'à elle. Après, si je pouvais toucher le garçon (en tout bien tout honneur, comme on dit), c'était encore mieux. S'il acceptait de bon cœur, sans trop rire, je pouvais toucher son visage et m'en faire une image mentale. Était-elle exacte ? Comment savoir si tel ou tel garçon était vraiment beau ? Je pouvais savoir s'il avait de l'acné ou pas, comment étaient ses cheveux, la forme générale de son visage, je pouvais connaître le son de sa voix, son odeur corporelle, apprécier ou non son comportement, découvrir s'il était gentil aussi, mais était-il vraiment beau, bien habillé ? Difficile à dire ! Certes, ce n'était pas forcément le plus important, cela ne l'était assurément pas, il y avait la beauté intérieure, les sentiments, mais enfin, je pouvais aussi rechercher le meilleur, non ? Même si je ne le voyais pas ! Mais ne pas voir pouvait aussi me donner l'avantage de ne pas donner trop d'importance à l'apparence physique, et d'écarter peut-être ainsi, à tort, un cœur en or. C'est joliment dit, non ?

Je me demandais aussi si je devais rêver à un garçon comme moi, aveugle ou ayant un autre handicap, ou à un voyant. Le prince charmant et Zorro pouvaient-ils être aveugles ? À part moi peut-être, qui pouvait les imaginer ainsi ? Bien sûr, Morgane ne se posait pas la question : pour elle, tout était clair ! Elle pensait d'ailleurs à l'histoire bien connue de Claire et de Louis : le couple parfait qui ne pouvait se séparer. En effet, parce que si Claire perdait l'ouïe, Louis ne verrait plus clair. De toute façon, pour Morgane, l'amour était aveugle, alors... Céline, elle, était plus pragmatique. Elle pensait qu'un aveugle la comprendrait mieux, mais vivre avec un voyant serait tellement plus pratique dans la vie de tous les jours, et surtout avec les enfants tout petits qu'elle espérait avoir un jour. Ce serait plus rassurant. Mais bon, pour elle comme pour Morgane, l'important restait l'amour, avec l'écoute et la parole, plus qu'avec les yeux. Le langage du cœur...

En tout cas, si Morgane le vivait déjà en rêve, moi Céline, je n'ai pas rencontré le grand amour à cet âge-là, et je suis restée plutôt réservée, comme me le conseillaient Papi et Mamie. D'ailleurs, on parlait beaucoup du sida aux actualités, et c'était là une autre raison pour attendre. Et puis, j'avais le temps, tout mon temps : je pouvais remettre mon rêve à plus tard. Pour moi, plus tard ne serait pas trop tard. Je le savais. Je n'avais pas besoin de méditer sur la sentence de Pierre Dac : « Il est encore trop tôt pour savoir s'il est trop tard. »

Alors, j'attendais, car dans le domaine de l'amour, j'y croyais toujours, et j'étais restée une romantique. Je rêvais toujours de mon prince charmant sur son cheval blanc, ou d'un Zorro qui viendrait me délivrer de ma nuit pour m'emporter avec lui au loin et au galop. Mais avec ma cécité, et après le drame qui m'avait frappée au sein de ma famille, je l'attendais désormais dans la nuit noire.

III

Le visage de l'horreur

L'horreur. Oui, si je ne devais utiliser qu'un mot pour décrire ce qui s'est passé ce jour-là, je ne pourrais parler que d'horreur. Bien que tant d'années se soient écoulées depuis, je n'ai rien oublié, même si je me suis tant de fois forcée d'oublier...

Je croyais avoir vécu le pire avec la tuerie de mon père, eh bien non ! cela continuait...

J'ai déjà parlé du passage à l'an 2000, de tout ce qu'il représentait pour tout un chacun, et surtout sans doute pour les plus anciens qui l'attendaient depuis si longtemps. Certains avaient craint d'énormes problèmes informatiques – le fameux « bug » – qui n'eurent pas lieu. Mais pour moi, le passage à l'an 2000 signifia une nuit d'horreur.

Le soir du 31 décembre 1999, après les cours à la faculté, j'étais allée avec des copines dans un salon de thé pour boire un verre et manger quelques gâteries, histoire de fêter la nouvelle année par une sorte de pré-réveillon. Cela s'était terminé tard, beaucoup plus tard que prévu, en fait je n'avais pas fait attention à l'heure, et quand je m'en suis aperçue, je me suis rendu compte que mon bus n'était pas pour tout de suite. Selon ce qui était convenu avec Papi et Mamie, je devais les prévenir si j'avais du retard. Ce soir-là, en plus, ils m'attendaient pour le réveillon. Comme la moitié des Français à cette époque, je n'avais pas encore de téléphone portable. J'étais habituée aux cabines téléphoniques, et cela me convenait très bien. C'était il y a si longtemps que vous ignorez peut-être ce qu'étaient les cabines téléphoniques : elles ont en effet disparu moins de vingt ans après. Comme leur nom l'indique, c'étaient tout simplement des cabines avec un téléphone : à l'époque, c'était comme cela que l'on pouvait appeler quelqu'un quand on n'était pas chez soi, au bureau ou dans un café.

Après avoir souhaité mes meilleurs vœux à mes copines, je me suis dirigée vers la cabine téléphonique qui était sur la route de mon arrêt de bus. Je n'avais pas eu le temps de faire le numéro de Papi et Mamie qu'un individu a soudain ouvert la porte et s'est jeté sur moi. Je ne vous raconte pas la suite... Rien que d'en parler... L'horreur... Cet individu que je ne pouvais pas voir avait le visage de l'horreur... Son visage sans face devait hanter mes nuits pendant des années... Non, maintenant encore je préfère ne pas en parler...

J'étais écroulée à terre en train de pleurer quand j'ai entendu une voix douce, celle d'un homme. Il a dû comprendre tout de suite, vu mon état et l'état de mes vêtements. Il a appelé les secours et m'a accompagnée à l'hôpital avec eux, tout en continuant de me parler pour me rassurer. Il faisait ce qu'il pouvait, mais je continuais de pleurer. À l'hôpital, j'ai dû raconter mon histoire. Juste en murmurant quelques mots. De toute façon, cela ne devait pas être compliqué à comprendre, mais ce qui a pris du temps, c'étaient les examens qu'il fallait faire. J'ai aussi dû expliquer que je n'avais pas de voiture pour rentrer chez moi, et qu'il n'y avait plus de bus à cette heure-là. Un médecin ou un infirmier m'a alors dit que j'avais de la chance : une chambre était libre.

« De la chance » : tu parles d'une chance ! Il y a parfois des mots que certains feraient mieux de ne pas prononcer ! Oui, je sais, il ne l'a pas fait exprès, mais enfin... En tout cas, ce fut là ma première nuit avec Lucien. Car l'homme qui m'avait secouru s'appelait Lucien, et c'était mon futur mari. Eh oui ! Mais quelle nuit ! Avec beaucoup de pleurs, de dégoût, de colère, mais surtout beaucoup d'abattement. Et cela, pour le réveillon de l'an 2000 ! Comme c'était la nuit, une infirmière est passée pour voir si tout allait bien. On devait peut-être aussi faire trop de bruit. Lucien et moi, on s'est alors efforcés de parler un peu moins fort. Au fil des heures, un lien s'est créé entre nous, une sorte de complicité, comme un rayon de lumière dans les ténèbres. Mais on n'est pas restés longtemps seuls dans la chambre : avec le réveillon sont arrivés à l'hôpital des fêtards qui s'étaient blessés sur la route ou même chez eux, par imprudence, abus d'alcool, ou par simple maladresse. L'un d'eux s'était ainsi pris le bouchon d'une bouteille de champagne dans l'œil ! Pour d'autres, c'était à cause de brûlures ou de coupures. Il y avait aussi quelqu'un pour un problème d'allergie. Cela finit par faire beaucoup de monde aux urgences, tant et si bien que Lucien et moi, on a fini par être relégués dans le hall d'entrée pour y attendre le lever du jour.

À un moment donné, un peu avant minuit, deux infirmières sont venues trinquer avec nous. C'était gentil et réconfortant, même si cela n'a pas duré longtemps, car on les demandait de toutes parts. Elles nous ont même offert des chocolats.

Le matin, je n'avais qu'une envie : rentrer chez moi. Lucien accepta de m'accompagner. C'était le Jour de l'An, il ne travaillait donc pas. Il fit ainsi connaissance avec Papi et Mamie qui le trouvèrent bien gentils, ils me le dirent après son départ. Par contre, Mamie pleura beaucoup avec moi à propos de ce qui s'était passé. Je n'eus pas la force de tout lui raconter, mais je savais qu'elle me comprenait, et que Papi me comprenait aussi. À l'hôpital, le personnel médical nous avait conseillés, à Lucien et à moi, d'aller au commissariat de police porter plainte, et ce, le plut tôt possible. C'était ce que Lucien me demandait aussi, mais ce jour-là, je ne m'en sentais vraiment pas le courage. Je demandai à Lucien s'il voudrait bien m'y accompagner le lendemain, il accepta sans problème, malgré son travail.

Au commissariat, je fus longuement interrogée, je trouvai cela très pénible, et même énervant. Notamment l'insistance de la policière à savoir s'il y avait eu pénétration, et comment. Elle avait beau m'expliquer que c'était pour qu'elle soit sûre qu'il y avait eu viol, et non seulement une agression sexuelle, c'était très pénible à raconter, cela me faisait pleurer. Mais cela ne fut pas complètement inutile : à force de répondre aux questions, de raconter tout ce que je me rappelais, je me souvins d'avoir frappé mon agresseur à la tête avec le combiné téléphonique. Des policiers allèrent alors sur place dans l'espoir de prélever un élément de son ADN sur le combiné. Mais s'ils obtinrent effectivement cet élément, tant sur le combiné que sur le tee-shirt que je portais, j'appris plus tard que cela n'avait pas permis d'identifier mon agresseur. Je devais donc continuer à vivre tout en le sachant libre et impuni, prêt à recommencer. Je ne me sentais plus en sécurité. Je restai ainsi plusieurs semaines près de Papi et Mamie, sans oser sortir, même avec eux. J'avais trop peur, et j'étais trop dégoûtée de tout. Je trouvais cela autant injuste que révoltant : c'était moi la victime, mais c'était moi qui était punie, condamnée à rester enfermée chez moi, tandis que mon agresseur pouvait continuer de profiter de sa liberté sans être inquiété. Julien venait bien me voir tous les jours, il essayait de m'encourager, mais malgré sa gentillesse, je n'y arrivais pas. À force de faire, il parvint cependant à me convaincre de sortir faire quelques pas avec lui, mais uniquement dans le quartier de Papi et Mamie. Pour moi en tout cas, les cours à la faculté, c'était fini. Je ne serais donc jamais masseuse-kinésithérapeute, il faudrait que je trouve un autre métier. Une fois de plus, la vie limitait ma liberté.

Autant vous le dire tout de suite : mon agresseur devait finir par être découvert et arrêté... mais vingt ans après ! En 2019, un sexagénaire était interpellé sur son lieu de travail pour avoir dérobé une tronçonneuse. Selon la procédure, ses empreintes furent alors comparées avec celles du Fichier national automatisé des empreintes génétiques. Surprise : c'étaient les mêmes que celles de mon agresseur ! Celui-ci, un père de famille jusqu'alors sans histoire, devait expliquer que ce soir-là, il avait trop bu et était énervé après avoir accidenté son véhicule. Il fut condamné à de la prison ferme. Je suppose qu'il fit moins que prévu s'il se tint tranquille, mais enfin, le plus important était qu'il ait été trouvé, condamné et incarcéré. Que la justice soit passée, comme on dit. Quant à ses explications... Je préfère me taire.

En 2000 cependant, je ne pouvais pas savoir comment cela allait se terminer. Et quand bien même je l'aurais su, cela n'aurait pas effacé tout ce qui venait de se passer. Cela m'aurait cependant soulagé de savoir que mon agresseur allait payer pour ce qu'il avait fait. Lucien me dit un jour que cela aurait pu être pire, que je n'avais eu affaire qu'avec un seul agresseur, et non à un viol collectif. Quelle consolation ! Je lui en voulus beaucoup pour cette remarque que je jugeai d'une profonde stupidité. Venant de sa part, c'était même particulièrement affligeant. Moi qui lui faisais confiance, qui appréciais sa délicatesse, c'était à désespérer de tous les hommes. Entre ceux qui battaient leur femme, et ceux qui violaient les femmes, et puis ceux qui ne comprenaient pas la gravité de tout cela, qui restait-il ? Alors que je m'efforçais de ne plus y penser, de penser à autre chose, je ne pouvais m'empêcher de penser à toutes les affaires de viols ou d'agressions sexuelles que j'avais vues dans les journaux ou à la télévision. Une femme sur trois serait concernée dans sa vie, disait-on à l'époque. Et encore, quand j'y repense maintenant, bien plus tard, je crois que le pire n'était pas encore arrivé. Au fond, Lucien n'avait pas tort de me dire autrefois qu'il y avait toujours pire. Bien sûr, il y a toujours eu des viols. Mais pourquoi ? Pourquoi des hommes, aujourd'hui encore, ne peuvent-ils pas réprimer leur pulsion d'abuser d'une femme ? Si la plupart des hommes arrivent à maîtriser leurs désirs, pourquoi certains n'y arrivent-ils pas ? Ils se comportent comme des sauvages, pire que des animaux : contrairement à ce que l'on pourrait croire, chez ces derniers, les mâles n'abusent pas forcément des femelles ! Les viols s'accompagnent aussi souvent de la volonté d'humilier et de faire souffrir la victime. Pourquoi ? Je ne comprenais pas à l'époque, et je ne comprends toujours pas. Si des instincts sexuels incontrôlés peuvent pousser au viol, pourquoi y ajouter des violences gratuites envers les victimes ? Pourquoi cette volonté de faire souffrir et d'humilier ? Que cela se passe pendant les guerres, ou dans des caves de banlieue ou ailleurs, pourquoi, oui pourquoi tous ces viols ? Pourquoi toutes ces affaires qui ont défrayé la chronique depuis toutes ces années ? Et après les femmes, les enfants ! Combien de cas d'abus sexuels et de viols perpétrés par des proches d'un enfant ? Ou par des personnes a priori insoupçonnables, comme des religieux, des éducateurs ? Si toute violence, physique ou morale, est condamnable, elle est encore plus quand elle est commise sur des enfants par des personnes représentant l'autorité.

Et puis, pourquoi aussi toutes ces affaires d'incestes qui ont tant fait parler à un moment donné ? Laissez-moi vous parler d'un cas en particulier qui avait choqué l'opinion en son temps.

En 2008, une Autrichienne révélait avoir été séquestrée et violée par son père pendant vingt-quatre ans dans la cave insonorisée de la maison familiale transformée en abri anti-atomique en 1978, lors de la guerre froide. Son père avait commencé à la violer alors qu'elle n'avait que onze ans, avant de l'enfermer dans son abri l'année de ses dix-huit ans. Après avoir signalé sa disparition à la police, il lui avait fait rédiger une lettre demandant que l'on ne la recherche plus. Tout au long de ces années, sa fille donna naissance à sept enfants : trois restèrent dans l'abri jusqu'en 2008, un autre mourut à trois jours et fut incinéré dans une chaudière, et trois autres furent déposés par leur père devant la maison familiale en 1992, 1994 et 1996, avec une lettre de leur mère. Leur père prétendait à son épouse que leur fille, la mère de ces trois enfants, avait rejoint une secte. Son épouse ne se doutait de rien. Chaque année, elle partait en vacances avec son mari. Une vie normale... Cependant en 2008, le père dut emmener l'aînée de ses enfants incestueux à l'hôpital, car elle était gravement malade. Un appel à témoins fut lancé pour retrouver la mère, au motif qu'il y allait de la vie de la jeune malade qui allait avoir vingt ans. En le découvrant à la télévision, la fille séquestrée par son père trouva la force d'exiger de lui qu'il la conduise à l'hôpital. Ce fut le prélude à sa délivrance. Son père fut condamné à la prison à vie.

Un cas exceptionnel ? Peut-être. Mais il y a toujours des cas exceptionnels, des records dans l'horrible ! On croit avoir tout vu, et puis non, il pouvait encore y avoir pire ! Oui, Lucien avait raison de parler du pire dans l'horreur. À l'époque, il parlait des viols collectifs. Justement, en Inde une affaire particulièrement sordide défraya la chronique quelques années après. Peut-être pas un autre record par le nombre, mais peut-être un record dans l'horreur. Encore un de ces cas exceptionnels... Une étudiante fut violée par six hommes dans un bus de New Delhi en 2012. Elle était allée au cinéma avec un ami et avait pris le bus avec lui, vers 21 heures.

Le chauffeur avait en fait emprunté le bus de son travail pour faire une virée avec cinq autres hommes, dont l'un était son frère, après avoir consommé de l'alcool. L'étudiante et son ami avaient cru que c'était un bus en service normal, ils étaient donc montés dedans. Quand le bus dévia de sa route et que les portes furent verrouillées, son ami commença à poser des questions. Après les avoir harcelés et leur avoir demandé à lui et à l'étudiante ce qu'ils faisaient à une heure si tardive, les hommes emmenèrent la fille à l'arrière du bus qui continuait de rouler, la battirent et la violèrent. Son ami fut frappé avec une barre en acier et perdit connaissance. Selon les rapports médicaux, cette même barre rouillée aurait été utilisée pour pénétrer l'étudiante. Les deux victimes furent ensuite jetées hors du bus. Le chauffeur de celui-ci recula pour essayer d'écraser l'étudiante, mais son ami intervint pour l'en empêcher. Par la suite, le chauffeur nettoya le bus et brûla les vêtements des deux jeunes. Vers 23 heures, un passant découvrit les deux victimes, en partie dénudées et inconscientes. Au contraire de son ami qui survécut, l'étudiante devait décéder treize jours plus tard à l'hôpital. Selon un médecin, elle n'avait presque plus d'intestins, ils auraient été sortis de son corps quand ses agresseurs lui avaient retiré la barre de fer de celui-ci. Avant de mourir, comme elle ne pouvait pas parler, elle avait écrit sur un papier : « Maman, je veux vivre. » Mais malgré sa volonté de vivre, elle était morte.

Six hommes furent arrêtés. Peu avant leur agression, ils avaient déjà dérobé l'argent d'un charpentier qui était monté dans le bus, avant de l'abandonner plus loin. Le chauffeur, ou celui qui disait l'être, prétendit qu'il était resté au volant. Sans exprimer de remords, il déclara qu'une fille respectable n'avait pas à être dehors aussi tard, et qu'une fille était plus responsable d'un viol qu'un garçon. Selon lui, les filles devaient rester chez elles et ne pas sortir pour faire de mauvaises choses en portant de mauvais vêtements. Toujours d'après lui, la fille aurait dû se laisser faire pour apprendre sa leçon, et ensuite elle aurait été simplement jetée hors du bus avec son ami. Quant à la peine de mort dont il était menacé, il déclara que ce serait encore plus dangereux pour les filles si elle était appliquée aux violeurs : les hommes les tueraient pour qu'elles ne parlent pas, tandis que l'étudiante qui avait été agressée avait été laissée en vie. Bien aimable, non ?

Au final, un des accusés, mineur au moment des faits, mais âgé quand même de dix-sept ans et demi, fut condamné à trois ans de prison seulement, soit la peine maximale prévue pour les mineurs. Un autre se pendit dans sa cellule, presque trois mois après l'agression. Les quatre autres furent condamnés à la pendaison, après avoir vu le verdict confirmé en appel puis validé par la Cour suprême. La pendaison, plusieurs fois reportée, eut lieu en 2020, alors même que les exécutions capitales restaient rarissimes en Inde.

Cette affaire avait provoqué des manifestations exceptionnelles en Inde. Selon les analystes, c'était parce que la victime appartenait à la classe moyenne, alors que tant d'autres viols commis contre des intouchables passaient inaperçus. Mais il y avait avant tout une cause sociétale : la glorification du garçon en Inde entraînant le dédain, voire le mépris des filles, et cela commençait même avant la naissance, par la suppression des fœtus de filles. Des millions et des millions de petites filles n'avaient ainsi jamais vu le jour. Plusieurs personnalités réagirent cependant en s'en référant encore aux traditions et déclarèrent que la victime n'aurait pas dû sortir avec un garçon le soir, et que les filles devraient s'habiller plus convenablement. Une autre déclara même, comme l'avait fait l'un des agresseurs, qu'elle n'aurait pas dû résister. Un des avocats des accusés affirma que si sa fille ou sa sœur se déshonorait dans des activités prémaritales, il l'arroserait probablement d'essence devant sa famille avant d'y mettre le feu. À l'opposé, les autorités promirent des mesures pour la protection des femmes : des policiers mieux formés, plus de patrouilles et de bus la nuit, plus de sanctions pénales. Mais le problème était avant tout sociétal, et bien plus grave : la plupart des viols n'étaient pas déclarés par peur des tabous sociaux, et des policiers eux-mêmes. De nombreux États indiens en étaient encore à pratiquer le « test du doigt » : le médecin introduisait un doigt, puis deux dans le vagin de la victime. La possibilité d'introduire deux doigts étant supposée indiquer que celle-ci était habituée aux rapports sexuels, cela entraînait la mise en cause de sa crédibilité. Surtout, selon trop d'hommes en Inde, les femmes n'étaient que des utérus sans droits, ne servant qu'à faire des enfants, et de préférence des garçons plutôt que des filles. Même l'ONU avait alors questionné le gouvernement indien sur la condition des femmes. L'Inde était un pays qui se voulait moderne, mais où les femmes devaient affronter des mentalités d'un autre temps, et où régnait l'impunité contre les agressions à leur égard. Même la pratique ancestrale de la dot apportée par la famille de la mariée, qui semblait en déclin, avait repris de la vigueur dans la seconde moitié du XXe siècle. La dot qui entraînait avec elle, en cas de non paiement, des crimes à l'encontre des filles concernées, ou leur suicide. L'Inde était aussi le pays des mariages forcés, des attaques à l'acide et des infanticides de filles, un pays où les femmes avaient le plus de risques d'être réduites en esclavage, un pays classé en 2018 comme étant le plus discriminant pour les femmes, devant d'autres pays comme l'Afghanistan, la Syrie et la Somalie à cause des guerres, l'Arabie saoudite, le Pakistan, la République démocratique du Congo, le Nigeria et... les États-Unis. L'Iran n'était même pas cité dans ce classement, alors que c'était à l'époque et depuis longtemps un pays dirigé par des religieux rigoristes imposant le port du voile aux femmes. Elles devaient s'y révolter peu après. Dans le cas des États-Unis, il s'agissait des répercussions du mouvement « # Me Too » né en 2017 à la suite des agressions sexuelles perpétrées par un producteur de cinéma américain. Ce mouvement devait prendre une ampleur internationale, sous différents noms. Il y avait eu cependant divers mouvements avant lui pour défendre les femmes, dont notamment en France l'association « Ni putes ni soumises », née pour dénoncer leur situation dans les banlieues, notamment les viols collectifs ou « tournantes ». Encore avant cela, il y avait eu les luttes pour le droit à la contraception et à l'avortement, pour le droit de vote (accordé bien tard en France), et autres droits jusqu'alors réservés aux hommes.

Je n'en finirais pas de parler, si je devais tout raconter sur les agressions envers cette moitié de la population mondiale tout au long des siècles : les mariages forcés, l'excision, les féminicides, les victimes de viol considérées comme coupables et brûlées ou châtiées en conséquence, l'avortement interdit, même après un viol, la polygamie imposée, tout comme le port du voile, intégral ou non, les femmes enfermées, sans identité, sans vie... Je ne mentionne même pas le passé où les femmes n'avaient aucun droit, juste celui de se faire abuser par les hommes, au travail ou à la maison. Mais comment ne pas parler quand même de quelques autres cas au moins ? Plusieurs en France, et un en Angleterre.

En région parisienne en 2024, une adolescente de douze ans à peine était séquestrée dans un hangar désaffecté, menacée de mort et rouée de coups par deux autres adolescents de treize ans et un autre de douze ans qui lui imposèrent aussi pénétrations anales, vaginales et fellation. Ils avaient appris qu'elle était juive, ce qui avait mis en colère l'un d'eux, son ancien petit ami. Auparavant, l'adolescente avait laissé entendre qu'elle était musulmane, car elle avait été harcelée au collège à cause de sa religion. Cela se passait alors que le conflit israélo-palestinien faisait rage, bien loin de là. Le calvaire de l'adolescente avait duré deux heures. Deux heures d'horreur totale...

Toujours en 2024, l'affaire des viols de Mazan – une commune du Vaucluse où se déroulèrent la plupart des faits – avait déchaîné l'actualité. Le mari de la victime était jugé pour l'avoir droguée à son insu afin de la livrer, inconsciente, à des dizaines d'hommes, entre 2011 et 2020. Lors du procès, la victime refusa que le huis-clos soit prononcé. « Je n'ai pas à avoir honte » déclara-t-elle. « Il faut que la honte change de camp » ajouta un avocat. Sur quatre-vingt trois violeurs potentiels, une cinquantaine d'entre eux figuraient parmi les accusés, les autres n'ayant pas pu être identifiés. L'affaire était exceptionnelle, tant par le nombre d'accusés que par la personnalité du mari de la victime, et le mode opératoire employé. Tout avait été organisé précisément par le mari pour ne laisser aucune trace. En apparence, il menait une vie normale, sauf qu'il avait déjà été arrêté en 2010 pour avoir filmé l'entrejambe de femmes à leur insu. Ce fut à la suite de faits similaires qu'il avait été arrêté en 2020 et que des fichiers informatiques compromettants avaient été découverts à son domicile. Par la suite, il avait aussi été mis en accusation dans une affaire de viol suivi de meurtre, et dans une tentative de viol. Quant aux autres accusés, certains avaient eu affaire à la police pour des violences, viols, ou autres faits en lien avec le sexe, l'alcool ou la drogue. Dans le cas des viols de Mazan, certains prétendirent qu'ils pensaient participer à une sorte de jeu sexuel consenti entre époux. Mais même parmi ceux qui avaient pu se poser des questions, nul n'avait questionné la victime sur son consentement. Ils ne pouvaient pourtant pas ignorer qu'elle n'était pas dans son état normal. Et que sans consentement, il y avait bien viol. Cette notion de consentement semblait leur avoir échappé. En tout cas, cela ne les avait pas empêchés de commettre leurs actes.

La même année, un célèbre religieux très médiatique appelé l'abbé Pierre, nommé seize fois « personnalité préférée des Français », dont huit fois de suite, connu notamment pour son action en faveur du logement des défavorisés, et décédé depuis plusieurs années, voyait sa réputation d'icône nationale entachée par des révélations d'abus sexuels sur des dizaines de personnes.

Selon un rapport publié en 2021, le nombre de victimes mineures d'agressions sexuelles commises par des religieux en France entre 1950 et 2020 était de 216 000. En comptabilisant les laïcs en mission dans l'Église, le nombre montait à 330 000 victimes. Comme pour illustrer cela, en 2025, une affaire révélait d'ailleurs des faits anciens de violences aggravées, ainsi que d'agressions sexuelles et de viols commis par des religieux, des laïcs et des élèves dans des écoles catholiques, dont une située à Bétharram, non loin de la célèbre ville mariale de Lourdes, pendant des dizaines d'années, jusqu'au début du XXIe siècle.

Cette même année 2025, un ancien chirurgien était jugé pour des viols et agressions sexuelles envers quelque trois cents victimes, pour la plupart mineures au moment des faits, entre 1989 et 2014. Un autre record dans l'horreur... Il profitait qu'elles étaient seules ou endormies pour abuser d'elles, sous le prétexte de gestes médicaux nécessaires. Sur des carnets qui ont été retrouvés chez lui, il se reconnaissant comme un grand pervers, exhibitionniste, voyeur, sadique, masochiste, scatologique, fétichiste, pédophile, et très heureux de l'être.

Après la France, l'Angleterre, avec des faits encore plus anciens puisqu'ils se sont passés entre le début des années 1980 jusqu'aux années 2010, voire au-delà : dans plusieurs villes, plus de quatre mille filles ont été abusées sexuellement, violées, collectivement ou non, parfois torturées, obligées d'assister à des viols collectifs, vendues, prostituées sous la contrainte, et même tuées. Beaucoup de filles avaient entre douze et treize ans, ou même moins. Comme les auteurs – quelques centaines d'hommes, organisés ou non en bandes –, étaient en majorité d'origine ethnique pakistanaise et bangladaise, et de religion musulmane, les pouvoirs locaux, la police, les services sociaux, de peur d'être traités de racistes et de perdre le soutien des groupes ethniques concernés, ont voulu minorer les faits, voire les étouffer, et tous ont préféré ne pas trop enquêter, considérant les victimes qui, elles étaient de type ethnique européen et de milieux défavorisés, comme des prostituées consentantes. Les médias ont pour leur part été critiqués pour ne pas avoir appelé plus vite l'attention de chacun sur l'importance des faits.

Il faut encore que je vous dise quelque chose. Ce serait presque drôle, si ce n'était au contraire sinistre et dramatique. Au début du XXIe siècle, avec Internet les réseaux sociaux s'étaient beaucoup développés. C'était la grande mode de se filmer pour un oui ou pour un non et de poster cela sur les réseaux. Eh bien ! croyez-le ou non, beaucoup d'agresseurs étaient alors assez stupides pour se filmer alors qu'ils étaient en train de commettre leurs actes, eux-mêmes ou leurs comparses, puis de poster cela sur les réseaux ! Il n'y avait pas mieux pour les retrouver et les arrêter ! Quand la stupidité rencontre la cruauté... Et cela a continué !

Tout cela semble bien loin maintenant, en 2100 ! Mais croyez-vous que le monde ait vraiment changé depuis ? Que les femmes soient mieux respectées ? Après toutes ces affaires qui avaient fait l'actualité en leur temps, il y en a encore eu tant d'autres, tout aussi ou encore plus sordides. À croire que le naturel de certains hommes soit encore impossible à changer, si rien n'est fait... Certes, il y a eu des progrès ici et là, avec l'éducation, voire avec des traitements médicaux, mais il y a eu aussi beaucoup de régressions en ce qui concerne le respect des femmes ! Contre le viol, en tout cas, la recette reste la même : la prévention par l'éducation, le changement culturel, et la répression sans concession !

Plus de vingt ans après mon agression, lors de l'affaire des viols de Mazan, je n'avais rien oublié.

J'avais consulté les statistiques pour la France : neuf victimes sur dix connaissaient leur agresseur, et dans plus de quatre cas sur dix, il s'agissait du conjoint ou de l'ex-conjoint. Seules 6 % des victimes de violences sexuelles portaient plainte, 94 % des enquêtes pour viol étaient classées sans suite, en général faute de preuves, ce qui faisait que seul un ou deux pour cent des violeurs étaient condamnés. Pour eux, c'était presque l'impunité assurée ! Il fallait donc combattre cela, notamment en améliorant le travail d'enquête des forces de l'ordre et en leur donnant plus de moyens. Il fallait aussi détecter plus tôt les garçons ayant subi des violences sexuelles, et leur assurer un suivi adéquat, quitte à les retirer d'un foyer incestueux, nombre de violeurs ayant eux-mêmes été agressés dans leur enfance. L'énorme majorité des agresseurs étant des hommes, il fallait aussi déconstruire certains stéréotypes véhiculés par les médias et la publicité selon lesquels les hommes se devaient d'être égocentriques et les femmes altruistes, alors que l'altruisme devait être pour tous et l'égocentrisme pour personne. Il fallait également éduquer les jeunes à la vie sexuelle et affective, leur montrer que la pornographie qui érotise la violence envers les femmes n'était pas la réalité. Enfin, s'il fallait condamner encore plus durement les auteurs de violences, il fallait aussi les accompagner ensuite pour éviter les récidives. C'était tout un programme !

La notion de consentement avait alors fait débat. Selon la loi française, le viol était défini comme un acte de pénétration par violence, contrainte, menace ou surprise. Je vous passe les détails... Dans d'autres pays, on parlait d'un acte sexuel non consenti. Fallait-il introduire cette notion de consentement ? C'est ce qui a été fait depuis. Certains craignaient que l'enquête se porte alors davantage vers la victime que vers l'agresseur. D'autres pensaient au contraire que l'on s'interrogerait davantage sur l'agresseur lui-même. Mais l'important n'était pas là. Il était dans le fait d'inverser la réflexion et de considérer que le corps de l'autre était par définition indisponible, sauf si la personne donnait son accord pour un acte sexuel. Sans la notion de consentement, le corps de l'autre semblait au contraire a priori disponible, sauf cas de violence, contrainte, menace ou surprise. Depuis lors, cette notion de consentement est bien entrée dans la tête de tout un chacun et ne fait plus débat.

Dans cette seconde moitié du XXIe siècle, on a beaucoup parlé des robots humanoïdes, parce qu'ils ressemblaient de plus en plus à de vrais humains. Certaines personnes prônent d'ailleurs aujourd'hui de leur accorder la personnalité juridique, de les autoriser à se marier et même à avoir des enfants, tout comme les êtres humains. Le débat est déjà ancien, et choque de moins en moins. Mais il a été relancé, notamment en France, avec le projet de certains entrepreneurs de rouvrir des maisons closes, comme il y en avait eu plus d'un siècle auparavant. Mais cette fois-ci avec des femmes-robots, et non de vraies femmes, pour ne pas enfreindre la loi. Quand ce projet fut connu, ce fut un tollé à peu près général : pensez, en revenir aux bordels comme autrefois ! Quelle régression ! Certes, il y eut quand même des personnes – même des femmes ! –

pour soutenir cette idée, au nom de la liberté, voire de la nostalgie, ou parce qu'elles trouvaient cela original ou même amusant, mais ce fut une minorité. Elles firent remarquer que dans certains pays voisins les maisons closes n'avaient jamais été interdites, qu'elles pouvaient avoir leur utilité dans la lutte contre les agressions sexuelles, ou même qu'elles créaient des emplois. Mais quels emplois ! De toute façon, aucune loi n'existait pour interdire leur ouverture avec des robots. Certains de leurs propriétaires eurent beau prétendre qu'il ne s'agissait que de simples geishas-robots pour faire la conversation, personne n'était dupe. Plusieurs maisons closes ouvrirent donc ici et là, mais bon nombre d'entre elles fermèrent rapidement, faute d'être rentables. Après tout, si un homme voulait une femme-robot, il pouvait tout aussi bien en acheter une et l'utiliser chez lui. Cela pouvait toutefois manquer de discrétion s'il était en couple, d'où quand même le succès de certaines de ces maisons closes, quand elles étaient bien situées.

Tous ceux qui se souciaient de la dignité de la femme eurent beau crier au scandale, les maisons closes restèrent ouvertes – pardon pour le mauvais jeu de mots. Mais l'affaire rebondit à deux occasions. La première fut quand on découvrit que certains hommes se mettaient à battre ces femmes-robots, à les frapper au point de les endommager. J'allais dire les « blesser », les « violer ». Si leurs propriétaires n'étaient pas contents, les féministes l'étaient encore moins, car cela dégradait l'image des femmes et pouvait inciter certains hommes à s'en prendre à elles. Mais le pire fut atteint quand ces maisons closes se mirent à introduire chez elles des petites filles-robots et des petits garçons-robots, et que l'on s'aperçut qu'eux aussi recevaient tous les sévices que l'on peut imaginer. Là, l'opinion publique s'émut, et donc le législateur. Les robots humanoïdes avaient déjà un statut à part, entre celui des humains et celui des animaux, et notamment celui des animaux de compagnie – un statut plus proche du nôtre que de celui de nos petits compagnons. Mais l'opinion publique exigea que l'on fasse plus. Les enfants-robots furent donc interdits, tant pour les protéger qu'au nom de la défense de l'ordre public, et les fabricants de femmes-robots durent respecter des règles d'éthique. Des politiciens ont critiqué ces règles, qui ne sont d'ailleurs pas toujours respectées. C'est vrai, , il vaut mieux encore que les pervers s'en prennent aux robots qu'aux femmes et aux enfants. Mais il n'est pas sûr du tout que l'existence de ces robots ait été la cause de la diminution du nombre d'agressions envers les enfants et les femmes. Si ces agressions ont diminué, on le doit plutôt à l'évolution des mentalités, et à la baisse de la natalité : quand il y a moins de monde, il y a moins d'agressions. C'est tout simple !

Telle est la situation dans le monde actuel, en 2100. Comme vous voyez, le monde n'est pas encore parfait ! Pour autant, si j'ai beaucoup parlé des violences envers les femmes et les enfants, et même envers les robots, le pire du pire – si je puis dire – en matière de violences, restera à jamais la politique nazie envers des hommes, femmes et enfants condamnés à mort sans pitié parce que jugés indésirables. Depuis, même s'il y a eu d'autres horribles génocides, notamment au Cambodge et au Rwanda, une telle politique d'extermination, organisée de façon industrielle, ne s'est plus répétée. Comme quoi l'humanité progresse peut-être...

Revenons maintenant où nous en étions restés de l'histoire de ma vie, un siècle en arrière, en l'an 2000. Je me suis un peu égarée en parlant des différentes affaires que j'ai mentionnées. Tout cela peut-être pour m'éviter de parler plus en détail de mon propre cas, et puis parce que Lucien, qui n'était pas encore mon mari, m'avait dit à propos de mon agression, que cela aurait pu être pire. Si cela m'avait choquée et déplu à l'époque, je dois reconnaître qu'il avait eu raison. Il n'empêche que toute agression sexuelle est un traumatisme durable. Chacun ou chacune y répond à sa manière, selon sa personnalité, l'influence de son entourage et les circonstances de l'agression. La réaction peut tout d'abord être très expressive, avec des larmes et de l'anxiété, ou plus contrôlée, comme si presque rien ne s'était passé, il peut y avoir un déni, ou la victime peut encore être désorientée, choquée, perdue, et ses sentiments peuvent être intériorisés, refoulés ou non. Ensuite, il faut qu'elle apprenne à vivre avec l'agression. Cela peut prendre du temps, car le traumatisme est toujours là, même si la victime n'en parle pas. Compte tenu de l'importance de ce traumatisme, on comprend que des victimes mettent des années avant d'avoir le courage de porter plainte. Enfin, il faut que la victime essaie de reprendre une vie normale, sans culpabilité ni honte, sans faire de l'agression la fin de tout. Pour cela, il est important qu'elle se fasse aider par les bonnes personnes.

En ce qui me concernait, Lucien m'a alors été d'un grand secours. Nous n'avons pas tardé à ne plus pouvoir nous passer l'un de l'autre. L'amour est assurément le meilleur remède à tout ! Face au viol, Lucien m'a aidée à rester lucide, et à voir mon agression telle qu'elle était, un acte grave, dramatique, mais qui ne devait pas m'empêcher de vivre, un acte qui n'était pas, qui ne devait pas être la fin de tout. Une fois l'horreur passée, au bout de plusieurs jours, grâce à Lucien, j'ai commencé à comprendre que ma vie ne s'arrêtait pas là. De toute façon, je ne me voyais pas écrire un jour un livre dramatique intitulé : « Une enfance volée, une jeunesse brisée. » Ce n'était pas du déni, c'était juste le refus d'être à jamais la victime de mon agresseur. Penser autrement, cela aurait fait de moi sa victime éternelle, et j'avais assez de volonté pour m'y refuser. De temps à autre, cependant, et surtout la nuit dans mes rêves, Morgane se rappelait à moi pour vivre dans la douceur de l'innocence. Peut-être était-ce alors une forme de déni, oui. Mais c'était de plus en plus rare : j'avais trop Lucien dans ma tête, il remplaçait de plus en plus Morgane. Comme elle, il vivait en moi, et je comprenais bien qu'il était mon destin, l'homme de ma vie, mon sauveur, mon prince charmant et mon Zorro. Certes, le jour de l'agression, Zorro était arrivé trop tard. Avant lui, j'avais eu un monstre avec le masque de l'horreur. Mais bon ! Zorro était arrivé quand même, et maintenant il serait toujours là avec moi, je n'en doutais pas !

Papi et Mamie me furent aussi d'un grand secours dans ces moments-là. Toujours calmes et disponibles, réconfortants et rassurants, confiants dans l'avenir. Je ne les oublierai jamais. Ils devaient décéder tous deux quelques années après. Patapouf le chien et Moustache la chatte étaient quant à eux morts depuis un certain temps déjà. Papi et Mamie n'avaient pas voulu les remplacer. Ils avaient eu raison : Patapouf et Moustache étaient irremplaçables. Je me rappellerai aussi toujours d'eux. En tout cas, en quelques années, cela devait faire beaucoup de décès. Tous des membres de ma famille, y compris bien sûr, Patapouf et Moustache. Le deuil est un deuil, que cela soit pour un humain ou un animal. Dans un cas comme dans l'autre il s'agit de la perte irremplaçable d'un être qui a partagé tant de moments intimes avec vous, tant de moments de vie... La disparition de notre chat ou de notre chien qui vit avec nous peut ainsi nous toucher davantage que celle d'un enfant que l'on ne connaît pas. Cela peut encore choquer certains, mais c'est ainsi ! En amour, la proximité compte pour beaucoup. Loin des yeux, loin du cœur. Près des yeux, près du cœur.

En tout cas, avec Morgane qui disparaissait elle aussi, je n'avais plus que Lucien. Mais avec lui, c'était une nouvelle vie qui commençait. Je lui faisais confiance les yeux fermés pour voir le bonheur avec lui. L'aveugle que j'étais avait vraiment l'envie de voir la vie en rose, sans idées noires !

« L'eau, ça mouille, mais la pluie ne mouille pas la mer » m 'avait-il dit lors d'une de nos rencontres, avant d'ajouter : « Après tout ce que tu as vécu, tu vas maintenant être imperméable au malheur ! » Je n'avais pas su quoi répondre. De fait, l'histoire n'était pas finie.

IV

Pour le meilleur et pour le pire

Lucien et moi, nous nous sommes mariés le 1er avril 2001. Nous aurions pu nous marier bien plus tôt, mais je tenais à ce que la date du jour de notre mariage reste gravée dans nos mémoires, alors il n'y avait pas mieux que le 1er avril. Et puis, c'était aussi une manière de faire quelque chose d'important sans se prendre trop au sérieux. Ce jour-là, je devenais officiellement, en vertu des lois de la République française, Madame Calestroupat. C'était un nom que j'aimais bien, qui fleurait bon le Midi. En changeant de nom, une nouvelle vie commençait pour moi.

Papi et Mamie furent nos témoins. Ils étaient encore en vie, et bien portants. Nous n'avions invité personne d'autre, et il n'y eut pas de mariage religieux, puisque Lucien et moi nous n'étions pas croyants. Comme à l'époque nous avions trouvé un logement à Toulouse, la cérémonie eut lieu à la mairie de cette ville, dans un cadre magnifique. Par chance, le 1er avril de l'an 2000 était un samedi, donc un jour prévu pour les mariages : à Toulouse, ceux-ci n'ont lieu que certains jours précis. Après la cérémonie toute simple, nous sommes allés tous les quatre au restaurant, et puis dès le lendemain, pour respecter une vieille tradition, nous partions en voyage de noces.

Depuis le drame qui avait coûté la vie à mes parents et à mon frère, j'avais peu voyagé. Papi et Mamie n'aimaient pas trop partir loin en voiture, ni même en train, et encore moins en avion. Avec eux, j'étais quand même allé à la mer et à la montagne, mais jamais bien longtemps, et une fois par an seulement, ce qui n'était, il est vrai, déjà pas si mal. Mais avec Lucien, l'amour me donnait des ailes, et j'avais envie de grands espaces, par-delà les mers et les montagnes. Avec lui, je rêvais d'aller au bout du monde !

En attendant de voler vers ces horizons lointains, et faute de préparation et surtout de financement, nous avons alors décidé d'aller tout simplement à Paris. Après tout, c'était la capitale, et Lucien ne la connaissait pas plus que moi : c'était l'occasion de la découvrir par un voyage facile à organiser, et avec un budget maîtrisé.

Ainsi fut fait. Comme à l'époque, il n'existait pas de ligne à grande vitesse entre Toulouse et Paris, nous avons choisi de prendre l'avion plutôt que le train. Cela nous permettait de gagner du temps pour les visites, et puis avec la concurrence qui faisait rage dans le transport aérien, les prix restaient compétitifs. En outre, prendre l'avion à Toulouse, avec la société Airbus dans les parages, c'était assez normal. Je connaissais un peu le train, mais pas du tout l'avion : ce fut donc une découverte, mon baptême de l'air. J'appréhendais quelque peu le décollage, mais tout se passa bien, comme le vol en lui-même et l'atterrissage tout en douceur, même si j'avais serré très fort les mains de Lucien.

À Paris, nous nous sommes comportés comme des touristes ordinaires, à part que Lucien devait tout m'expliquer. J'avais peur qu'il finisse par se lasser, mais cela l'amusait plutôt. En tant qu'aveugle, je m'étais déjà fait accompagner par des voyants pour visiter des musées ou des expositions. Je m'étais aperçue que ce n'était pas toujours facile, ni pour l'un ni pour l'autre : il fallait que le voyant soit mes yeux, me dise non seulement ce qu'il voyait, mais aussi ce qu'il ressentait, ce qui le faisait vibrer ou non, il fallait que ce qu'il voyait prenne vie dans ma tête comme si je l'avais réellement vu. C'était beaucoup demander, je sais ! Et en plus, il fallait que le voyant respecte mon autonomie, si je décidais de marcher seule. Au début, Lucien a eu du mal à comprendre tout cela, et surtout à me faire confiance. Mais pour moi, il était important de rester le plus autonome possible. Je l'avais été avant notre mariage, je n'allais pas arrêter après, malgré tout l'amour que je portais à Lucien. Je ne voulais pas trop dépendre de quelqu'un, même pas de mon mari. Ce fut là l'occasion de quelques disputes entre nous, mais sans gravité, un peu comme la période de rodage pour les voitures neuves. Enfin, je le pensais ainsi, même si je n'avais jamais eu une seule voiture. En tout cas, au bout de quelques jours passés à l'hôtel, et après m'avoir bien fait repérer les lieux, Lucien finit par consentir à ce que je sorte seule dans la rue pour acheter à manger dans un petit commerce à proximité. Pour moi, c'était important, vital même, c'était tout simplement le gage de ma liberté. À Toulouse, nous avions d'ailleurs déjà eu cette période de réglage ou d'adaptation : raison de plus pour ne pas recommencer à zéro, à Paris ou ailleurs !

À Paris, en bons touristes ordinaires, nous avons vu l'essentiel qu'il y avait à voir. Vous voyez que je n'ai pas peur d'utiliser le mot « voir » ! Soit Lucien me disait ce qu'il voyait et ressentait, soit il y avait des audioguides ou des visites commentées, comme sur le bateau-mouche. Parfois, dans les musées j'ai aussi pu toucher une représentation d'une œuvre spécialement conçue pour les aveugles et déficients visuels.

Je rêvais aussi depuis longtemps d'aller à Disneyland Paris, et surtout à Fantasyland, l'un des cinq pays de ce parc. L'attraction « It's a small world » (« C'est un petit monde ») m'attirait spécialement, car j'en connaissais l'histoire, ainsi que les paroles de la chanson, des paroles toutes mignonnes sur un air doux et entraînant. Dans ce parc, elles étaient en version multilingue :

Au bout du Pôle Nord ou sur l'Équateur
Il y a un Jean qui rit, il y a un Jean qui pleure
Du soleil de midi au soleil de minuit
On a tous la même vie

Car le monde est tout petit
Devant le ciel on se dit
Que nous sommes des fourmis
Le monde est petit

Mari e monti
Non ci dividono
Luna e sole

Sempre risplendono
Se un sorriso farai
In risposta tu avrai
Amicizia e simpatia

È un mondo piccolo
Dopo tutto è piccolo
È un mondo favoloso
Ma è piccolo

En el mundo hay risas y dolor
Esperanzas y hay también temor
Mucho hay en verdad
Que poder compartir
Entre la humanidad

Muy pequeño el mundo es
Muy pequeño el mundo es
Debe haber mas hermandad
Muy pequeño es

Es gibt nur einen Mond
Eine Sonne scheint
Unt mit einem Lächeln
Ist nur Freundschaft gemeint
Trennen Berge und Meere und Grenzen querfeldein

Diese Welt ist ja so klein
Diese Welt ist klein, so klein
Diese Welt ist fein, so fein
Und in dieser Welt
Da wollen wir Brüder sein

It's a samall world after all
It's a samall world after all

It's a samall world after all
It's a samall, small world

There is just one moon, and one golden sun
And a smile means friendship to ev'ryone
Though the mountains divide, and the oceans are wide
It's a small world after all

It's a samall world after all
It's a samall world after all
It's a samall world after all
It's a samall, small world

J'avais entendu dire à l'époque que cette chanson était probablement la plus chantée dans le monde, dans une langue ou une autre. Alors qu'elle n'avait jamais été chantée par aucun artiste populaire, et qu'elle n'avait jamais ou presque jamais été diffusée à la radio ou à la télévision, elle passait en boucle toute la journée dans tous les parcs Disney du monde entier depuis leur ouverture. Au total, elle avait donc été chantée des millions et des millions de fois ! Quel succès !

Lucien et moi, nous avons fait plusieurs fois l'attraction. Même si je ne pouvais pas voir les marionnettes avec mes yeux, je les voyais en pensée, et j'étais émerveillée. Tandis que notre barque défilait devant elles, Lucien me disait à l'oreille ce qu'elles représentaient, et j'imaginais comment le monde pourrait être merveilleux s'il était à leur image, un monde de paix et de bonheur où il n'y aurait que des gens gentils vivant heureux dans l'amitié et la fraternité.

J'en avais les larmes aux yeux, ce qui amusait Lucien. Cela me faisait aussi penser au rôle de la musique dans la vie, et je me posais des questions. Dans mon enfance, quand j'y voyais encore, j'avais bien aimé certaines chansons ou certains airs, sans cependant y attacher trop d'importance. Maintenant, c'était différent. Ne pouvant plus voir, je ne pouvais qu'entendre, et j'entendais fort bien tous les bruits qui m'entouraient. Il y en avait de désagréables, tandis que d'autres étaient plaisants, ou même mélodieux. Je me demandais si pour les voyants la musique pouvait être aussi importante que pour les aveugles. Pouvaient-ils l'apprécier autant que nous ? Je savais bien qu'il existait des foules de mélomanes et de fans de certains chanteurs. Mais pour les aveugles, n'y avait-il pas chez eux quelque chose en plus ? Sinon des émotions en plus, un ressenti plus profond, comme un élan vital, un cri du cœur ? La musique pouvait-elle stimuler, réconforter, encourager et apaiser les voyants autant que les aveugles et mal-voyants ?

Tandis que nous faisions un dernier tour de l'attraction, je songeais que c'était quand même une erreur de penser cela, et que c'était même contraire aux paroles de la chanson que j'écoutais, à savoir que le monde était tout petit, que nous avions tous la même vie, et que nous étions tous semblables, comme des fourmis, dans la même barque. Qui irait voir si telle ou telle fourmi a un petit problème avec ses yeux ou avec ses pattes ? Je savais que chez elles, ou dans la plupart des espèces, la vue n'était pas le sens le plus important. L'odorat et le toucher l'étaient bien plus. Pour moi, l'ouïe, et aussi le toucher, primaient sur tout le reste. Alors oui, l'ouïe était essentielle pour tout le monde ! Et puis, de toute façon, je savais quand même bien que la musique pouvait, selon l'adage, adoucir les mœurs, qu'elle pouvait faire frissonner de plaisir, comme pour moi avec « It's a small world », ou faire mourir de trouille si elle accompagnait un film d'horreur, et de façon générale qu'elle pouvait influencer nos émotions, nos jugements, nos performances sportives et intellectuelles, et même nos achats au supermarché : là, il valait mieux une musique douce pour nous faire traîner dans les rayons et acheter plus !

Si j'adorais la chanson des marionnettes, je ne pouvais qu'imaginer celles-ci. Lucien ne pouvait pas me les décrire en détail, il y en avait trop. Et puis il y avait aussi les décors, avec toutes leurs couleurs... Cela devait être très beau ! Ne plus voir les couleurs, c'est comme une perte supplémentaire quand on n'y voit plus. Pour ceux qui, comme moi, ont vu et qui ont perdu la vue, ils peuvent en garder le souvenir. Mais ceux qui n'ont jamais vu, ils ne peuvent qu'imaginer les couleurs, les associer à autre chose, comme le bleu au froid ou au ciel, le rouge au feu ou à la chaleur, le jaune au soleil, et ainsi de suite. Je sais, maintenant en 2100, il y a des possibilités de voir qui n'existaient pas avant. Des aveugles – pas tous – peuvent voir ou revoir. Mais je vous parle de ce que j'ai vécu à cette époque-là. Certains déficients visuels pouvaient voir, sans voir les couleurs. Ils n'avaient en sorte que le noir et blanc, comme la télévision à ses débuts. Ou plus exactement, ils n'avaient que des nuances de gris. Et puis d'autres, comme moi, n'avaient rien du tout. À la limite, ne plus voir, je m'y étais habituée. Mais ne plus voir les couleurs, toute leur beauté, celle de la nature et de la vie, celle de l'arc-en-ciel, celle du poème de Rimbaud, cela me manquait quand même. Je ne pouvais qu'essayer d'en raviver le lointain souvenir.

Curieusement, en quittant l'attraction « It's a small world » je pensais au film « La mélodie du bonheur » qu'adoraient Maman et Mamie, avec le refrain d'une de ses chansons :

Do, il a bon dos
Ré, rayon de soleil d'or
Mi, c'est la moitié d'un tout
Fa, c'est facile à chanter
Sol, la terre où vous marchez
La, l'endroit où vous allez
Si, c'est siffler comme un merle
Ce qui vous ramène à Do

Je me rappelais de ce film que j'avais vu avec elles quand j'avais encore mes yeux : les superbes images de la nature en Autriche, la ville de Salzbourg, sept enfants espiègles avec leur père, un baron veuf et rigoureux, et une belle jeune fille voulant devenir religieuse, mais qui finit par tomber amoureuse du baron tout en apprenant aux enfants à chanter, tandis que les nazis envahissaient le pays. Le film s'achevant par son mariage avec le baron, et la fuite de la nouvelle famille en Suisse. Un film captivant, avec un refrain entraînant qui ne l'était pas moins...

Pourquoi avais-je pensé à ce film ? Peut-être parce que la mélodie de l'attraction de Disney, c'était le bonheur, et que l'un de mes neurones (j'en avais déjà peu à l'époque) avait titillé le souvenir de « La mélodie du bonheur ». Un exploit remarquable, car d'habitude, quand on vient de faire l'attraction de Disney, on a en tête l'air de « It's a small world » pour toute la journée.

En France, tout finit par des chansons, dit-on. Alors, après elles et le monde magique de Disney, la vie reprit son cours normal. Lucien travaillait pour un opérateur téléphonique, et grâce à lui j'avais pu obtenir un emploi de téléconseillère dans la même entreprise. Cet emploi me convenait à merveille, puisqu'il me permettait de travailler sans avoir à me déplacer. L'entreprise, quant à elle, y gagnait une personne de plus pour s'approcher de son quota de travailleurs handicapés.

Nous habitions au rez-de-jardin d'un petit immeuble : l'endroit idéal pour avoir enfin un chien ! Peu après notre installation, j'ai donc suivi la procédure pour avoir un chien guide d'aveugle. Je savais comment cela se passait, puisque je m'étais renseignée depuis pas mal d'années : avoir un tel chien, c'était pour moi un vieux rêve qui allait enfin se réaliser. J'ai donc contacté l'association que je connaissais, j'ai rempli un dossier avec tous les justificatifs exigés, j'ai attendu longtemps, puis une fois ma demande acceptée, j'ai rencontré l'équipe de l'association pour qu'elle identifie quel chien me conviendrait le mieux. Pour finir, j'ai suivi une formation de deux semaines, tant à l'association que chez nous, pour que mon futur chien et moi nous apprenions à nous connaître et à vivre ensemble. Tout cela a pris pas mal de temps, car la liste d'attente était longue, et comme je travaillais à domicile et que je ne vivais pas seule, je n'étais pas prioritaire. Mais d'un autre côté, j'avais été agressée, et cela comptait aussi. De toute façon, j'y étais quand même arrivée : j'avais enfin mon assistant et compagnon à quatre pattes, Roméo ! Un des quelque deux cents chiens remis chaque année à un déficient visuel ou aveugle.

Roméo avait toutes les qualités : il était aussi intelligent que gentil, et puis il était bien mignon : même si je ne pouvais pas le voir, je le devinais, je le sentais ! C'était un jeune labrador, plein de vie, mais sachant rester calme et sérieux dans l'accomplissement de son devoir. Avec lui, j'étais prête à aller au bout du monde !

À un moment, je crus décerner un brin de jalousie chez Lucien, aussi pris-je soin par la suite de mesurer mon enthousiasme envers Roméo ! Du moins quand Lucien était là ! Car quand il n'était pas là, je câlinais Roméo autant que je le pouvais ! Je lui disais même que j'étais sa Juliette et qu'il m'avait enfin trouvée !

C'était assurément le grand amour ! Comme il était de règle, Roméo m'avait été donné : les chiens guides d'aveugle étaient gratuits. Il faut d'ailleurs que je vous explique comment cela se passait. Maintenant, en 2100, cela vous paraît bien ancien, les chiens guides d'aveugles, et les aveugles avec leur canne blanche.

Mais c'était autrefois une réalité, et une réalité que j'ai vécue.

À l'époque, on distinguait les chiens guides d'aveugle et les chiens d'assistance. Avec les progrès de la science, il y en a moins aujourd'hui, même s'ils sont loin d'avoir disparu. Les chiens guides d'aveugle avaient pour but d'assurer plus d'autonomie aux aveugles et mal-voyants, et d'accroître leur sécurité, tout en donnant plus de confiance à leurs maîtres et en leur apportant une présence rassurante et une compagnie agréable. Ils leur permettaient aussi de faciliter le contact avec les voyants : un chien, ça crée du lien, et il est plus facile d'entamer la discussion avec une personne qui promène son chien quand celui-ci vient vous renifler les jambes ! Ce qui était bien aussi, c'était que la loi obligeait tout un chacun à les accepter : il était interdit de les interdire, tant dans tous les services publics que dans les commerces, taxis, restaurants, écoles, et ainsi de suite. C'est encore le cas pour tous ceux qui restent.

Les chiens d'assistance, eux, étaient et sont encore, du moins dans une certaine mesure, pour des personnes différentes, celles ayant des handicaps moteurs, mentaux, psychiques, auditifs, et aussi pour les autistes et les polyhandicapés. Pour les personnes ayant des troubles auditifs, on parlait de chiens écouteurs. Pour les autistes, on parlait de chiens d'éveil. Dans tous les cas, ces chiens apportaient un soutien moral et une aide technique. Ils permettaient d'ouvrir des portes, au sens propre et au sens figuré. Comme les chiens guides d'aveugles, ils étaient fidèles et intelligents. La liste de ce que tous ces chiens, de guide ou d'assistance, étaient capables de faire était impressionnante.

Le chien guide savait ainsi, entre autres, indiquer le chemin à suivre, il pouvait mémoriser plusieurs parcours, signaler les passages piétons, les bordures des trottoirs, les portes et les escaliers, les obstacles à éviter, il savait obéir aux ordres de direction, mais aussi désobéir s'il le fallait en cas de danger. Le chien d'assistance, lui, pouvait ouvrir une porte ou un tiroir, ramasser un objet, aider à s'habiller ou à se déshabiller, aboyer pour demander du secours. Certains de ces chiens pouvaient être dressés pour intervenir auprès des personnes épileptiques pendant et après leurs crises, tandis que le chien d'éveil pouvait apaiser les tensions, réduire les troubles du comportement, améliorer le sommeil. Quant aux chiens écouteurs, ils pouvaient reconnaître tous les sons du quotidien, ceux du logement et de la ville, soit au minimum une trentaine. Ils pouvaient signaler par exemple si quelqu'un sonnait à la porte. Comme tous les chiens, c'est vrai ! C'était bien le minimum ! Mais ils pouvaient faire beaucoup plus ! Je parle au passé, parce qu'avec toute la technologie actuelle, je crois que cela n'est plus d'actualité depuis bien longtemps. Du moins dans beaucoup de cas, même si de nos jours les chiens sont toujours utiles pour le soutien moral, l'aide et la compagnie qu'ils peuvent apporter, par exemple auprès des personnes âgées. Les chiens d'assistance judiciaire servent, eux, dans les tribunaux pour libérer la parole, réconforter les victimes et leur donner confiance. En tout cas, les chiens ont sauvé beaucoup de vies, et en ont soulagé beaucoup d'autres. Et je n'ai même par parlé de ceux qui interviennent pour sauver les personnes enfouies sous une avalanche ou des gravats après un séisme, ou qui sont bloquées dans des bâtiments pour une raison ou une autre. Ces chiens sauveteurs suivent une formation spécifique. Grâce à leur odorat et leur ouïe, ils peuvent faire des prodiges, bien plus que les humains qui n'ont pas des sens aussi développés. Leur courage et leur endurance renforcent encore leurs étonnantes capacités. Bravo et merci les chiens !

Comme tous les chiens guides, Roméo avait été sélectionné à quelques semaines afin d'intégrer une famille d'accueil bénévole pour apprendre l'obéissance, et les règles de base du savoir-vivre avec un humain. À six mois, il avait commencé à suivre des stages dans un centre d'éducation disposant du label officiel. À l'époque, il en existait plus d'une dizaine en France. Puis, à un an, il avait intégré le centre à plein temps pour six mois. La formation pouvait être plus longue pour certains chiens d'assistance, mais pour lui, c'était suffisant. Comme tous les chiens guides, il avait été formé par des éducateurs diplômés, ayant suivi eux-mêmes une formation de deux ans. Déclaré bon pour le service, Roméo et les autres chiens guides en prenaient alors pour neuf ans, après quoi ils avaient droit à une retraite bien méritée, soit en restant chez leur maître, soit en allant dans une famille d'accueil bénévole. Au passage, je remercie tous les bénévoles – plusieurs centaines – qui sont intervenus dans les associations au cours des années, comme familles d'accueil ou à un autre titre. Et aussi, une nouvelle fois, les milliers de chiens qui ont été formés pour aider et secourir les personnes.

J'ai parlé de la retraite des chiens guides, mais pour Roméo, la retraite était encore loin ! Une nouvelle vie commençait pour lui et pour moi. Marcher avec Roméo plutôt que marcher seule, c'était le jour et la nuit. Et puis, il était tellement gentil, serviable. Au début, je crois que je me suis un peu trop amusée à en abuser. Je lui demandais tellement qu'il a dû me trouver un peu trop casse-pied, ou plutôt casse-patte. Heureusement, je me suis vite calmée : après tout, Roméo avait bien droit à un peu de repos de temps en temps ! Par la suite, à la fin de sa vie, je l'ai gardé, mais uniquement comme chien de compagnie.

En même temps, nous avons essayé d'avoir un enfant. Comme rien ne venait, nous avons alors décidé de consulter. Après l'avoir vu plusieurs fois, et à notre grande surprise, notre médecin nous conseilla d'opter pour la fécondation in vitro, ou FIV, pour nos prochaines tentatives. C'était inattendu, car la FIV était destinée aux cas d'infertilité, et dans notre cas cela nous semblait étrange de l'envisager si vite, mais d'un autre côté, le médecin nous redonnait de l'espoir. Selon lui, nous aurions ainsi plus de chances d'avoir un enfant. Encore fallait-il que notre dossier soit accepté par son confrère de la clinique qui s'occupait des FIV, ce qui n'était pas gagné d'avance, mais ce fut bien le cas, après pas mal d'examens complémentaires. Nous avons alors convenu avec celui-ci du mois où le traitement pourrait commencer, et nous avons attendu, patiemment au début, puis beaucoup moins, plus la date approchait.

La FIV était déjà une vieille histoire quand le médecin nous l'avait proposée, fin 2001. Le premier bébé conçu selon cette technique était né au Royaume-Uni en 1978. Il s'agissait d'une fille. On avait alors parlé de « bébé-éprouvette ». En France, le premier bébé conçu ainsi était né en 1982. Encore une fille. Depuis, les naissances s'étaient multipliées.

Le médecin de la clinique nous avait expliqué la procédure de la FIV, et même si cela nous avait semblé compliqué, il avait bien fallu l'accepter. Pour nous qui voulions au départ laisser faire la nature afin qu'elle nous apporte un bébé selon son bon désir, c'était nous renier complètement, mais nous n'avions plus le choix ! Selon la procédure, tout commençait avec la simulation des ovaires par des piqûres quotidiennes pendant une douzaine de jours, avant une dernière piqûre pour déclencher l'ovulation, cela trente-six heures avant la ponction des ovocytes. Cette ponction devait se faire par une aiguille guidée par échographie. Ensuite, les ovocytes prélevés devaient être mis en contact en laboratoire avec les spermatozoïdes du papa. Et si tout se passait bien, l'un d'eux pénétrait alors un ovocyte, et la vie commençait ! Il était aussi possible, selon une autre technique, qu'un spermatozoïde soit introduit de force, en quelque sorte, dans un ovocyte. Dans un cas comme dans l'autre, si embryon il y avait, il était transféré à l'aide d'un fin cathéter dans l'utérus de la maman après quelques jours – le temps qu'il se développe un peu. Deux semaines après, il fallait faire un test de grossesse, et le verdict tombait, positif ou négatif. Car la réussite n'était pas garantie : moins d'une chance sur deux pour une femme jeune et en bonne santé comme moi. C'était cependant mieux que le taux de réussite dans un cycle naturel.

Quand le moment fut venu, j'ai donc commencé le traitement – j'allais dire le parcours du combattant, ou de la combattante plutôt. Car tout ce protocole, toutes ces piqûres, c'était éprouvant. Enfin, le jour de la ponction des ovocytes, Lucien devait donner ses spermatozoïdes. Je dis : « devait donner », car en fait il n'y arriva pas. Le médecin lui avait bien demandé s'il était sûr que tout se passerait bien, qu'il n'aurait pas de problèmes, mais non ! Il lui avait même conseillé de faire tout d'abord congeler ses spermatozoïdes au cas où il aurait une panne le jour J, mais Lucien n'avait rien voulu écouter. Comme cela s'était bien passé lors d'un spectrogramme qu'il avait fait seul, par masturbation, il ne doutait pas de lui. Mais le jour J, il était stressé, et même les revues un peu chaudes qui avaient été mises à sa disposition n'avaient pas pu le mettre dans un état susceptible de produire des spermatozoïdes. Ce stress, je pouvais le comprendre et le lui pardonner. Mais je ne pouvais que lui en vouloir de n'avoir pas pris la précaution de la congélation, alors que moi-même j'avais subi tout le lot de piqûres, et que l'on me faisait la ponction : j'avais tout fait, et lui, la seule chose qu'il avait à faire, il la ratait ! Misérablement !

Inutile de raconter ce qu'il a pris – tant de ma part que de celle du personnel médical. Le pauvre, il ne savait plus où se mettre ! Enfin, le pauvre : sur le moment, et tous les jours suivants, je ne l'ai certainement pas plaint ainsi ! Mais comme le temps a passé, que c'est maintenant si vieux, que nous avons quand même eu des enfants plus tard, et qu'il est décédé depuis, je ne peux que me souvenir de cela avec malgré tout une certaine tendresse. Quand j'y repense, il avait l'air si penaud... Mais bon, à l'époque, je lui en ai beaucoup voulu, c'est plutôt cela, la vérité !

Après plusieurs mois d'attente, nous étions prêts à tout recommencer. Et cette fois, avec du sperme congelé en secours ! J'avais accompagné Lucien lors du don de sperme et, malgré l'ambiance peu romantique des lieux, ce qui devait être fait avait été fait. Le sperme congelé est aussi bon que le sperme frais pour la fécondation, mais Lucien voulait quand même tenter de donner du sperme frais, et cette fois-ci , le jour J, tout se passa bien. Deux semaines après le transfert de l'embryon, j'avais le résultat : négatif. Pour être déçus, nous étions déçus, et même aigris. Le personnel de la clinique n'avait voulu transférer qu'un embryon sur les trois qui avaient été conçus, au motif qu'il fallait éviter les naissances multiples. De plus, ils avaient utilisé la technique consistant à forcer un spermatozoïde dans un ovocyte, ce que nous n'aimions pas trop. Et maintenant, ils nous conseillaient d'attendre un bon moment avant de recommencer. Alors, on a attendu, encore et encore.

Et puis, lors d'une nouvelle tentative, miracle : j'étais enceinte ! Je n'avais rien dit à Lucien, mais j'espérais... Alors, j'ai fait un test de grossesse, et bingo ! c'était positif ! J'en étais plus que ravie, et Lucien aussi ! C'était merveilleux, je portais la vie, le fruit de notre amour à Lucien et à moi. Après tous les deuils que j'avais connus, la vie renaissait et continuait, grâce à Lucien, et peut-être aussi, je ne sais trop comment, grâce à l'effet Roméo !

Oui, bon, il n'y était peut-être pour rien, encore qui sait ? Que sait-on de la vie ? Lors de la première échographie de grossesse, le médecin nous avait donné une estimation de la date de conception. Je m'étais alors amusée à faire des calculs pour voir si cela pouvait correspondre à ce jour spécial où à force de caresser ensemble Roméo, Lucien et moi, dans l'excitation... Mais la quête était vaine : en tant que jeunes mariés profondément amoureux, Lucien et moi, on n'arrêtait pas de... Enfin, pourquoi je vous raconte tout ça ? Ça ne vous regarde pas, après tout ! Alors, passons ! Encore que... Laissez-moi vous dire que quand on a été victime d'un viol, ce n'est pas simple de... vous me comprenez. Lucien a dû faire preuve de beaucoup de patience, de tendresse et de délicatesse.

Et c'était fait : il était là ! Encore en gestation, mais il était bien là ! Et grâce à la merveille de l'échographie, nous avons même pu le voir, et entendre son petit cœur ! Comme le bruit d'un cheval au galop ! Oui, comme le cheval de mon prince charmant ! Après Lucien, j'avais donc un autre prince charmant ! Deux pour le prix d'un ! Que demander de plus ? Papa et Bébé étaient sur leur cheval blanc galopant vers moi pour fonder une nouvelle famille qui ne pourrait être qu'heureuse, car nous étions tous déjà aux anges, même notre rejeton en gestation. Son papa et moi, nous n'en doutions pas ! Bien au chaud dans mon ventre, nourri et logé, notre rejeton était peut-être même plus heureux que nous, sauf que lui, il ne devait pas connaître son bonheur ! Ne pas savoir que l'on est heureux, quelle tristesse !

Maintenant, il ne nous restait plus désormais, à Lucien et à moi, qu'à nous organiser en conséquence, en fonction de notre rejeton, à lui trouver un prénom et à lui préparer une place chez nous, après avoir acheté tout ce qui devait l'être. Mais en attendant, nous étions tous deux sur un petit nuage, nous ne sentions plus le sol sous nos pieds, et nous étions plus amoureux que jamais. C'était la vie en rose sous un ciel tout bleu, toutes les couleurs de la vie que je voyais dans ma tête : oui, je voyais, je voyais le bonheur !

Pour le prénom du rejeton, nous hésitions. Pour les garçons, cela pouvait être Thomas, Théo ou Hugo, et pour les filles, Léa, Emma ou Sarah. Les prénoms se terminant en « a » étaient donc majoritaires dans nos préférences. Après pas mal de réflexions, nous avons donc retenu Thomas et Léa. Sans plus tarder, nous avons aussi commencé les premiers achats : des vêtements, des couches, un lit et une poussette. Lucien était aux petits soins pour moi. Je trouvais même qu'il en faisait un peu trop. Sous prétexte que je ne pouvais pas voir, il voulait que j'évite tout déplacement qu'il jugeait inutile ou risqué. C'était là remettre mon autonomie en jeu, et je n'étais pas d'accord. Ma liberté, je devais encore me battre pour la garder ! Mais enfin, c'était Lucien et on s'aimait : il a fini par céder. De toute façon, avec Roméo dans les pattes, ou les jambes plutôt, je ne risquais pas grand-chose. Quelques semaines passèrent ainsi, dans une attente à la fois fébrile et paisible. Mais un matin, j'eus de grandes douleurs au ventre, et je m'aperçus que j'avais du sang là où il ne fallait pas. Lucien m'emmena aussitôt à l'hôpital où le médecin nous informa que j'avais fait une fausse couche. Je ne vous raconte pas comment j'ai pu pleurer. J'avais porté la vie en moi, et puis c'était la mort que j'avais en moi ! La vie, la mort... Tous nos rêves s'écroulaient, à Lucien et à moi. J'étais dégoûtée, découragée, et Lucien devait l'être aussi, même s'il essayait, assez mal, de me réconforter. Que dire ? Que faire ? Une fausse couche, c'est comme un deuil, à part que c'est un deuil caché, presque honteux. Personne n'en parle, c'est la mort d'un être pas encore né, sans existence légale ou sociale. Une mort sans cercueil ni tombeau. Sans condoléances non plus. Alors, pourquoi porter le deuil ? Mais il faut être passé par là pour savoir que c'est un vrai deuil dont il faut pouvoir se relever. Cela n'est pas facile et cela prend du temps.

Après une fausse couche, on se pose toujours la question du pourquoi. Même s'il est vrai que la cause est en général naturelle – une anomalie génétique rendant l'embryon non viable –, on ne peut s'empêcher de se demander si l'on n'y est pas soi-même pour quelque chose. En l'occurrence, Lucien et moi, nous avions eu un rapport un peu chaud avant la fausse couche. Pendant la grossesse, les hormones sont en ébullition, alors peut-être que nous avions eu des ébats trop agités. La mort pouvait-elle être la conséquence de l'amour ? Avions-nous eu tort de trop nous aimer ? Je faisais certainement fausse route, mais c'était plus fort que moi, j'avais des doutes, je me culpabilisais.

Ma fausse couche n'était pas ce que l'on appelle une fausse couche tardive, bien qu'à la limite. C'était un chiffre de plus dans les fausses couches précoces, qui sont beaucoup plus fréquentes. Mais c'était surtout un traumatisme de plus pour nous. Pendant plusieurs mois, j'ai traversé une dépression qui n'en finissait pas. Notre pauvre bébé qui était mort, nous ne savions pas si c'était Thomas ou Léa. Il s'était éteint avant que l'on puisse savoir si c'était un garçon ou une fille. Le deuil n'en était que plus lourd à porter, même si Lucien me rappelait à l'occasion qu'une fausse couche valait mieux que de donner naissance à un enfant mort-né. Je n'en doutais pas, mais je préférais ne pas y penser. En tout cas, si nous devions avoir un autre enfant – ce que nous espérions bien – il ne pourrait s'appeler ni Thomas ni Léa. Cet autre enfant ne pourrait pas être un remplaçant, il devrait être lui-même, et quant à nous, nous nous promettions de ne pas oublier notre premier bébé, Thomas ou Léa.

Lors des jours qui suivirent, alors que je déprimais dans mon coin, Lucien se renseigna : en Espagne, apprit-il, cela pouvait aller plus vite qu'en France pour faire une FIV, et les cliniques étaient plus à l'écoute des attentes des couples concernés. Après avoir pas mal hésité, car c'était bien plus compliqué et onéreux, nous avons contacté une clinique à Barcelone, et nous avons entamé un nouveau protocole sur place. Je vous passe les détails, sauf quand même un fait remarquable : la biologiste qui avait procédé au mariage des spermatozoïdes avec les ovocytes nous permit de voir au microscope les trois embryons qui allaient m'être transférés. C'était magique : c'était voir le tout début de la vie d'un être humain, au stade où cette vie ne comportait que quelques cellules que l'on pouvait compter sur les doigts de la main, alors qu'un adulte en a des trillions, soit des milliards de milliards ! Cependant, sur les trois embryons, seuls deux furent transférés, et encore un peu contre l'avis du médecin qui ne voulait en transférer qu'un, afin d'éviter une grossesse multiple, et donc de possibles complications futures.

Quand le temps fut venu, nous avons eu la bonne nouvelle : j'étais enceinte. Et de jumeaux ! Inutile de vous dire notre joie, la joie de tous les parents face à une grossesse désirée. J'avais quand même peur de faire une nouvelle fausse couche. J'étais heureuse, mais je n'étais pas tranquille. Et malheureusement, ce que je craignais se réalisa plusieurs semaines après, alors que ma grossesse était déjà bien avancée. Lors d'une échographie, le médecin nous annonça que je n'avais plus en moi qu'un seul embryon en vie. Le coup fut dur à encaisser, c'était encore un nouveau deuil, la fin d'une partie de nos rêves, mais on se consolait quand même en pensant qu'une petite vie continuait malgré tout de se développer en moi. J'avais toujours peur que tout s'arrête encore, mais plus le temps passait, plus j'étais rassurée, et plus le bébé grandissait en moi.

Où était passé l'embryon disparu ? Nous avons demandé au médecin si c'était son frère ou sa sœur qui l'avait en quelque sorte dévoré. Cela le fit sourire, mais sans plus. On ne devait pas être les premiers à lui poser une question de ce genre. Dans de tels cas, nous dit-il, c'est le corps de la mère ou le placenta qui absorbe le jumeau disparu, et ainsi la vie de celui-ci n'est pas complètement perdue. D'une certaine façon, avait-il ajouté, le jumeau disparu continue de vivre. Maigre consolation ! Mais enfin, nous étions quand même rassurés à propos de notre embryon survivant, notre futur bébé : il n'était en rien un cannibale ! Cela peut vous faire sourire, mais je m'étais vraiment posé la question et, Lucien et moi, nous n'avions pas de toute façon le cœur à sourire.

Grâce à l'échographie, nous avons su que notre futur bébé était une demoiselle. Son prénom était déjà trouvé : Emma. Une adorable petite fille, qui naquit fin 2003, deux jours avant Noël. Un peu plus, et le monde entier ou presque aurait célébré sa naissance ! Mais non : il s'agissait d'un accouchement déclenché, alors elle ne pouvait pas naître à Noël ! L'accouchement fut particulièrement éprouvant, malgré la péridurale, mais je ne doute pas que je n'étais pas la première à penser ainsi ! Lucien y avait assisté, je m'étais accrochée à lui pour pousser et il avait tenu bon, alors que certains pères ne tiennent pas le coup et se sentent mal ! Après l'accouchement, il avait coupé le cordon ombilical comme les officiels lors d'une inauguration. Par la suite, il devait me dire qu'il avait trouvé cela quelque peu injuste, puisque c'était moi, et non lui, qui avait fait tout le travail. Le travail : en matière d'accouchement, le mot prenait ici tout son sens ! Lucien me dit aussi qu'il avait été impressionné par tout le sang versé lors de l'accouchement. Moi, dans ma position, je n'ai rien vu, à part Emma. Emma déjà pas contente, mais bien en vie ! J'avais eu tellement peur qu'elle ne survive pas à l'accouchement : mourir avant de vivre, l'horreur !

Après les douleurs de l'enfantement, j'étais épuisée, tandis que le papa était tout guilleret et prenait des photos du bébé. Il utilisait encore ce que l'on appelait un appareil photo argentique : il fallait mettre une pellicule dans l'appareil, puis la porter chez un professionnel afin d'obtenir des tirages sur papier. Avec ce système, le nombre de photos qu'il pouvait prendre était forcément limité. Quelques années après, il a acheté un appareil numérique, ce qui lui permettait de voir les photos tout de suite et de les importer sur son ordinateur. Par la suite encore, il a pu prendre des photos directement avec son téléphone. Moi, comme je n'y voyais rien, cela m'était un peu indifférent, l'écran des nouveaux téléphones ne m'était d'aucune utilité, au contraire cela me gênait. J'ai vu les téléphones mobiles grandir énormément au cours des années, au point même de faire disparaître les tout petits appareils qui me suffisaient amplement. Si j'en avais eu un à l'époque, je ne serais pas entrée dans cette cabine téléphonique où j'ai été agressée... Mais on ne refait pas le passé...

De retour chez nous, si je ne prenais pas de photos (encore que j'en ai prises... à l'aveugle !), j'enregistrais tout les bruits que pouvait faire Emma. Et puis je la sentais, je la touchais, je la triturais, tous mes autres sens y passaient. Avoir enfin un enfant était un émerveillement, un enchantement quotidien, le rêve devenu réalité. J'étais aux petits soins d'Emma de façon constante, de jour comme de nuit. Il en allait de même pour Lucien quand il était là. Je ne pense pas qu'il se soit trop inquiété du fait que je n'y voyais pas : je connaissais le logement, je savais où était chaque chose, il pouvait me faire confiance. Et puis j'avais comme un sixième sens pour savoir s'il y avait un problème quelque part. Trop de silence pouvait en être le signe. Je m'approchais alors d'Emma pour l'écouter respirer : je craignais par-dessus tout le silence absolu de ce que l'on appelle la mort subite du nourrisson. Mais heureusement, à chaque fois j'entendais sa petite et douce respiration.

Et puis Emma commença à sourire et à faire ses premiers pas : cela passait si vite ! Lucien songeait déjà à un autre enfant. Pour moi, c'était beaucoup trop tôt, et Emma me suffisait largement. Lucien pensait aussi à déménager. Il nous voyait dans une jolie petite maison avec un jardin tout mignon. Mais bon ! Il y avait comme un problème de financement : à regret, il dut convenir que cela attendrait. Roméo, quant à lui, vit ses responsabilités augmenter : en plus de moi, il comprit qu'il devrait aussi avoir un œil sur le bébé. Les parents de Lucien nous rendirent visite, ainsi que sa sœur et sa grand-mère. Son grand-père était déjà décédé. On voyait peu la famille de Lucien, car tous ses membres habitaient loin. Ils parurent tous ravis de découvrir Emma.

L'année 2004 passa ainsi, et 2005 était déjà bien entamée quand je compris que j'étais peut-être encore enceinte. Un test de grossesse le confirma, et Sarah pointa le bout de son nez, ou plutôt sa tête, à terme échu. Cela s'était fait le plus naturellement du monde, sans l'aide de personne. Après tout, Lucien et moi, nous n'étions donc pas un couple infertile ! Pour la conception, il n'y avait eu que nous deux : rien que le papa et la maman, sans tout le tralala de la FIV. Pour l'accouchement, par contre, l'aide de la sage-femme n'avait pas été de trop ! Aider à donner la vie : quel métier ! Pas toujours facile, surtout quand cela se passe mal, que le bébé est mort-né ou qu'il va mourir... En tout cas, j'admire et je remercie les sages-femmes !

Bien sûr, Lucien et moi, nous étions aux anges. Emma ne comprenait pas tout, mais elle avait maintenant une future copine pour jouer, cela ne pourrait que lui plaire ! Quant à Roméo, il pensait peut-être que cela commençait à faire beaucoup de monde, mais il avait la délicatesse de n'en rien dire. Nous étions maintenant quatre : si les petites étaient trop petites – de fait ! – pour manger comme nous, je me suis dit à l'époque, qu'un jour ce serait plus facile pour couper les gâteaux en parts égales. Quant à Lucien, il était ravi : sur la même photo, il pouvait avoir ses deux enfants au lieu d'un seul, ce qui rendait chaque photo doublement intéressante ! De plus, quand Sarah serait un peu plus grande, il aurait une nouvelle spectatrice à qui faire des chatouilles. Il adorait ça ! Et ses victimes aussi ! Il l'avait fait à Emma, et même à moi ! Et un jour, ce serait le tour de Sarah ! Il lui fallait toutes les filles ! Il commençait par chantouiller :

Ainsi font, font, font
Les petites marionnettes,

> Ainsi font, font, font
> Trois p'tits tours et puis s'en vont

Puis il se mettait à compter :

– Un...

Et en élevant la voix de plus en plus :

– Deux... Et...

Gros silence, attente interminable, le monde était alors suspendu à ses lèvres, attendant la suite qui tardait à venir... Lucien savait faire attendre son petit monde, juste ce qu'il fallait. Et puis il se jetait sur sa victime pour la chatouiller, tout en s'exclamant joyeusement :

– Trois !

À part cette perspective de nouveaux chatouillis, cette nouvelle naissance nous permit d'obtenir plus facilement des prêts pour la construction de notre maison. Même ma belle-famille nous aida pour cela. Au départ nous pensions acheter une maison déjà ancienne, mais il nous est vite apparu qu'il était plus intéressant de faire construire. Le seul problème était que le coût des terrains nous obligeait à aller très loin du lieu de travail de Lucien, mais en contrepartie nous serions beaucoup plus tranquilles. Quant à moi, j'avais cessé de travailler pour m'occuper de mes petites, et l'idée de vivre à la campagne n'était nullement pour me déplaire.

Cette histoire de maison nous occupa beaucoup. Il fallait tout d'abord choisir le terrain. Nous en avons vus plusieurs. Je n'étais peut-être pas la mieux placée pour choisir, mais je donnais quand même mon avis, en fonction de mon ressenti et de ce que Lucien me disait. Finalement notre choix se porta sur un joli petit terrain situé à Cintegabelle, une commune à une trentaine de kilomètres au sud de Toulouse. J'ai mis très longtemps à découvrir que ce nom ne s'écrivait pas comme celui d'une sainte : Lucien avait omis de me le préciser. Et j'ai encore mis un petit temps additionnel pour découvrir qu'il concernait quand même une sainte : Cintegabelle vient en effet de l'occitan « Senta Gabèla », ce qui peut donc bien se traduire par « Sainte Gabelle ». Drôle de nom, quand même ! On n'est par ailleurs pas sûr qu'une telle sainte ait jamais existé, ni que ce nom ait un rapport avec la gabelle, le mot désignant autrefois un impôt. Il pourrait être lié au mot « gavèla », la javelle, ou gerbe de blé. Mais bon, je pense que tout cela ne vous intéresse pas vraiment ! Sachez que Cintegabelle avait quand même connu son heure de gloire quelques années, beaucoup d'années même, avant notre installation. D'une part, un homme politique célèbre, un temps Premier ministre, avait été conseiller général du canton, et d'autre part des humoristes toulousains l'avaient citée dans leur chanson « La Simca 1000 » : « Mais putain ! que tu étais belle, comme la mairie de Cintegabelle. » Même si c'était pour la rime, la mairie n'est pas pas trop mal, c'est vrai ! Plus sérieusement, cette petite commune possède quelques monuments remarquables, dont son église Notre-Dame et l'ancienne abbaye cistercienne de Boulbonne, détruite pendant les guerres de religion, puis rebâtie à partir du XVIIᵉ siècle.

Cintegabelle, c'est la campagne. Pour les gens de la ville, celle-ci rime avec le chant du coq et les cloches des églises. À propos de cloches, comme je m'intéressais beaucoup à l'histoire de la commune, j'avais entendu parler d'un document émanent de la préfecture. En 1802, le préfet l'avait fait rédiger pour ordonner que l'on ne sonne pas les cloches par temps d'orage. J'ai demandé à Céline, mon arrière- petite-fille, de le retrouver. Elle a réussi ! Le voici :

« Le Préfet de la Haute-Garonne aux Sous-préfets et aux Maires du Département.

Je suis instruit, Citoyens, que dans plusieurs communes on sonne les cloches dans les temps d'orage, sous prétexte d'éloigner les nuages et de préserver les récoltes.

Cette méthode, presque toujours nuisible, a produit souvent des effets funestes. Si les nuées sont assez près pour que le mouvement occasionné dans l'air puisse influer sur elles, ces nuées seront attirées, crèveront, et le tonnerre ou la grêle dont elles sont chargées tomberont précisément sur les endroits qu'on a voulu garantir. Si les nuages sont éloignés, la sonnerie est sans effet. Il est donc évident qu'un usage qui ne peut avoir que des effets dangereux, doit être sérieusement proscrit. Je vous invite en conséquence, Citoyens, à ne pas souffrir, sous quelque prétexte que ce soit, qu'on sonne les cloches en temps d'orage. Votre zèle me répond de votre exactitude ; et s'il se trouvait, ce que je ne pense pas, quelque Fonctionnaire public qui, par faiblesse ou par préjugé, tolérât des infractions aux dispositions des lois à ce relatives, il serait dénoncé au Gouvernement.

Je vous prie d'accuser réception de cette lettre à votre Sous-préfet.

Je vous salue.

J. E. Richard »

Ah ! les cloches ! Moi, je les aimais bien : quand on n'y voit pas, c'est bien pratique pour savoir l'heure ! Elles ne me dérangeaient pas, au contraire ! Ni le chant du coq ! Mais heureusement que je savais quand même que, contrairement à la légende, le coq chante toute la journée, et non seulement au lever du jour ! C'est qu'il a besoin d'affirmer son autorité, et aussi sa vigueur auprès des femelles qu'il veut attirer !

Le terrain acheté, il fallut ensuite choisir le constructeur, puis surveiller les travaux. C'était l'affaire de Lucien, car moi, je ne pouvais pas être très utile en la matière. Mais cela nous servait surtout de prétexte pour aller nous promener dans le coin, et puis de toute façon Lucien n'y connaissait rien en construction, alors tout était vite surveillé. En fait, il s'agissait avant tout de voir si les travaux avançaient normalement, ce qui était bien le cas. Quand tout fut fini, il ne nous restait plus alors qu'à faire les cartons avant de nous y installer. Mais là, ce fut surtout moi qui m'en suis occupée. Comme je connaissais tous les objets et leur emplacement, ce ne fut pas trop compliqué. Lucien me faisait entière confiance. Quand il avait voulu m'aider, je lui avais d'ailleurs répondu :

– Arrête ! Tu sais très bien que je pourrais le faire les yeux fermés !

Et il n'avait pas insisté !

Pour l'aménagement dans la nouvelle maison, ce fut quand même plus compliqué : d'une part, il fallait que j'attende que les meubles soient installés ou montés, et d'autre part, il fallait que je m'y retrouve dans ce nouvel environnement. Je décidai donc de prendre une retraite anticipée provisoire en tant que décoratrice d'intérieur. Je crois que Lucien m'en sut gré. Il n'empêche que quand tout fut installé, comme je connaissais les objets, je les changeais de place selon mon inspiration du moment. Il fallait bien que je me sente chez moi, après tout ! Et j'avais l'humble prétention de m'y connaître aussi bien que Lucien. En tout cas, je voulais bien me le laisser croire. Peut-être que je me trompais sur l'appariement des couleurs. Mais était-ce important ? Lucien m'avait un jour tenu un discours de ce genre lorsque nous aménagions la maison :

– Ne t'en fais pas pour les couleurs ! Laisse-moi jouer au professeur ! En fait, les couleurs, c'est juste la lumière du soleil qui est constituée d'un mélange de radiations de longueurs d'onde différentes. Ce sont ces longueurs d'onde que nos yeux et notre cerveau perçoivent comme des lumières de différentes couleurs. L'arc-en-ciel nous les révèle, à part le noir qui est absence de lumière et le blanc qui est la somme de toutes les couleurs visibles. Mais ces couleurs ne constituent qu'une toute petite partie des longueurs d'onde. Les plus longues sont les ondes radio, puis les ondes de la télévision, les ondes radar, les micro-ondes, les infra-rouges et la lumière visible, la nôtre donc. Les ultra-violets viennent ensuite, les rayons X et enfin les rayons gamma. Si toutes ces longueurs faisaient un kilomètre, la lumière visible n'en occuperait qu'un millimètre. S'ils n'ont pas d'anomalies de la vision, les êtres humains peuvent détecter les longues ondes de la lumière visible, c'est-à-dire le rouge et l'orange, les ondes moyennes, soit le vert et le jaune, et les ondes courtes, soit le bleu et le bleu-violet. Alors, tu vois, tu ne manques pas tout, quand tu écoutes la radio, tu perçois toi aussi des ondes, comme ceux qui voient les couleurs !

– Eh bé !

– Je ne te le fais pas dire ! Rassure-toi, je viens juste de lire un article sur le sujet, c'est pourquoi je peux faire le savant. Mais sais-tu par exemple pourquoi les pommes sont rouges ? Elles sont rouges parce qu'elles absorbent toutes les radiations de la lumière, sauf celles correspondant au rouge qu'elles réfléchissent. Si elles les absorbaient toutes et n'en réfléchissaient aucune, elles seraient noires. Si elles n'en absorbaient aucune et les réfléchissaient toutes, elles seraient blanches. Car pour voir les couleurs, il faut de la matière, comme la pomme, outre de la lumière, bien sûr, et puis des yeux et notre cerveau pour traiter ce que nos yeux voient. Il faut ces quatre éléments, et en bon état. Mais les pommes sont-elles vraiment rouges pour tout le monde ? Non, car aucun objet n'a en lui-même une teinte donnée.

– Allons bon ! Je n'y comprends plus rien, cher professeur !

– C'est simple, Mademoiselle ! La couleur n'est en fait qu'une illusion créée par le cerveau.

– Alors, tout ça pour ça ?

– Exactement, Mademoiselle ! Comme je vous l'ai si bien expliqué, la couleur est déterminée à partir des rayons lumineux émis ou renvoyés par un objet, puis captés par les cônes qui tapissent notre rétine. Chez l'homme, ces photorécepteurs sont sensibles à la lumière bleue, à la verte et à la rouge. Ces cônes analysent la proportion de chaque lumière et envoient l'info au cerveau qui génère une sensation de couleur. C'est ainsi, quand la lumière du soleil rencontre des gouttes d'eau, que l'on peut voir toutes les couleurs de l'arc-en-ciel. Mais les animaux, eux, ne voient pas comme nous. Les chiens, comme la plupart des mammifères, n'ont des cônes que pour le bleu et le vert. Ils ne voient le monde que selon ces couleurs et leur mélange. Pour eux, c'est un dégradé de gris, de bleu, de vert et de jaune. Notre rouge leur semble gris ou vert foncé, et notre rose leur apparaît plutôt bleu.

– Alors, ils ne voient pas la vie en rose ? Les pauvres !

– C'est vrai ! Mais d'autres bestioles voient par contre des couleurs qui nous échappent ! Elles ont des cônes sensibles aux ultraviolets. C'est le cas pour les insectes, les oiseaux et les reptiles. Les abeilles, par exemple, ont des cônes sensibles au bleu, au vert et aux ultraviolets. Or, les fleurs ont sur elles des motifs ultraviolets qui guident les abeilles vers leur nectar, ce qui permet la pollinisation. Mais ce sont les oiseaux, les tortues et les reptiles qui voient le plus de couleurs, car ils sont sensibles à la fois au bleu, au vert, au rouge et aux ultraviolets : la totale ! Ils font donc mieux que nous. À l'inverse, les baleines, dauphins, phoques et éléphants de mer n'ont qu'un cône vert. Ils ne voient donc pas le grand bleu ! Ni même le vert, car pour voir la couleur, le cerveau doit pouvoir comparer les données fournies par au moins deux cônes ou photorécepteurs. Pour eux, tout est en noir et blanc. Comme la télé du siècle dernier !

– Les pauvres !

– Non, rassure-toi ! Dans les profondeurs des océans, ils n'ont pas besoin de la couleur. Par contre, ils peuvent voir dans l'obscurité. Comme les chats qui, la nuit, voient mieux que nous, par exemple. À propos des chats, pourquoi dit-on que la nuit, tous les chats sont gris ?

– C'est toi qui vas me le dire !

– Parce que la nuit, les photorécepteurs de notre rétine qui sont sensibles à la faible luminosité ne sont pas les cônes, mais les bâtonnets qui, eux, ne permettent pas de distinguer les couleurs. Mais toi, tu as tout dans la tête et tu peux te diriger les yeux fermés sans y voir dans le noir ! Encore mieux que les chats !

– Si tu le dis ! En tout cas, tu as raison : moi, je me dirige par écholocalisation, comme les chauves-souris ! Surtout dans les pièces vides !

– Non ?

– Qui sait ? En fait si, tu le sais, ce n'est pas nouveau ! Grâce aux sons que j'émets, par ma bouche, mes mains, ma canne, je peux connaître la distance d'un obstacle. Enfin, j'essaie ! En tout cas, merci pour ta conférence sur les couleurs, pour moi qui en ai la nostalgie ! Mais si tu veux que je voie la vie en rose, cesse de vouloir remplir ma matière grise, remplis plutôt les pièces de notre maison, et moi j'arrangerai les objets selon ma vision des couleurs !

Les couleurs ! Les couleurs de la vie, les couleurs du bonheur ! La vie m'en avait fait voir de toutes les couleurs, alors maintenant, oui, je les avais vraiment dans ma tête, Lucien avait raison ! Lucien qui m'avait dit, lorsque nous nous étions rencontrés :

– J'essaierai d'être ton arc-en-ciel sous un ciel tout bleu pour que tu voies la vie en rose !

Pour moi qui regrettais les couleurs, il ne pouvait pas y avoir d'engagement plus coloré. Et donc rien de plus sérieux sous un soleil radieux ! Encore que l'arc-en-ciel soit aussi lié avec l'eau et la pluie, et donc pas nécessairement avec le beau temps, mais ne chipotons pas avec les détails ! De toute façon, l'arc-en-ciel, je ne pouvais que l'imaginer dans ma tête, et je le voyais toujours accompagné d'un soleil radieux. Pourquoi l'imagination ne pourrait-elle pas être plus belle que la réalité ? Pour moi qui ne voyais plus les couleurs depuis mon enfance, l'imagination était importante. J'avais le souvenir des couleurs, mais peut-être que je me trompais, que je les mélangeais, comment savoir ?

Et puis, pour qu'un arc-en-ciel apparaisse, il fallait bien un soleil radieux, non ? Alors, je ne me trompais pas !

En tout cas, ce jour où nous avions eu nos échanges colorés, je me suis souvenue du célèbre poème d'Arthur Rimbaud que je connaissais par cœur, et je n'ai pas pu m'empêcher de le réciter :

A noir, E blanc, I rouge, U vert, O bleu : voyelles,
Je dirai quelque jour vos naissances latentes :
A, noir corset velu des mouches éclatantes
Qui bombinent autour des puanteurs cruelles,

Golfes d'ombres ; E, candeurs des vapeurs et des tentes,
Lances des glaciers fiers, rois blancs, frissons
d'ombrelles ;
I, pourpres, sang craché, rire des lèvres belles,
Dans la colère ou les ivresses pénitentes ;

U, cycles, vibrements divins des mers virides,
Paix des pâtis semés d'animaux, paix des rides
Que l'alchimie imprime aux grands fronts studieux ;

O, suprême Clairon plein des strideurs étranges,
Silences traversés des Mondes et des Anges :
– O l'Oméga, rayon violet de Ses Yeux !

Ce poème intitulé « Voyelles », c'était la porte ouverte vers bien des mystères, ce que j'expliquai alors à Lucien :

– C'est là un bien curieux poème qui a fait l'objet de multiples interprétations. Sais-tu tout d'abord que pour certaines personnes, les lettres et les nombres, parfois les mots ou les sons, les formes, les individus, ont des couleurs ? On appelle cela la synesthésie, qui est considérée comme un phénomène neurologique non pathologique.

– Oh ! doucement, ne prend pas tout, si tu veux jouer à la poétesse, laisse-moi au moins jouer le rôle de savant !

– Excuse-moi ! Je ne voulais pas te blesser ! Je suis confuse ! Je vous écoute, professeur !

– Trop tard, Céline ! Et cesse de te moquer ! Mais si tu veux que je te parle des pathologies de la vision, parlons-en ! Il y en a tout un tas ! Tout se passe dans le cerveau : un organe essentiel à la vue ! Certaines personnes ne peuvent pas voir le mouvement : si elles versent un liquide, celui-ci leur semble aussi immobile qu'une stalactite ! D'autres ne peuvent pas se représenter un objet en entier : elles n'en perçoivent qu'un bout ici, un autre là, comme s'il était éclaté. Il y a encore celles qui ne perçoivent qu'un élément à la fois d'un objet ou d'une scène qui en comporte plusieurs. D'autres encore ne reconnaissent pas un objet s'il se présente sous un angle inhabituel. Il y en a aussi qui voient les objets, savent les décrire, mais sans comprendre à quoi ils servent. Puis il y a les personnes qui peinent à reconnaître les mots écrits, ou même les visages, ce qui peut être très dérangeant ! Il y a aussi celles qui ne peuvent pas attraper les choses qu'elles regardent, celles dont le cerveau ne s'occupe que de la moitié de ce qu'elles voient, et encore, pour en revenir aux couleurs, celles qui ne les voient plus du tout. À ne pas confondre avec les daltoniens qui, eux, ont simplement du mal à distinguer les couleurs à cause d'un trouble rétinien.

– Eh bien ! Je vois qu'il n'y a pas que les aveugles qui ont des problèmes ! Enfin, je vois... Au moins pour moi, c'est on ne peut plus clair : je n'y vois rien ! Et alors, à propos de la synesthésie, tu en dis quoi, Monsieur le savant ?

– J'en dis que c'est un sujet passionnant ! Et comme tu l'as dit toi-même, il y en a de plusieurs sortes, la plupart concernant l'association de couleurs avec les lettres, les mots, et les sons, plus rarement avec les goûts et odeurs. D'autres encore ne concernent même pas les couleurs : des personnes se représentent par exemple les nombres selon un axe montant, d'autres voient le temps comme un ruban ou un anneau, d'autres personnes encore associent des mots à des goûts, ou écrivent dans leur tête ce qu'elles entendent, comme une sorte de sous-titrage permanent. Et il y a aussi celles qui donnent une personnalité à chaque lettre et à chaque chiffre ou, pour en revenir aux couleurs, une couleur à telle ou telle personne. C'est là un vaste domaine ! Mais qui ne concernerait que peu de personnes, peut-être une sur vingt, ou moins.

– Et Arthur Rimbaud ?

– C'était un poète. Rien ne prouve qu'il ait été concerné par la synesthésie. En fait il ne l'était sans doute pas. Il a écrit qu'il avait inventé la couleur des voyelles, qu'il avait noté l'inexprimable.

– Heureuse de te l'entendre dire, professeur ! Rimbaud se flattait d'avoir inventé un verbe poétique accessible à tous les sens. Un autre poète, Baudelaire, avait écrit : « Les parfums, les couleurs et les sons se répondent. » Mais pour en revenir à Rimbaud, son poème a été compris de diverses façons, fort différentes. Il faut dire que c'est un poème bien étrange. Tout d'abord, il ne suit pas les règles classiques des sonnets, mais il reste malgré tout bien musical. Par ailleurs, Rimbaud invente même trois mots : « bombinent », «vibrements », et « stridents ». Quant aux interprétations proposées, on a tout entendu. Selon certains, « Voyelles », c'est « Vois elles », et on a là un poème érotique évoquant le corps féminin. Dans un genre bien différent, certains y ont vu la vie du Christ, de sa naissance à sa mort, ou un poème apocalyptique avec le nombre de la bête, 666 : il y a six « e » sur chacun des trois premiers alexandrins, et on retrouve les couleurs des quatre cavaliers de l'Apocalypse. Enfin, si l'on veut... D'autres y ont vu le cycle de la vie, en commençant étrangement par le A noir de la décomposition et de la mort, puis le E pour la naissance et l'enfance, le I pour la maturité et ses corruptions, le U pour la sérénité de la vieillesse, et le O pour le Jugement dernier. Enfin d'autres y ont vu le signe de la synesthésie de l'auteur, ou simplement de la poésie, et ce serait une hérésie que de chercher à y voir autre chose ! Je le pense aussi. Rimbaud se serait peut-être inspiré de cubes colorés portant des lettres vus dans son enfance, comme pour beaucoup d'entre nous à l'école primaire, ou de lectures diverses, ou de la synesthésie. Dans son poème, il fait aussi référence à l'alchimie, tout en se faisant savant et en donnant toute son importance aux yeux et à la vue. Quoi qu'il en soit, ce qui est remarquable c'est qu'il a respecté les couleurs du spectre lumineux, outre le blanc et le noir, mais en ne mentionnant que les couleurs n'ayant qu'une syllabe en français, les autres étant sous-entendues. Et l'adjectif associé à la lettre d'une couleur ne contient jamais cette couleur : pour prendre un exemple, dans le « noir » du « A », il n'y a aucun « a ». Enfin, il a mis le « O » après le « U », contrairement à l'usage, pour respecter l'alphabet grec qui va de l'Alpha à l'Oméga. Certains y ont vu Dieu qui dit être, dans l'Apocalypse, l'Alpha et l'Oméga, le début et la fin de tout.

– Mazette !

– Comme que tu dis ! En tout cas, ce qui est clair, c'est qu'il a associé couleurs, formes et sensations à des connotations morales : le noir à la mort, le blanc à la pureté et à l'innocence, le rouge à la violence et aux excès de la chair, le vert au calme et à la paix, le bleu au divin.

– Mais il ne mentionne pas le rose ! Pas de quoi voir la vie en rose, alors ?

– Mon cher professeur, tout n'est pas rose dans la vie ! Mais si tu veux du rose, je te renvoie à « Cyrano de Bergerac », d'Edmond Rostand :

Un baiser, mais à tout prendre, qu'est-ce ?
Un serment fait d'un peu plus près, une promesse
Plus précise, un aveu qui veut se confirmer,
Un point rose qu'on met sur l'i du verbe aimer ;

C'est un secret qui prend la bouche pour oreille,
Un instant d'infini qui fait un bruit d'abeille,
Une communion ayant un goût de fleur,
Une façon d'un peu se respirer le cœur,
Et d'un peu se goûter, au bord des lèvres, l'âme !

Bon ! Ne croyez surtout pas que tous nos échanges entre Lucien et moi fussent d'un tel niveau intellectuel ! J'en ai rajouté parce que, je vous l'ai déjà dit, j'ai toujours eu la nostalgie des couleurs. Je les voyais dans ma tête, même si je me trompais peut-être sur certaines. En français, il n'y a que onze mots pour les décrire : blanc, noir, rouge, bleu, vert, jaune, orange, violet, marron, rose et gris. Mais, bien sûr, si l'on y ajoute les teintes, on peut distinguer le bleu clair du bleu marine, et ainsi de suite. On a alors énormément de couleurs. Comment se rappeler de toutes sans se tromper quand on a perdu la vue si tôt dans la vie, comme moi ? Difficile, sinon impossible ! Alors, je faisais un peu comme les peintres impressionnistes, j'avais mes « impressions » ! En tout cas, après ma citation sur « Un point rose qu'on met sur l'i du verbe aimer », Lucien ne put s'empêcher de m'embrasser, et puis... Mais passons, et revenons à nos moutons !

Nous avons fini d'aménager, j'ai bougé et rebougé les objets, les filles en ont cassés et moi aussi, Lucien un peu moins, et nous avons tous pris nos marques dans notre maison de Cintegabelle. Nous y étions si bien que l'envie nous reprit de laisser faire la nature. Lucas naquit ainsi en 2007. Notre premier garçon ! Et le dernier, car nous ne comptions pas avoir plus d'enfants. Bien sûr, nous étions contents d'avoir un garçon, mais nous aurions aussi été tout contents d'avoir une autre fille. Quand on aime, on ne compte pas, et on ne distingue pas !

Avec trois enfants, nous étions maintenant ce que l'on appelait une famille nombreuse. À l'époque, il y avait plus d'enfants qu'aujourd'hui, mais en avoir trois, c'était déjà beaucoup. Notre petit troisième était en quelque sorte surnuméraire. Mais c'était un amour de surnuméraire ! Comme j'adorais aussi mes filles, il n'avait cependant pas l'exclusivité de mon amour. Je m'efforçais d'ailleurs de ne pas gâter un enfant plus qu'un autre. Pas de traitement de faveur, l'égalité dans l'amour ! Et Lucien le papa partageait pleinement ma philosophie !

Bref, nous étions heureux ! Et comme je ne travaillais plus, je pouvais pleinement profiter de ce bonheur. Voir ses enfants grandir, quoi de plus beau ? Voir ? Mais oui, je les voyais à ma façon, en les touchant, en les cajolant, en les embrassant. Et puis en les écoutant. Je pouvais reconnaître qui était qui simplement en entendant leurs pas. Même quand ils se chamaillaient, je les trouvais si charmants ! C'était mon trio d'amour. Bien sûr, je n'oubliais pas Lucien, mais Lucien, c'était Lucien. C'était encore un autre amour, différent et essentiel, fondamental, à ne pas délaisser non plus pour qu'il ne soit pas jaloux ! Et avec Roméo, c'était là aussi encore un autre amour, un amour complémentaire, à ne pas délaisser lui non plus ! J'étais vraiment gâtée en amour ! Même si j'avoue que c'était parfois un numéro d'équilibriste pour donner à chacun sa juste dose !

Emma était née en décembre 2003, Sarah en juillet 2005 et Lucas en novembre 2007 : en quelques années, nous avions constitué notre petite famille. Tout était finalement allé assez vite, malgré la fausse couche et l'échec de la première FIV. Il nous restait quelque part deux embryons congelés de celle-ci, et un autre de notre FIV espagnole. Nous avions donné notre accord pour qu'ils soient donnés à d'autres couples. Il se pourrait donc que nous ayons été les parents biologiques de trois autres enfants. Des frères et sœurs pour notre trio d'amour ! Des petits êtres qui auront peut-être fait le bonheur d'autres couples !

Chacun des membres du trio d'amour avait déjà son petit caractère. Emma, l'aînée, était plus hardie que Sarah. la sage. Encore que Sarah cachait parfois son jeu... Quant à Lucas, il s'annonçait déjà comme un petit boute-en-train, peu avare de bêtises ! Je l'appelais la cerise sur le gâteau ! Avec ces trois-là, l'avenir s'annonçait agité, joyeux mais agité, heureux en somme. Nous étions prêts à l'affronter !

Mais... C'était en fin d'après-midi, un soir d'été en 2010. J'étais dehors avec les enfants. On attendait Papa. J'ai reconnu le bruit de sa voiture, puis un autre bruit, et puis plus rien. Le silence absolu. Un silence inquiétant qui devenait angoissant. Et puis j'ai entendu les pas de Lucien. Et son silence. Et puis ses sanglots.

– J'ai tué Lucas... finit-il par murmurer.

V

Maintenir la flamme

– J'ai tué Lucas... répéta-t-il en sanglotant.

Je l'ai assailli de questions, mais il ne pouvait pas répondre. Et moi, je ne savais pas ce qu'il en était vraiment. J'ai voulu me précipiter vers la voiture, mais Lucien m'a retenu, assez violemment :

– N'y va pas ! C'est horrible !

J'y suis quand même allée. J'ai tout de suite touché la tête de Lucas : elle ne bougeait pas. Quant à son corps, je crois qu'il n'en avait plus, je sentais du sang et d'autres matières dans mes mains. Et puis j'ai perdu connaissance. Quand je suis revenue à moi, il y avait du bruit de partout. J'ai compris que les pompiers étaient là. L'un d'eux m'a dit je ne sais quoi, sans doute pour m'apaiser, mais je ne pouvais pas parler. Les gendarmes sont venus peu après, mais j'étais dans un état second, bien incapable de répondre à la moindre question. J'entendais quand même la voix de Lucien, mais c'était lointain, comme irréel. Tout était comme un cauchemar, mais avec tout ce bruit, toute cette agitation, je n'avais aucun doute : cela n'en était pas un ! C'était bien la réalité ! Je me suis mise alors à gémir de plus en plus fort, puis à crier quand j'ai senti que l'on me retenait. Ce qui s'est passé après, je ne l'ai su que plus tard. On avait dû m'administrer des calmants. Comme j'étais en état de choc, j'ai été transportée à la clinique la plus proche, et Lucien aussi. C'est l'Aide sociale à l'enfance qui a dû trouver une solution en urgence pour s'occuper de nos filles. Quant au corps de Lucas...

Nous sommes tous deux rentrés à la maison le lendemain, et nous avons récupéré nos filles. Pour le corps de Lucas, il a fallu attendre qu'il nous soit rendu, après son examen à l'institut médico-légal. Il y a eu une enquête, et il a fallu répondre aux questions des gendarmes. Ils nous ont expliqué que c'était la procédure habituelle. Pour eux, l'accident ne faisait aucun doute, mais il fallait quand même que la Justice conclue elle-même à un accident, et non à un homicide involontaire. La différence entre les deux, c'était la notion de faute, nous ont-ils dit : si l'on pouvait nous reprocher quelque chose, il y avait faute, et donc homicide involontaire. On peut toujours se reprocher quelque chose, se sentir coupable. Lucien avait écrasé Lucas en reculant la voiture, comme il le faisait toujours, pour pouvoir ensuite partir en marche avant. C'était ce qui était recommandé, mais que trop peu de conducteurs font. Mais en reculant, il n'avait pas vu Lucas qui avait échappé à ma surveillance. Il ne l'avait pas vu parce qu'il ne pouvait pas le voir, Lucas était trop petit pour être visible, mais Lucien se reprochait de ne pas être entré en marche avant comme tout le monde. C'était cela qui avait tué Lucas, et c'était lui qui l'avait tué. Et moi, étant aveugle, je n'avais pas vu Lucas, je ne pouvais pas le voir. Je maudissais ma cécité. Lucien avait bien installé un grillage pour faire une sorte d'enclos pour les enfants, avec un portillon, toujours fermé, mais là, quelqu'un l'avait ouvert, et je ne l'avais pas entendu. On pouvait me le reprocher, puisque c'était moi qui gardais les petits. Nous étions là tous les quatre, les enfants et moi, quand c'était arrivé. Le portillon n'était pas fermé à clé, car il y avait une autre clôture autour de la maison, et on le franchissait souvent pour aller tous ensemble au jardin. Emma et Sarah nous ont dit qu'elles n'avaient pas ouvert le portillon. Je ne pense pas qu'elles aient menti. Ce serait donc Lucas lui-même qui l'aurait ouvert. Tous les enfants avaient interdiction d'y toucher sans ma permission, mais Lucas était encore tout petit, il n'avait sans doute pas compris pourquoi c'était si important. Mais on ne pouvait quand même pas le lui reprocher, la faute, les fautes étaient pour nous. Lucien aurait dû faire plus attention, et moi j'aurais dû m'asseoir devant le portillon pour bloquer le passage. Pourquoi n'y avais-je pas pensé ? Et Roméo ? Pourquoi ne l'avait-on pas dressé pour surveiller le portillon ? Ou même seulement à s'allonger devant le portillon pour en bloquer l'accès ? On pouvait se reprocher beaucoup, mais cela ne changeait rien à la réalité, c'était trop tard. Après coup, c'était tellement évident qu'il aurait fallu faire ceci ou cela, mais les regrets, les remords ne servaient plus à rien.

Les gendarmes sont revenus quelques jours après pour nous informer que le procureur de la République avait conclu à un accident. Lucas a été enterré, et il a fallu essayer de survivre, parce qu'il y avait nos filles, parce qu'il le fallait bien. Mais comment peut-on survivre à la mort d'un enfant ? Dans ces cas-là, on se dit qu'il est impossible que la vie continue, mais la vie est cruelle, vous pouvez subir les pires violences, la vie continue toujours comme si rien d'important ne s'était passé, le monde continue de tourner, mais vous, vous êtes à l'arrêt, largué, jeté de côté, sans pitié .Vos propres souffrances n'empêchent pas la vie de se poursuivre, de façon imperturbable, indifférente qu'elle est à vos malheurs. La vie est cruelle, sadique, impitoyable. Elle semble se délecter de vos malheurs, ou plutôt elle n'en a absolument rien à faire. C'est peut-être pire. La vie ne vous punit pas pour une faute, elle frappe au hasard qui elle veut, quand elle veut. C'est là que vous comprenez que vous n'êtes rien dans ce monde, et que tout ce que vous avez, tout ce qui fait votre bonheur peut vous être retiré du jour au lendemain, et vous n'y pourrez rien, absolument rien ! Moi qui pensais avoir connu le pire, je me trompais. Le pire, c'était maintenant !

Lucien et moi, nous étions pour quelque chose dans notre malheur, nous ne pouvions pas l'ignorer. J'en voulais à Lucien, il avait tué Lucas, son fils, notre fils, et je m'en voulais à moi, moi qui n'avais pas pu, qui n'avais pas su empêcher ce drame. Lucien avait sans doute les mêmes sentiments, chacun pouvait faire des reproches à l'autre et à soi-même. En tout cas, le ressentiment s'installa entre nous, même si nous n'osions pas en parler. Un ressentiment mêlé de désespoir et de rancune. Mais nos filles étaient là, et il fallait s'en occuper, les consoler, les réconforter, prendre soin d'elles. Malgré les non-dits, la vie continuait, et on était bien tous deux, tous quatre, obligés de vivre. Mais entre Lucien et moi, et avec nous-mêmes, il manquait le pardon et l'acceptation, il manquait la simple parole, le courage de parler, de se dire les choses. Lucien, mon prince charmant, mon Zorro, il n'était plus cela, lors de mes cauchemars je le voyais en assassin, il s'était mué en ange de la mort sur son cheval noir, tout noir, noir comme la mort.

Vers qui se tourner alors, quand l'amour de votre vie est le problème, et non la solution ? Ou du moins qu'il fait partie du problème ? Roméo me consolait bien un petit peu, mais c'était tellement dérisoire ! La religion ? Je n'étais pas croyante. Et puis à quoi bon ? Pour s'entendre dire que les voies du Seigneur sont impénétrables ? Très peu pour moi ! La philosophie, la méditation et compagnie, ou je ne sais quelle thérapie ? Ou tel ou tel sage, telle secte, tel gourou auto-proclamé ? Quand vous êtes dans le malheur, les gens qui prétendent vouloir vous aider ne manquent pas ! Tous sont loin de le faire pour de bonnes raisons, même si je ne doute pas qu'il y ait des personnes vraiment désintéressées. Mais la vie m'avait appris que la solution ne venait jamais que de soi-même. Aide-toi et le ciel t'aidera. Aide-toi et tout le monde t'aidera. Les adages et citations pouvaient aider, servir à montrer qu'il fallait soi-même se ressaisir. Encore fallait-il le vouloir et en avoir la force.

Lucien et moi, nous étions malheureux de notre désamour, et nos filles elles-mêmes en pâtissaient. Leurs résultats scolaires aussi. La directrice de leur école nous convoqua pour en parler. Elle savait ce qui s'était passé. Elle nous assura qu'elle nous comprenait, qu'elle avait connu un cas un peu similaire où un bébé était mort dans une voiture parce que son père l'avait oublié : quelque chose d'autre l'avait préoccupé, au point de lui faire oublier son enfant. Son épouse ne pouvait pas le lui pardonner. Il avait alors fallu l'aide d'une psychologue pour lui expliquer que le cerveau humain peut avoir du mal à se focaliser sur deux sujets à la fois – surtout le cerveau d'un homme, plus que le cerveau d'une mère qui a porté en elle son enfant pendant plusieurs mois. Même si notre cas était différent, la directrice nous conseilla de faire appel à une psychologue qu'elle connaissait pour que nous puissions enfin nous aussi comprendre et accepter ce qu'il en était.

Nous sommes donc allés voir cette psychologue. Au début, c'était à reculons, mais comme elle nous forçait à nous exprimer, à nous dire les choses, même si c'était dur, désagréable, trop dérangeant, trop désespérant, même si cela faisait mal, même si l'on avait le sentiment que c'était la fin de notre couple, cette psychologue avait le don de nous apaiser, de nous calmer avant que tout cela n'aille trop loin dans le mauvais sens. Nous l'avons vue plusieurs fois, nous avons aussi arrêté de la voir, parce que cela n'allait plus, ou au contraire parce que cela semblait aller mieux, mais notre guérison commune nécessitait du temps, beaucoup de temps. Petit à petit, le temps de l'acceptation vint, celui du pardon aussi, car chacun avait à se faire pardonner. Et puis la vie reprit peu à peu de façon plus sereine, apaisée, confiante.

Lucas n'était certes plus là, mais d'une certaine façon, il était toujours là et il serait toujours là. Nous avons de plus en plus espacé nos visites au cimetière : Lucas n'y était pas. Il n'était pas là, dans une boîte. Il vivait dans nos souvenirs, dans tous les moments heureux que nous avions passés ensemble, il était dans

138

nos têtes, nos pensées, il était dans tout ce qu'il nous laissait en héritage, non seulement des photos, des vidéos, des jouets, mais surtout sa joie de vivre, ses rires et sourires, sa bonne humeur, et même ses pleurs, ses bouderies, ses chagrins et ses petites colères. Lucas ne pouvait pas mourir, nous devions vivre pour qu'il ne meure pas, car il était en nous, dans notre famille, et c'était à nous de vivre pour qu'il continue lui aussi de vivre. Dans certaines régions du monde, il y a ce que l'on appelle un autel des ancêtres. Lucas n'était pas notre ancêtre, et nous ne voulions rien de morbide pour nous souvenir de lui. Pas d'autel pour Lucas, donc. Notre fils, c'était la vie, et nous voulions le garder tel quel, vivant. Pendant un certain temps, nous avons organisé des soirées nostalgie, Lucien et moi, parfois aussi avec nos filles. Nous regardions les photos, les vidéos, nous prenions ses jouets, ses dessins, ses affaires, tout ce qui était à la fois pour nous des trésors et des douleurs, et nous parlions de lui, de ses rêves et de ses envies. C'était un besoin dont on ne pouvait se passer, mais la vie a quand même fini par reprendre ses droits, avec d'autres soucis, mais aussi d'autres plaisirs.

On peut perdre un enfant à cause d'un accident, comme pour nous. Ou à cause d'une maladie, d'une agression, ou encore d'un suicide. Ce dernier cas est sans doute le pire. Je le dis, même si je n'aime pas les comparaisons dans le malheur, et si je ne sais pas s'il y a un sens à imaginer le pire. J'ai connu des parents qui ne s'entendaient plus. Leur fils adolescent a fini par se donner la mort. Ses parents ont divorcé, sans pour autant se haïr. En tout cas, ils ont réussi à survivre et à refaire leur vie. Le suicide n'est jamais simple à expliquer, et il serait trop simpliste de désigner un tel ou un tel comme seul responsable. On m'a aussi raconté l'histoire d'un gamin qui avait fait quarante-cinq kilomètres à vélo pour aller se noyer dans un lac. Comme le terrain n'était pas plat, cela avait dû lui prendre dans les trois heures. Trois heures à pédaler tout en songeant à ce qu'il allait faire. Pauvre gamin !

Au moins pour Lucas, il était mort sur le coup, sans avoir eu le temps de trop souffrir. Repose en paix, Lucas !

On dit souvent à propos d'un fait exceptionnel qu'il y a un avant et un après. C'est vrai et faux à la fois. Malgré l'intensité d'un drame, le tourbillon de la vie entraîne tout un chacun avec lui, et la vie continue toujours, quoi qu'il arrive jamais. Tout a donc continué. L'année 2010 s'est achevée, on est passés à 2011, et ainsi de suite. Après la généralisation d'Internet et des téléphones portables lors de la décennie précédente, ce fut l'essor des réseaux sociaux et du smartphone. Avec eux, la désinformation avait de beaux jours devant elle : n'importe qui allait enfin pouvoir raconter n'importe quoi, et rencontrer des gens pour le croire ! Le monde continua avec ses crises, ses guerres, le tremblement de terre en Haïti et ses milliers de morts, Fukushima, l'annexion de la Crimée, les attentats terroristes à Paris, Nice, Bruxelles et Berlin, les réfugiés syriens arrivant en masse en Europe, la montée des extrêmes en politique, le Brexit, le réchauffement climatique, le mariage homosexuel, les mouvements « Black Lives Matter » aux États-Unis, « Je suis Charlie » en France, « MeToo » un peu partout, les gilets jaunes, l'incendie de Notre-Dame : je n'en finirais pas de tout citer... La décennie s'est terminée avec la pandémie de Covid-19 et ses confinements : drôle d'époque où il fallait se délivrer soi-même des laissez-passer – des « ausweis » comme au temps de l'Occupation aurait dit Papi. Et puis ce fut la décennie 2020, avec la guerre en Ukraine, la relance du conflit israélo-palestinien, l'affaire des viols de Mazan dont j'ai déjà parlé... La guerre en Ukraine, c'était un genre de conflit que l'on croyait disparu : un pays en envahissant un autre, au mépris de toutes les règles du droit international. Et, de plus, cela se passait en Europe ! Toutes les autres guerres ou presque se passaient désormais à l'intérieur d'un même État. Mais là, on en revenait aux pratiques du passé. Comme l'Allemagne et la Russie – déjà ! – envahissant la Pologne en 1939, ce qui avait déclenché le Seconde Guerre mondiale. Et c'était cette même Russie, pourtant le plus grand pays du monde, qui voulait encore s'agrandir et qui envahissait un autre pays ! En d'autres temps, cela aurait déclenché la Troisième Guerre mondiale. Celle-ci fut cependant évitée, malgré toutes les menaces proférées par la Russie. Quant au conflit israélo-palestinien qui durait depuis des décennies comme une nouvelle guerre de Cent Ans, il avait été dramatiquement relancé par des massacres causés par des Palestiniens, suivis par une répression israélienne sans pitié. Pourtant la solution au conflit existait : deux États vivant côte à côte et coopérant pour le bien de tous. Mais les extrémistes de tous bords n'en voulaient pas. Le monde ne connaîtrait-il jamais la paix ? Malgré les années qui passaient, la question se posait toujours. Heureusement, il n'y avait pas que les guerres. Cette décennie se termina par le retour de l'homme sur la Lune. De l'homme, et de la femme cette fois ! Plus de cinquante ans après leur dernier séjour ! Mais cette fois-ci, c'était pour y rester. Certains critiquaient la conquête spatiale, mais c'était là un phénomène inévitable : l'humanité finissait toujours par aller partout où elle le pouvait. Et puis, il fallait bien commencer à se préparer pour le jour où notre planète deviendrait invivable – non à cause du réchauffement climatique, mais à cause de l'évolution naturelle du Soleil qui allait devenir une géante rouge et transformer la Terre en enfer avant de l'anéantir pour de bon. Nous avions encore dans les cinq cent millions d'années pour nous y préparer, mais il fallait bien commencer un jour...

Pendant ce temps-là, nos filles grandissaient. Emma entreprit des études pour devenir professeure des écoles. Autrefois, on disait « institutrice » et j'aimais bien ce mot qui fleurait bon l'école communale et ses traditions, mais les personnes concernées ne l'avaient pas trouvé assez valorisant. Il faut dire que si autrefois il fallait faire relativement peu d'études pour être instituteur ou institutrice, il en allait désormais autrement. Alors oui, je pouvais considérer leurs revendications langagières comme légitimes. Quant à Sarah, elle voulait être infirmière : un autre beau métier où les conditions d'accès étaient devenues plus difficiles. Pour Sarah comme pour Emma, leurs études les avaient obligées à prendre un logement à Toulouse : chez nous à Cintegabelle, nous avions bien une gare, mais avec peu de trains, et après il fallait prendre le métro ou le bus, c'était long, compliqué et fatigant. Au début, j'avais été très réticente à l'idée de les voir partir, surtout à Toulouse où j'avais été agressée. Mais j'avais fini par l'accepter, elles savaient se défendre et elles avaient leurs deux yeux pour voir le danger, contrairement à moi. J'admettais donc que les conditions pouvaient être différentes.

Emma et Sarah réussirent leurs études, chacune reçut son diplôme et fut déclarée bonne pour le service. Elles avaient désormais leur vie loin de chez nous – enfin loin, pas tant que cela, heureusement, et elles venaient nous voir régulièrement. Quant à moi, j'avais repris mon travail de téléconseillère que j'avais abandonné depuis longtemps déjà, et dès que j'avais un moment de libre, j'allais me promener à la campagne ou à Cintegabelle. Je n'avais pas voulu remplacer Roméo quand il était mort, puisque travaillant à domicile et ne vivant pas seule, j'estimais que d'autres personnes aveugles avaient plus besoin que moi d'un chien guide.

Roméo ! Je ne l'oublierai jamais ! Il m'avait fidèlement guidé lors de mes déplacements et, même quand je connaissais le chemin, je lui avais toujours laissé croire que je ne pouvais pas bouger toute seule. Il était si gentil, si serviable, il adorait se rendre utile. Se croire indispensable : quelle meilleure récompense pour un chien ? Mais avec moi, il avait eu finalement une vie assez tranquille, il n'avait jamais eu l'occasion de me sauver la vie. Après tout, tant mieux ! En tout cas, nous avions été heureux avec lui. Il avait été un amour de chien ! S'il n'avait pas eu de remplaçant comme chien guide, par contre nous avons eu après lui un adorable petit *Cavalier King Charles*, ainsi que plusieurs chats et d'autres chiens encore par la suite. Ils ont tous partagé un moment de notre vie, et nous les avons tous vus partir, l'un après l'autre. C'est depuis toujours le lot de ceux qui ont des animaux de compagnie, l'espérance de vie de nos compagnons à quatre pattes étant nettement inférieure à la nôtre. Quand nous sommes devenus trop âgés, nous avons préféré ne plus en avoir, à part quelques poissons rouges dans le bassin du jardin. Mais bon ! Ce n'était pas tout à fait pareil, ils n'avaient pas quatre pattes !

Emma rencontra son futur mari sur Internet. C'était un inspecteur des impôts. Ils se marièrent de façon toute conventionnelle, même si ce n'était plus tellement à la mode, avant de concevoir une fille, Alice, en 2030. Puis ils eurent la bonne fortune de venir s'installer pas trop loin de chez nous, dans un coin ravissant, avec vue sur les Pyrénées. Tout comme chez nous, encore ! Les Pyrénées ! Même si moi, je ne pouvais pas les voir, je les sentais, pour ainsi dire, et j'avais l'impression que cela donnait un cadre majestueux partout où l'on pouvait les voir. Les gens heureux n'ont pas d'histoire, dit-on. Ou d'histoires, au pluriel. Alors, que dire de plus sur la petite famille d'Emma ? Rien, et c'est quand on n'a rien à dire que tout va bien !

Par contre, avec Sarah, ce fut un peu plus compliqué. Je ne compte pas le nombre d'hommes qu'elle a pu rencontrer, elle s'est pacsée, mariée, elle a divorcé, elle s'est repacsée et remariée, elle a vécu en couple ou en célibataire, ou avec une copine : avec elle il y avait toujours du nouveau ! À la fin, elle en a eu assez, et elle est devenue une paisible dame à chats : avec eux, au moins, elle pouvait mener une vie plus tranquille ! Ce fut à cette époque-là que j'ai eu le plus plaisir à lui rendre visite : ses matous n'y étaient pas pour rien ! Mais avant d'en arriver là, elle avait voulu vivre pleinement, tout expérimenter, y compris même les stupéfiants, ce qui n'était pas spécialement exemplaire pour une infirmière, ni pour ses enfants. Car dans sa vie mouvementée, elle eut le temps de faire deux enfants : Léo en 2034, et Louis, en 2036. Deux garçons de pères différents, qui n'eurent pas vraiment le même destin. Léo avait pour père un médecin qui prit à cœur l'éducation de son fils, tant et si bien que celui-ci fit de brillantes études et trouva un emploi bien rémunéré dans une grande société chinoise, à Shangai. Ce médecin, en apparence bien sous tous rapports, eut cependant le malheur de s'enticher d'une autre infirmière plus jeune, ce qui causa sa rupture avec ma fille. Celle-ci se tourna alors vers un aide-soignant quelque peu original qui était également un peu marginal, et qui lui fit découvrir les stupéfiants, tout en devenant le père de leur fils, Louis.

Si Sarah avait accouché de Léo sans problème, il en fut autrement pour Louis. Ce fut par césarienne, une surprise qu'elle vécut mal. J'ai appris par la suite que c'était le cas pour beaucoup de femmes ayant accouché ainsi. Pour Sarah, c'était une césarienne d'urgence, le bébé se présentant mal. Elle a eu le sentiment de n'avoir pas accouché. Quand elle s'est réveillée de l'anesthésie, elle était seule, et elle n'a pu voir son bébé que deux heures après. Elle n'a pas entendu ses premiers cris, personne ne l'a posé sur elle à sa naissance pour ce que l'on appelle le « peau à peau », si important tant pour la mère que pour le bébé. Un vrai traumatisme... Quant à la famille, à cause de l'anesthésie, elle avait été tenue à l'écart. Ce fut peut-être quand même un cas à part, la plupart des césariennes se faisant juste avec une anesthésie locale, et tout se passant bien.

Après la naissance de Louis, Sarah finit par abandonner son emploi pour travailler dans un hypermarché comme manutentionnaire. Apparemment, cela lui convenait mieux, les responsabilités n'étaient pas de même nature. Son aide-soignant de compagnon causa quant à lui un accident mortel alors qu'il conduisait après avoir consommé de la drogue. Il fit de la prison, perdit son emploi et, pour le coup, devint par la suite un vrai marginal. Avec de tels parents, Louis toucha lui aussi aux stupéfiants, et travailla même comme guetteur au profit de dealers. Il faut dire qu'il habitait avec sa mère dans un quartier dit sensible, connu notamment pour son trafic de drogue. C'était là un emploi facile à trouver, peu compliqué, et qui rapportait quand même de l'argent, pour des risques limités en l'absence d'une bande rivale à proximité.

La drogue : un vrai fléau ! Si elle causait beaucoup moins de morts que le tabac ou l'alcool, elle n'en faisait pas moins partie de ce trio mortel. Ce qui avait de quoi faire enrager, c'était qu'un tel trio n'avait rien de fatal : il était parfaitement évitable. Nul n'était obligé de fumer ou de boire de l'alcool, encore moins de se droguer. Dans le cas de la drogue, les morts étaient en outre souvent plus frappantes. Les overdoses pouvaient emporter des personnes encore jeunes et, surtout, le contrôle des points de deal par les trafiquants entraînait des règlements de compte mortels, avec des balles perdues qui tuaient parfois des innocents. Quant aux habitants des quartiers concernés, ils devaient cohabiter avec les dealers qui y faisaient la loi. Les policiers pouvaient venir y faire un tour, mais tout recommençait après leur départ. On appelait cela des zones de non-droit. Que faire ? Certains avaient proposé de légaliser l'usage des drogues, afin de réduire ou de supprimer toutes les activités criminelles liées à leur trafic. Cela aurait en outre permis de contrôler la qualité de ces drogues et de mieux protéger ainsi la santé des consommateurs. Enfin, comme pour le tabac et l'alcool, l'État aurait alors pu percevoir des taxes sur les ventes, et financer des campagnes de prévention et de soutien aux personnes voulant se sevrer. Mais d'un autre côté, tout cela semblait relever de vœux pieux. La légalisation des drogues aurait en fait sans doute entraîné l'augmentation de leur consommation, avec des risques avérés pour la santé publique. Une telle légalisation aurait aussi pu être comprise comme la reconnaissance que leur usage n'était pas néfaste, avec pour effet de le rendre plus acceptable. Quant au contrôle de la qualité, de nouvelles drogues apparaissaient toujours, et la légalisation de drogues déjà existantes n'y aurait rien changé. Il était certain que des drogues moins chères, encore plus dangereuses, seraient alors vendues illégalement, et que le problème des drogues n'aurait pas disparu. Avec la légalisation, l'État y aurait certes gagné en taxes, mais le nombre de morts n'aurait pas forcément diminué, peut-être au contraire aurait-il augmenté. Après tout, il y avait déjà bien des taxes sur le tabac et l'alcool, et même si leur consommation avait effectivement diminué, elle n'avait pas disparu. Les arguments en faveur de la légalisation n'étaient donc pas vraiment convaincants. Ni l'exemple des pays ayant fait ce choix. Alors, il ne restait plus, comme toujours que la prévention par l'éducation, et la répression avec l'aide à apporter aux consommateurs voulant se libérer de ce fléau. Pour ma part, je croyais qu'il fallait encore, et encore plus responsabiliser les consommateurs, en leur faisant comprendre qu'ils étaient responsables – et donc coupables – de toutes les morts induites par le trafic de drogue.

Sarah et Louis étaient encore des consommateurs raisonnables, mais je ne cessais de les mettre en garde. Je leur répétais qu'ils étaient coupables quand il y avait des tueries ici et là, et je regrettais que les pouvoirs publics soient si indulgents envers les consommateurs. Sans eux, il n'y aurait pas de trafic de drogue, pas de règlements de compte, pas de morts, volontaires ou non. À mon avis, il fallait tous les condamner à des amendes et à des travaux d'intérêt général pour leur montrer tout ce que coûtait la drogue à la société et aux familles touchées par ce fléau. Quand je voyais ce qu'était devenu Louis, cela me faisait pitié. Il avait commencé à consommer de la drogue alors qu'il était encore tout jeune, ce qui avait éteint en lui toute ambition de faire quelque chose de sa vie. Tandis que son frère Léo, enfin son demi-frère, vivait dans le luxe à Shangai... Le jour et la nuit ! J'avais proposé à Louis de venir vivre chez nous, pour le sortir de tout ça, mais il n'avait pas voulu. Sa mère non plus. Je me sentais impuissante face à leur destin, tout comme Lucien. Par chance, Louis finit cependant par décrocher un travail plus convenable, grâce à sa mère qui le fit embaucher en tant que manutentionnaire, comme elle-même, dans l'hypermarché où elle travaillait. Tout comme son frère Léo, il ne se maria pas, ni ne vécut en couple. Apparemment, ils n'étaient pas les seuls, c'était peut-être une nouvelle tendance chez les garçons. En tout cas, ce n'était pas de nature à relever le taux de natalité du pays, déjà déclinant. Mais c'était là une tendance générale en Europe, ainsi que dans d'autres pays.

Seule Alice, la fille d'Emma, se maria avec un collègue, professeur de français comme elle. Ils eurent une fille qu'ils choisirent d'appeler comme son arrière grand-mère – moi, en l'occurrence ! – Céline. C'est cette même Céline qui m'aide maintenant à rassembler mes souvenirs pour rédiger ce livre. Elle est à son tour enceinte. Quand même, heureusement qu'il y a des filles pour faire des enfants... Son mari, un agent immobilier qui a bien réussi dans la vie, a une grand-mère prénommée Odette, ayant longtemps souffert de troubles « dys ». C'est là un handicap non visible, et pourtant bien réel, qui lui a valu pas mal de rejets et de moqueries pendant son enfance. Depuis, elle a appris à vivre avec, malgré les difficultés. Je la connais bien. C'est une femme charmante, d'un âge respectable – bien plus jeune que moi, cependant : comme je suis encore plus vieille qu'elle, elle pourrait être ma fille, ce que je lui rappelle parfois. Nous nous sommes toutes deux racontées nos vies respectives, avec tous leurs aléas, les combats qu'il a fallu mener. Odette m'a ainsi expliqué ce qu'il en était des troubles « dys » dont elle a souffert. Ce sont des troubles des apprentissages. Ceux qui en sont atteints éprouvent des difficultés à lire, à écrire, à orthographier, à calculer, à s'exprimer ou à se concentrer. Ils cumulent souvent plusieurs de ces difficultés, sinon toutes. Ces troubles ne sont cependant pas liés à des problèmes sensoriels, psychologiques ou neurologiques identifiables. Il faut tout d'abord savoir les reconnaître avant de proposer un accompagnement spécifique aux enfants qui en sont atteints. Comme ce sont là des troubles durables, à défaut de les guérir, il s'agit d'améliorer ou de compenser les fonctions déficientes du cerveau. Les recherches sur ce dernier n'ont pas encore permis de tout comprendre sur son fonctionnement, ni d'éradiquer tous les problèmes qui le concernent. Bien du chemin reste à poursuivre... En tout cas, Odette et moi, on est de bonnes copines, même si l'on ne se voit pas souvent. Quand on est ensemble, on rappelle à notre famille de faire attention aux handicapés que l'on ne reconnaît pas au premier regard, comme moi quand j'ai des lunettes, ou comme tous ceux atteints par un handicap non visible. Il n'y a pas que les personnes en fauteuil roulant, loin de là. Du reste, beaucoup de personnes ignorent qu'elles puissent avoir elles-mêmes un handicap. Je soupçonne que chez la plupart des gens, sinon chez tous, il y a au moins un moment au cours de leur vie où quelque chose ne tourne pas rond dans leur tête. Cela peut avoir des conséquences dramatiques. Comme l'on dit, tous les fous ne sont pas enfermés...

Odette a toujours eu de grandes difficultés à lire et à écrire, oui. Avec les correcteurs d'orthographe, la technologie a pu l'aider à écrire, et même maintenant à lire. Pour moi aussi, la vie est désormais plus facile aujourd'hui, je vais y revenir. En tout cas, comme je le dis souvent à Odette, les mots sont importants. Qu'ils soient écrits ou non. Qu'ils soient dits ou non. Selon les cas, les mots peuvent causer des maux, ou au contraire, les mots peuvent guérir des maux. Et ce n'est pas qu'un jeu de mots...

VI

On s'aimera jusqu'au bout du monde

Alors que nos enfants étaient devenus grands, et avaient eu eux-mêmes leurs enfants, Lucien et moi, nous continuions à vivre paisiblement à Cintegabelle avec nos chiens et nos chats. Nous en avons eu plusieurs, je ne pourrais pas tous les nommer si je le voulais. En tout cas, pour moi, les uns comme les autres m'étaient tous indispensables : ce que l'on pouvait faire avec les uns, on ne pouvait pas le faire avec les autres. Avec un chat, je pouvais me détendre dans un fauteuil tout en le caressant et en me laissant bercer par son ronronnement. Par contre, je ne pouvais pas aller me promener avec lui, ce que je pouvais faire avec un chien qui ne demandait pas mieux. Chacun avait sa spécialité ! Si la fidélité des chiens est proverbiale, ainsi que leur dévouement, leur amour pour leurs maîtres, les rapports que l'on peut avoir avec les chats demandent plus de finesse. Comme les chats n'ont pas vraiment de maîtres, il faut savoir les prendre par les sentiments, les flatter, les cajoler, autrement dit leur donner tout ce qui peut leur faire plaisir. Je n'ai cependant jamais été de ceux qui pensent que les chiens correspondent mieux aux hommes, parce qu'ils sont lourdauds, protecteurs et pleins de vie, alors que les chats seraient plus pour les femmes, parce qu'ils sont davantage indépendants, gracieux et mystérieux. Chaque animal a sa propre personnalité, comme les humains eux-mêmes, et j'ai tout autant aimé nos chiens que nos chats. En tant qu'aveugle et en tant que femme, me promener avec un chien était un plus, même si ce n'était pas un chien guide, et même si les rues et les environs de Cintegabelle étaient plutôt des endroits paisibles où seuls les moustiques ou les mouches osaient m'agresser. Mais au retour, avoir un chat qui grimpait sur mes genoux pour y piquer un roupillon, quelle relaxation !

Quand Lucien et moi, nous avons pris notre retraite, dès que nous avons pu, nous avons décidé de nous accorder une année sabbatique pour profiter pleinement de notre petit coin de paradis, sans chercher à aller plus loin, dans le seul but de voir défiler les quatre saisons. Après tout, nous avions chez nous tout ce qui pouvait convenir à notre bonheur. Je pouvais circuler dans la maison les yeux fermés (je plaisante !) et, dans notre jardin, nous avions des arbres qui nous donnaient leurs fruits selon les saisons : cerises, prunes, noix et kakis. L'été, nous avions notre petite piscine hors-sol, ainsi qu'un barbecue à l'extérieur, tandis que l'hiver, à l'intérieur nous avions nos fauteuils pour nous réchauffer auprès de la cheminée, avec chiens et chats sur nous ou à nos pieds. C'était donc au choix le bronzage du nombril au soleil au bord de l'eau, ou la détente en pantoufles au coin du feu. Entre les deux, au printemps et à l'automne, c'étaient les températures idéales pour se promener, sans avoir trop froid ou trop chaud. Que demander de mieux ? Oui, un petit coin de paradis, vous dis-je !

Mais que faire après cette année de repos bien méritée ?

– S'engager ! répondit Lucien, d'un air décidé.

– S'engager à quoi ?

Lucien avait levé les bras au ciel :

– Les causes ne manquent pas ! Je ne parle pas de politique, mais il y a mille causes qui en valent le coup : l'humanitaire, l'écologie, l'éducation, et que sais-je encore ?

Je me souviens d'avoir fait la moue :

– Ici, à Cintegabelle ? Et on n'est même pas au centre de la commune, alors dans notre coin perdu...

Lucien avait encore levé les bras au ciel, comme pour l'implorer, avant de reprendre, après un long moment :

– Tu as raison ! Surtout qu'en vieillissant, on va limiter l'usage de la voiture. Ce sera plus prudent, et plus écolo aussi. Par contre, on peut trouver à s'engager sur Internet pour défendre toutes les causes qu'on veut. Et sans sortir de chez nous !

– Alors, vendu !

Nous nous sommes donc mis à la recherche de sites sur Internet défendant des causes que nous pourrions nous approprier. Le problème était qu'il y en avait des tas, notamment pour la défense des enfants et des animaux, pour la sauvegarde de la liberté d'opinion, pour l'aide aux handicapés, aux réfugiés, aux malades, aux personnes démunies ou désespérées, à tous les blessés de la vie. Que choisir ? Beaucoup recherchaient des bénévoles, tous voulaient des sous. Pourquoi donner du temps et de l'argent à l'un plus qu'à l'autre ? Après mûre réflexion, nous avons décidé de créer notre propre site pour défendre un peu tout le monde et toutes les causes, pour aider et aider à aider, et pour apporter du soutien psychologique à ceux qui en avaient besoin. Même si tout cela était un peu brouillon, et même si notre site n'eut jamais un immense succès, nous sommes certains d'avoir pu donner de l'espoir et apporter du réconfort ici et là, sans rien demander en retour. Peu à peu, nous nous sommes d'ailleurs spécialisés dans le soutien psychologique, malgré le fait que nous n'avions jamais reçu aucune formation pour cela. Mais nous nous sommes formés nous-mêmes par nos lectures, et notre bonne volonté a fait le reste.

Parmi nos lectures, il y avait bien sûr celles de tous les philosophes épris de sagesse. Leurs règles de vie ont été le fil conducteur de notre action tout au long de notre engagement. Nous avons à notre tour essayé de transmettre leurs enseignements à d'autres personnes, pour leur bien, et le bien de la collectivité. Nous avons semé des graines, parfois cela n'a servi à rien, parfois cela a pu aider, voire changer ou sauver des vies. Qui sait ? En tout cas, cela nous a occupés, et cela nous plaisait d'aider les autres de cette façon. Les remerciements reçus nous ont encouragés à poursuivre dans cette voie le plus longtemps possible. Par les épreuves que j'avais vécues, je savais déjà ce qu'était la souffrance et le malheur. Je savais aussi que ce n'était jamais la fin de tout, qu'il y avait toujours une porte de sortie vers un avenir meilleur.

En pratique, notre site sur Internet était vite devenu un lieu d'échanges sur divers thèmes. Avec certains correspondants, ces échanges pouvaient se poursuivre plus longuement, plus amicalement aussi sur la messagerie privée. L'important était que ceux qui souffraient commencent à s'exprimer, à dire ce qu'ils avaient sur le cœur – à mettre des mots sur les maux, pour reprendre le célèbre jeu de mots. Même si je pouvais échanger seule avec nos correspondants, grâce à mon ordinateur à synthèse vocale, je préférais le faire avec Lucien. C'était notre œuvre collective, notre travail d'équipe. Cela nous permettait aussi de partager nos idées et de parfaire nos réponses. Lucien s'y connaissait un peu moins que moi en drames, il n'avait pas autant que moi l'expérience du vécu, mais il savait mieux que moi synthétiser les réponses à apporter en fonction de nos lectures et de mon propre vécu. Quand je dis qu'il s'y connaissait moins que moi en drames, je suis sans doute injuste. Il avait tué notre garçon avec sa voiture. Par accident certes, mais même moi, je ne pouvais pas savoir ce que cela faisait d'avoir vécu cela, et de devoir le supporter. En tout cas, je pense que nous formions une bonne équipe.

Les mots ont beaucoup d'avantages sur les paroles. Enfin, disons que ce sont des registres différents. Les paroles disent l'instantané, ce qui vient aussitôt à l'esprit, et quand on les a dites, on ne peut pas revenir en arrière, quitte à le regretter. Les écrits, par contre, demandent un minimum de réflexion et, tant qu'ils ne sont pas rendus publics ou envoyés à leurs destinataires, ils peuvent être modifiés ou supprimés. Les paroles s'envolent, les écrits restent, dit le proverbe. Une autre différence est que les paroles demandent une présence, qu'elle soit réelle ou virtuelle, contrairement aux écrits qui se font dans la solitude, dans l'introspection, l'analyse de son âme. Inviter nos correspondants à s'exprimer par écrit, c'était les inviter à s'analyser eux-mêmes, à trouver autant que possible eux-mêmes et en eux-mêmes les forces nécessaires pour continuer d'avancer dans la vie. S'ils ne le pouvaient pas, nous étions bien sûr là pour les aider. Certes, pour les dépressifs au bord du suicide, les écrits n'étaient pas forcément la meilleure solution : dans l'urgence, ils avaient besoin d'une réponse immédiate. Lucien et moi, on leur donnait donc dans un premier temps les numéros de téléphone des services à appeler, avant de leur préparer une réponse écrite comme on savait le faire. Je sais que dans plusieurs cas cette méthode a été efficace, et donc utile.

Pendant toutes les années où nous nous sommes occupés de ce service, je crois que nous avons partagé toute la misère du monde : femmes, enfants, et même hommes battus, personnes discriminées à cause de leur physique, d'un handicap ou de leur situation sociale, et que sais-je encore ? Même la barrière de la langue ou de l'analphabétisme n'empêchait pas les échanges : la technologie permettait de rendre intelligibles des écrits qui ne l'étaient pas. Merveille du progrès que de pouvoir aider des personnes au bout du monde, ou toutes proches, mais vivant dans un milieu tout différent du nôtre ! Ce n'était pas toujours évident, mais on y arrivait ! Le seul obstacle réel était envers les personnes n'ayant pas ou n'ayant plus toutes leurs facultés mentales. On ne les comprenait pas, et elles ne nous comprenaient pas. Nos échanges ne pouvaient que tourner court. Heureusement, ces cas demeuraient exceptionnels.

Je ne vais pas vous raconter tous les cas que nous avons suivis, ce serait trop long. Mais quand même, il me faut parler de façon générale de ces personnes qui ont été traumatisées par ce qu'elles ont vécu ou vu, l'horreur, au point de se détacher de la réalité, d'être dans le brouillard, puis d'en avoir des insomnies, d'en faire des cauchemars et de vivre dans l'angoisse, impuissantes, irritables, ou en souffrant d'autres troubles qui rendent difficile de reprendre une vie normale. S'ils se prolongent, on parle alors d'un état de stress post-traumatique :ne-ci est due à une action humaine volontaire, elle est plus traumatisante que la souffrance causée par une catastrophe naturelle. Les viols et les actes de torture traumatisent ainsi plus que les ouragans et les tremblements de terre. Par contre, si la souffrance a un sens, quand par exemple un opposant politique est torturé pour ses idées, elle est mieux supportée que quand on ne peut pas lui en donner un. Pendant la guerre du Vietnam, les soldats américains ont ainsi vécu des traumatismes pour une guerre qui n'avait pas beaucoup de sens pour eux : ils ne défendaient pas leur patrie et savaient qu'ils ne seraient pas accueillis en héros à leur retour chez eux, bon nombre de leurs compatriotes s'opposant à l'intervention de leur pays dans ce conflit. Le traumatisme est aussi plus grand quand on a le sentiment que l'on ne peut rien faire pour l'éviter de nouveau, même en menant une vie honnête et prudente. Une personne agressée chez elle par un inconnu entré par effraction sera ainsi plus traumatisée que celle qui l'a été en se rendant dans un quartier peu sûr. Dans le premier cas, l'agression était imprévisible, et on ne peut rien faire de plus pour sa sécurité future. Dans le second cas, on peut agir et cela peut rassurer pour l'avenir.

Lucien et moi, nous nous étions bien renseignés pour savoir comment aider aux mieux de telles victimes. Toutes ne souffraient pas de traumatismes aigus et persistants, mais il fallait quand même savoir comment leur répondre correctement. Tout d'abord, nous devions rassurer ces personnes en leur précisant que leur symptômes étaient normaux. Pour la suite, on pense souvent que la parole est importante, qu'il faut que la victime parle de ce qu'elle a subi. C'est vrai, cela doit se faire, mais après le choc, et dans un cadre sécurisant. Pour autant, il ne faut pas amener la victime à ressasser son traumatisme, il faut aussi aller de l'avant, et c'était là que Lucien et moi, nous pouvions lui apporter notre aide, par notre écoute – au sens figuré, puisque tout se passait par écrit, il s'agissait donc plutôt de lecture –, et notre réponse emplie de sollicitude et d'encouragement. Nous pouvions aussi l'inviter à essayer diverses techniques de relaxation ou à consulter un professionnel de santé pour obtenir des médicaments ou compléments alimentaires adaptés. Surtout, nous pouvions l'aider à rediriger ses pensées pour donner un autre sens, un sens nouveau à l'évènement traumatique, à ne pas le vivre comme la fin de tout, plutôt comme une épreuve permettant d'en tirer des leçons et un encouragement à s'engager dans des actions constructives. Il s'agissait de faire accepter à la victime qu'elle ne pouvait pas tout contrôler, qu'elle devait admettre le monde tel qu'il était en faisant preuve de résilience tout en essayant de comprendre le comportement humain, avec toutes ses imperfections, mais sans résignation cependant, ni compromission si des coupables étaient à châtier. Mais le plus important était de l'encourager à s'engager dans des actions qui lui tenaient à cœur. Nous lui précisions que si elle décidait d'aider d'une façon ou d'une autre les personnes qui étaient passées par les mêmes traumatismes qu'elle, cela serait bénéfique pour tout le monde. C'était bien là ce que Lucien et moi, nous avions voulu faire de notre côté.

Après plusieurs années passées à aider ceux qui nous sollicitaient, dont certains avaient constitué des cas très compliqués à assumer, nous avons ressenti le besoin de faire une pause, ou même d'arrêter, de prendre du recul. En outre, Lucien avait à son tour un problème aux yeux. Il devait se faire opérer, mais cela lui faisait peur, il repoussait sans cesse l'échéance, au risque de voir sa vue décliner, voire de la perdre, pour un œil, sinon pour les deux. Je comprenais qu'il avait envie de se changer les idées avant de prendre une décision.

– J'aimerais voir le monde, me dit-il un soir, alors que nous songions à nous offrir un séjour dans une station balnéaire exotique, sans encore avoir défini de lieu précis.

– Voir le monde ? Qu'est-ce à dire ?

– Bouger, voyager au loin, découvrir d'autres horizons, d'autres civilisations, d'autres paysages, plutôt que de faire du surplace dans un club de vacances. Se bronzer le nombril, ça va juste cinq minutes. Qu'en dis-tu ?

– Eh bien ! j'en dis qu'avec mes yeux en compote je n'y verrai jamais grand-chose... Enfin, en compote, c'est un euphémisme ! Alors, désolée de te le dire, de te décevoir, mais ce serait peut-être d'un intérêt limité pour moi. Mais je sais que tu en rêves depuis des années, même si tu n'as jamais osé m'en parler. Et je ne veux pas être un obstacle à tes rêves !

– Ah bon ? Tu avais deviné ?

– Bien sûr ! On appelle ça l'intuition féminine ! Et quand on est aveugle, l'intuition féminine est encore décuplée ! Tu n'avais aucune chance de garder ça pour toi ! Les aveugles voient toujours plus que ce que les gens croient, depuis que tu me connais, tu es bien placé pour le savoir ! Je sais tout, je devine tout ! Ou presque ! Mais rassure-toi, je n'ai rien contre les voyages, quand même. On a bien voyagé pas trop loin, et ça s'est bien passé. C'est peut-être le bon moment, oui ! Et puis si j'ai un bon guide comme toi pour m'expliquer ce qu'on voit, ça m'ira ! Alors, va pour les voyages !

Au fil des années, nous avions fait des économies. Nous disposions donc d'un budget raisonnable pour envisager soit un tour du monde, soit plusieurs voyages ici et là, sur tous les continents. Nous nous sommes renseignés, nous avons étudié et comparé de multiples offres, réfléchi à ce qui nous intéressait vraiment, avant de nous décider d'un commun accord. Lucien était prêt à aller partout, mais moi, faute d'y voir, je souhaitais visiter en premier lieu les sites où je pourrais ressentir quelque chose par mes autres sens, comme entendre des nouveaux bruits, sentir de nouvelles odeurs, avoir d'autres sensations. Il existait déjà plusieurs salles spécialisées où l'on pouvait s'immerger dans certains pays, virtuellement, avec les images, les sons, les odeurs et la température de ces contrées, mais si c'était intéressant pour les personnes qui ne pouvaient pas se déplacer, cela n'équivalait quand même pas à la réalité, surtout pour les personnes comme moi qui n'y voyaient pas. Et puis, c'était peut-être surtout plus intéressant pour voyager dans le temps, plutôt que dans l'espace. Déambuler au milieu des dinosaures ou dans les rues d'une cité du Moyen Âge, cela pouvait être captivant – mais toujours à condition d'y voir !

En fonction de ma cécité, nous avons donc décidé d'aller en priorité là où je pourrais entendre quelque chose : soit le bruit de la nature, comme celui des cascades ou des animaux, soit le bruit des peuples, comme leurs langues et leurs chants. Pour commencer, nous avons opté pour les cascades avec, tant qu'à faire, les plus mythiques d'entre elles, les chutes du Niagara. Rien que ça ! Après avoir réservé notre voyage, nous étions impatients de partir. Nous avions prévu d'aller à Toronto, puis de louer une voiture sur place pour pouvoir nous déplacer à notre guise. Le jour venu, nous étions tous deux tout excités : c'était la première fois que nous prenions l'avion sur une telle distance. Nous avons pris un vol pour Paris, puis un autre pour Toronto. Le vol transatlantique nous parut long, mais enfin on réussit à s'occuper en regardant des films et en écoutant de la musique. À Toronto, nous sommes allés dans un sous-sol de l'aéroport pour prendre possession de la voiture. Lucien me dit que c'était sombre, et qu'il ne comprenait rien au boîtier de vitesse de celle-ci – ce n'était pas une voiture autonome, il y avait encore à l'époque des voitures qui ne l'étaient pas. Il savait que c'était une boîte automatique, mais il ne savait pas comment utiliser le levier des vitesses qui comportait plusieurs positions. Il a dû demander au gars de l'agence de location de venir lui expliquer sur place. Le gars est venu et lui a donné quelques indications rapides en anglais. Manifestement, ce monsieur ne connaissait aucun mot de français. Cela commençait bien ! Mais tant bien que mal, nous voilà partis ! Enfin, partis : mal partis, plutôt ! La voiture n'arrêtait pas de freiner brusquement, et de s'arrêter en pleine circulation ! Nous avons failli avoir ainsi plusieurs accidents ! Lucien ne comprenait pas, et moi encore moins. À force de faire, Lucien s'est arrêté, il a réfléchi et refait les gestes qu'il avait faits en conduisant, et alors il a compris. Le problème était que Lucien, emporté par l'habitude, appuyait sur la pédale de frein tout en croyant appuyer sur celle d'embrayage qui, en fait, n'existait pas sur les voitures automatiques. Pour le coup, c'étaient ses automatismes à lui qui avaient failli nous causer des accidents !

– Eurêka ! s'était-il exclamé. Maintenant, j'ai compris, et je sais ce qu'il me reste à faire ! Il faut que je considère que je n'ai plus de pied gauche : je le mets dans un coin et je l'oublie, puisqu'il ne sert plus à rien !

Ainsi fit-il, et le problème fut résolu. Nous nous sommes installés à l'hôtel, puis nous avons commencé à visiter Toronto, sans nous y attarder : c'était juste, sans plus, avant même Montréal, la plus grande ville du Canada, célèbre notamment pour sa grande tour, la plus haute d'Amérique, après avoir été la plus haute du monde pendant plus de trente ans. Dès le lendemain, nous avons pris la route pour les chutes du Niagara. Ce que je voulais, et ce que Lucien voulait avec moi, c'était d'avoir des sensations, et là, nous en avons eues ! Bien sûr, je n'ai rien vu, mais Lucien me décrivait tout, et il trouvait tout cela magique, et moi avec lui. Et puis, même si je ne voyais rien, je voyais tout dans ma tête et, surtout, il y avait ces fameuses sensations – des sensations bien concrètes, puisque, outre le bruit des chutes, on s'est retrouvés tous les deux mouillés comme des poissons quand on a pris le bateau pour s'approcher au plus près des chutes. Fort heureusement, la compagnie du bateau avait fourni à chacun une protection contre l'eau : on était tous vêtus de bleu, m'a dit Lucien. Nos vêtements ont donc quand même été bien protégés. Après le bateau, nous sommes restés un long moment, Lucien à regarder les chutes, et moi à les écouter : chacun sa spécialité ! Nous étions tout près des chutes. Lucien me disait que leur force était impressionnante : je voulais bien le croire ! Il y avait beaucoup de monde, je les entendais aussi, et cela ajoutait au côté festif du lieu. Lucien m'a précisé que des groupes, tout vêtus de jaune pour se protéger de l'eau, descendaient à pied au bas des chutes américaines – car les chutes du Niagara sont doubles : il y a les chutes américaines, et les chutes partagées entre les États-Unis et le Canada. Du bleu, du jaune : cela devait être coloré ! Avant de partir, Lucien a voulu survoler les chutes en hélicoptère. Il avait hésité à m'en parler, il craignait que je refuse, mais j'ai accepté, tant pour lui faire plaisir que par curiosité. Et nous voilà partis dans les airs ! Et encore des sensations ! Heureusement peut-être que je n'y voyais pas, car ça secouait beaucoup, surtout quand l'hélicoptère se mettait à tourner. Il y avait de quoi avoir le tournis, et le cœur bien retourné ! Côté sensations, j'étais en tout cas servie ! Et Lucien et moi, on était ravis !

Le lendemain, nous avons repris la route pour une croisière sur le Saint-Laurent, dans l'archipel des Mille-Îles, qui sert de frontière entre le Canada et les États-Unis. En fait, en les comptant toutes, il y en a pas loin du double, mais certaines sont minuscules et n'abritent que des oiseaux de mer migrateurs. D'autres ont quand même une maison : leurs propriétaires y sont bien tranquilles, à part que les touristes passent devant chez eux en bateau ! À côté de l'une d'elles, flottait un drapeau de pirates, m'a dit Lucien. Deux autres n'avaient qu'un phare, plus des oiseaux pour l'une d'elles. Il y avait même un château relié à la rive par un pont. Un autre petit pont menant à une île servait apparemment de frontière : les drapeaux des deux pays y étaient peints. Au demeurant, ces drapeaux flottaient souvent à côté des maisons.

Après cette agréable promenade, nous avons repris la route pour Ottawa, la capitale canadienne. Lucien l'a nettement préférée à Toronto, mais on ne s'y pas trop attardés, malgré ses monuments intéressants, car Montréal nous attendait. Après l'Ontario, on passait au Québec. Ce qui m'a tout de suite charmée dans cette ville, la deuxième du Canada par sa population, mais la première francophone, c'était d'entendre l'accent québecois. Enfin pour les gens qui ne parlaient pas anglais... Cela nous changeait de ce que l'on entendait à Cintegabelle, tout en restant compréhensible. Nous avons parcouru les rues du Vieux-Montréal, avant de nous promener le long du Saint-Laurent, puis de découvrir la ville souterraine. Le lendemain, nous sommes allés au parc du Mont-Royal et au Plateau Mont-Royal. Lucien était toujours un excellent guide, il était mes yeux et me servait d'encyclopédie pour tout m'expliquer. Dans cette ville, j'ai surtout apprécié ce qu'elle avait de plus naturel, à savoir son célèbre parc du Mont-Royal. Lucien y a vu des écureuils qui couraient ici et là : toute la nature telle que nous l'aimions !

La nature, nous l'avons surtout vue plus au nord, en Gaspésie, après avoir visité Québec, la ville la plus intéressante de la province, selon Lucien. Mais pour ma part, j'ai surtout été marquée par la chute Montmorency, d'autant plus que nous avons emprunté une passerelle juste au-dessus d'elle. Encore des sensations ! Comme quand nous avons pris le bateau pour aller à la chasse aux baleines – chasse toute photographique, bien sûr ! Si Lucien en a vues, moi j'ai apprécié d'être bercée par les mouvements de notre petit navire sur les flots. Et puis l'air du large était revigorant, c'était un vrai plaisir ! Revenus sur la terre ferme, nous avons continué de visiter la Gaspésie – Lucien me disait que c'était magnifique, boisé, fleuri –, avant de rejoindre la pourvoirie où nous comptions dormir. Elle était située au bout d'un très long chemin qui n'en finissait pas, on avait l'impression d'aller au bout du monde, il n'y avait aucune habitation aux alentours, mais enfin, on y est arrivés pour notre dernière nuit québécoise. Le lendemain, nous rentrions à Cintegabelle, cette fois-ci en vol direct de Montréal à Toulouse. Sans devoir passer par Paris : super !

Que de souvenirs ! On en avait plein les yeux – enfin, surtout Lucien ! Moi, j'en avais plein la tête, mais au sens littéral, un sens positif, et non au sens habituel de cette expression ! Que faire après un tel voyage ? Se reposer ! Et penser au prochain ! Lucien était ravi : malgré ma cécité, j'avais pu apprécier le voyage, et en plus, j'en redemandais ! Mais où aller ? Quand nos filles eurent vent de nos intentions, elles nous firent des propositions, comme d'aller voir les chutes d'Iguazú entre l'Argentine et le Brésil, ou les chutes Victoria sur le Zambèze, à la frontière entre le Zimbabwe et la Zambie. Que de grands voyages, exotiques à souhait ! Nous avons réfléchi, hésité, avant de nous décider finalement pour… la Chine ! Allez savoir pourquoi !

Peut-être parce que cela nous semblait plus exotique, plus étrange, et donc plus intéressant.

L'année suivante, nous sommes donc allés en Chine, cette fois-ci en voyage organisé avec un groupe pour que cela soit plus simple. Nous avons tout d'abord pris un vol pour Pékin depuis Paris, afin de voir tout ce qu'il y avait à voir : le temple des Lamas, la place Tian An Men, la Cité interdite, le temple du Ciel, le palais d'Été et le site olympique. Puis, en bons touristes, nous sommes allés voir la Grande Muraille. D'après les explications de Lucien, j'ai trouvé que les monuments devaient être fort étranges : avant de devenir aveugle, je n'avais vu aucune photo, film ou image en rapport avec la Chine. En tout cas, je ne m'en rappelais pas. Ce qui m'a le plus surpris, ce fut la Grande Muraille : je l'imaginais plus ou moins plate, mais en fait elle était souvent fort raide, du moins à l'endroit où on l'a parcourue. En tout cas, cela faisait quelque chose de marcher sur ce site mythique. Je retiens aussi de la région de Pékin l'atmosphère particulière des temples bouddhiques, avec leurs senteurs, et les personnes qui y priaient au milieu de la foule, selon ce que me disait Lucien, qui me décrivait aussi leur architecture étrange et leurs multiples statues. Après Pékin, nous avons visité les grottes de Yungang avec leurs milliers de statues, et le temple de la Bonté Salvatrice. Comme une femme du groupe faisait remarquer à notre guide que les statues avaient une bonne couche de poussière sur elles, il lui répondit qu'elles étaient sacrées et qu'il ne fallait donc pas les toucher pour les nettoyer. Cette dame lui répliqua qu'elle allait faire de même chez elle.

Ce qui nous amusa aussi, ce fut quand le guide nous conseilla d'éviter de dire bonjour en chinois : comme c'est une langue à tons, si l'on n'a pas la bonne intonation, au lieu de comprendre qu'on lui dit bonjour, un Chinois peut comprendre qu'on lui dit que l'on veut faire pipi... Vous imaginez la scène : vous êtes avec d'autres touristes occidentaux, tous habillés de façon assez décontractée, et vous entrez dans un ascenseur. Dans celui-ci, il y a un homme d'affaires chinois très bien habillé et fort sérieux. Vous voulez tous être polis, alors tous en chœur, vous lui dites bonjour. Mais lui, il comprend que vous voulez aller faire pipi... En réalité, cette histoire n'était sans doute qu'à moitié vrai : outre l'intonation, cela dépend des mots employés, et le contexte doit permettre d'éviter toute ambiguïté.

Je ne vais pas vous décrire tout ce que l'on a vu en Chine, mais je dois mentionner quand même le monastère suspendu de Xuankongsi. Il était accroché à une falaise au-dessus du vide et, pour circuler, on devait marcher sur des passages étroits dont certains étaient simplement faits en bois. D'après Lucien, c'était impressionnant, même pour moi, car ne croyez pas qu'être aveugle dispense d'avoir le vertige... Du côté de la ville de Xian, nous avons vu ensuite la célèbre armée enterrée, ainsi qu'un spectacle de danse : faute de le voir, au moins j'avais quelque chose à écouter ! Avant d'arriver à Shangai, je dois aussi mentionner quand même la visite des rizières en terrasses de la montagne Longli, celle de villages des minorités ethniques et, surtout, une croisière sur la rivière Li parmi les collines appelées les « dents de dragon », ainsi qu'une descente dans une grotte illuminée de plusieurs couleurs. Lucien avait trouvé tout cela majestueux et magnifique. Faute de pouvoir en juger par moi-même, j'en étais néanmoins bien contente pour lui.

Et puis nous sommes arrivés à Shangai. Avec le groupe, nous avons notamment visité l'ancienne concession française, puis le Bund, ce boulevard où des bâtiments historiques font face, de l'autre côté du fleuve, aux gratte-ciel des temps modernes. Nous avions l'après-midi de libre. Comme nous nous étions liés à une dame du groupe qui voyageait seule, elle nous a proposé de l'accompagner pour rejoindre son fils qui travaillait à Shangai. Nous ignorions que Léo, l'un de nos deux petits-fils, allait lui aussi venir travailler ici quelques années plus tard... Le fils de cette dame avait une petite amie, une collègue chinoise toute charmante, qu'il nous présenta quand on passa dans l'entreprise où il travaillait. Entre eux, ils parlaient un mélange d'anglais, de chinois et de français, et ils se comprenaient fort bien aussi à demi-mots, ou même sans parler – ce qui ne m'arrangeait pas, car faute de pouvoir voir les expressions des visages, j'ai besoin de la bande-son pour comprendre les films ! En tout cas, ils s'entendaient si bien qu'ils envisageaient de se marier – en rouge, selon la tradition chinoise. Le soir même, nous avons ensuite rejoint le groupe pour des dernières visites les jours suivants aux alentours de Shangai, avant de prendre l'avion pour la France.

Dans l'avion, Lucien me parla longuement de démographie. La Chine, m'expliqua-t-il, avait autrefois imposé la politique de l'enfant unique aux familles, de peur de voir son développement entravé par la surpopulation. Il faut dire que c'était alors le pays le plus peuplé au monde, devant l'Inde. Puis les autorités avaient fait machine arrière quand elles s'étaient rendu compte que le pays commençait à vieillir trop vite, et qu'il fallait plus de naissances. Mais entre-temps, le comportement des jeunes était devenu différent de celui de leurs aînés : comme dans de nombreux pays, ils voulaient moins d'enfants, ou pas d'enfants du tout. Bien souvent, ils préféraient les remplacer par des animaux domestiques : les contraintes étaient moindres. Au Canada francophone, c'était le même constat : le nombre de naissances avait grandement diminué, alors que cela avait été grâce à un taux élevé de naissances – « la revanche des berceaux », selon son nom –, que la population francophone avait pu ne pas disparaître, malgré la défaite française face aux Anglais, mais au contraire croître considérablement. Et en Europe, c'était encore le même constat : moins de berceaux et plus de cercueils. Le monde avait évité la surpopulation tant redoutée à une époque, mais il devait désormais affronter les nombreux problèmes causés par des populations déclinantes : comme quoi, en matière démographique, l'équilibre était toujours difficile à trouver, ou à garder !

Revenus à Cintegabelle, nous avons repris nos habitudes, tout en pensant au voyage suivant : décidément, nous y avions pris goût ! Lucien me proposa un circuit en Afrique du Sud, avec une extension plus au nord pour voir les chutes Victoria. Après l'Amérique et l'Asie, l'Afrique ne pouvait être que le bon choix, alors j'acceptai ! Un an après, nous étions donc au bas de l'Afrique, au pays de Nelson Mandela. Un pays du bout du monde aussi, avec le Cap de Bonne Espérance, un pays à l'histoire très riche, avec les Hollandais, les Anglais, et de nombreuses tribus africaines qui avaient été soumises au régime de l'apartheid. Sans oublier les Français – des Huguenots venus s'installer ici, et même le fils de Napoléon III, tué par les Zoulous en combattant pour les Anglais : quelle ironie de l'histoire ! L'Afrique du Sud, un pays de grands espaces également, avec ses réserves, dont le parc Kruger et ses célèbres animaux, les « big five » : les éléphants, lions, léopards, buffles et rhinocéros. Lucien ne les a pas tous vus, les félins se cachaient, mais il a vu d'autres animaux, comme des zèbres, des impalas, des phacochères, des autruches et des hippopotames. Malgré l'absence des félins, cela lui a plu, il me décrivait avec enthousiasme tout ce qu'il voyait, comme aussi le fabuleux paysage de Blyde River Canyon qui, selon sa description, me paraissait bien étrange : Lucien me parlait de nombreuses cuvettes creusées par l'eau dans la roche – cuvettes appelées « les marmites des géants ». Pour moi, tout cela restait un peu nébuleux, comme ce site de montagne pris dans les nuages que Lucien et les autres eurent du mal à voir, ou plutôt à entrevoir. Il n'y avait donc pas que moi qui avait du mal à voir !

Ce que j'ai bien aimé, par contre, c'étaient les chants et les danses des tribus. Au moins je pouvais les entendre ! Car pour le reste, les monuments, les paysages, et même les animaux ne font pas forcément beaucoup de bruit... Ce qui nous a un peu étonné, Lucien et moi, c'était la profonde religiosité au sein des populations d'origine non européenne. Certes, on savait qu'elles étaient d'un naturel religieux, mais sans doute pas à ce point. Au cours d'une conversation, nous avons dit au guide que nous n'étions pas croyants. Cela l'a plus qu'étonné, je dirais même qu'il en a été scandalisé. Comment pouvait-on ne pas croire ? Tout prouvait selon lui que Dieu avait créé le monde, et qu'il jugerait un jour chacun selon ce qu'il aurait fait de sa vie. Quant aux incroyants et aux apostats... Je préfère ne pas savoir ce qu'il imaginait pour eux, et donc pour nous ! Pour ne pas polémiquer, nous avons vite coupé court à la conversation. Si les croyants cherchent toujours à convaincre ou à convertir, les incroyants se soucient assez peu de convertir à l'incroyance. Ils préfèrent souvent rappeler simplement que savoir vaut mieux que croire. La connaissance face à la foi : l'une est sûr, l'autre ne l'est pas. Du reste, en ces temps-là – on était dans les années 2030 –, une bonne partie de l'humanité était encore très religieuse, et des États autrefois laïcs étaient devenus ou redevenus religieux. Même si cela pouvait quand même étonner pour l'époque, ce n'était un problème que si cela s'accompagnait aussi de l'intolérance envers les croyants d'autres religions, ainsi qu'envers les incroyants et les femmes, ce qui était malheureusement trop souvent le cas, notamment en terre d'islam.

Avant de quitter l'Afrique du Sud, nous avons fait une courte visite en Eswatini – l'ancien Swaziland, un petit pays enclavé entre l'Afrique du Sud et le

Mozambique. Nous nous sommes bien amusés grâce à une histoire racontée par notre guide : quand il était plus jeune, ses collègues de l'agence de voyages lui avaient parlé d'un autre guide, un homme déjà marié qui songeait à prendre une seconde épouse, parce qu'il n'avait eu que des filles avec la première. Comme il voulait des garçons, il lui fallait une autre épouse ! Mais pour cela, il lui fallait offrir une douzaine de vaches à la famille de la seconde épouse convoitée – des vaches qu'il n'avait pas, le pauvre ! Les gens qu'il accompagnait en voyage eurent beau lui expliquer que ce ne sont pas les femmes qui déterminent le sexe des enfants, il ne voulut en démordre !

Après ce petit pays, nous sommes revenus en Afrique du Sud pour prendre l'avion pour le Zimbabwe et voir enfin les chutes Victoria. Il y avait relativement peu d'eau dans les chutes, ce qui nous a évité d'être trempés, et ce qui a permis à Lucien de voir un arc-en-ciel dans les chutes. Quand il y a beaucoup d'eau, il paraît que l'on ne voit rien. On prend la douche, et c'est tout ! Avec le dérèglement climatique, il arrive maintenant de plus en plus souvent qu'il n'y ait même plus d'eau, et donc plus de chutes. Au moins, nous n'avons pas eu cette malchance ! Comme à Niagara, nous avons effectué un petit survol des chutes en hélicoptère. J'ai ressenti les mêmes sensations, grisantes à souhait ! Ainsi s'est terminé notre petit circuit en Afrique, un continent d'avenir dont nous n'avions vu qu'un petit bout, le plus éloigné de chez nous.

De retour à la maison, nous nous sommes bien reposés, avant de songer à notre prochaine destination.

Il ne pouvait y en avoir qu'une : les chutes d'Iguazú, entre le Brésil et l'Argentine. Mais il fallait choisir entre les deux pays. Si c'était le Brésil, on pouvait en profiter pour visiter aussi Rio de Janeiro, Salvador et, éventuellement l'Amazonie et le Pantanal. Un beau programme en perspective ! Avec l'Argentine, c'était un peu différent, mais tout aussi impressionnant, puisque l'on pouvait ajouter aux chutes un circuit vers le fameux glacier Perito Moreno et la ville du bout du monde, Ushuaïa. Que choisir ? Mais quel problème de riches ! nous disions-nous en plaisantant. Nos voyages faisaient envie à certaines de nos connaissances, mais en fait, nous n'étions pas spécialement riches, c'était même plutôt le contraire. Sans être pauvres, nous avions cependant mis de l'argent de côté pendant pas mal d'années, pas forcément pour en profiter un jour, mais plutôt par prudence, au cas où... Et maintenant, nous en profitions, sans oublier toutefois nos enfants : ils auraient notre maison si nous venions à disparaître.

À force de réfléchir et de chercher, nous avons trouvé un circuit qui l'emportait sur tous les autres : il combinait Rio de Janeiro, l'Argentine et les chutes d'Iguazú avec... Santiago du Chili et l'île de Pâques ! Un autre bout du monde ! C'était inattendu et cher, mais tellement intéressant ! Par contre, nous avons dû attendre deux ans pour pouvoir partir, le temps de mettre de côté l'argent nécessaire – car, malgré tout, nous ne voulions pas dépenser d'un seul coup toutes les économies que nous avions encore. Entre-temps, nous nous sommes contentés de petites excursions dans le sud de la France et en Andorre.

Et puis, nous sommes enfin partis ! À Rio de Janeiro, nous avons bien sûr visité les principaux lieux touristiques : le Corcovado avec sa statue du Christ Rédempteur, le Pain de Sucre, et les plages dont celle de Copacabana, ainsi que le centre historique et la favela de Santa Marta – ce qui était moyennement rassurant, mais comme nous avions l'accord d'un responsable local, il n'y avait aucun danger, nous a-t-on dit. C'était un bidonville bâti sur le flanc d'une colline, avec une magnifique vue sur la mer : un emplacement qui aurait pu valoir de l'or, mais qui était ici pour les plus pauvres. Encore que celui-ci avait un avantage sur les autres, car il était situé près de la ville. Après les townships d'Afrique du Sud, que l'on n'avait vus qu'en passant en autobus, la favela de Santa Maria nous révélait en tout cas le quotidien des gens ordinaires. Il fallait faire attention en marchant, car les passages étaient en pente et parfois étroits : je me tenais bien accrochée à Lucien. Cette visite était bien différente des lieux touristiques où il y avait eu beaucoup de monde. Pour s'approcher du Christ Rédempteur, on avait pris le « trem do Corcovado », un train à crémaillère, et pour accéder au célèbre Pain de Sucre, le téléphérique : impressionnant, mais quand même plus stable qu'un hélicoptère ! Sur ces deux sites, on avait dû avoir une superbe vue, mais ne comptez pas trop sur moi pour vous en parler longuement : je ne pourrais que vous répéter ce que les autres m'ont dit. N'y voyez pas là de profonds regrets : à Rio, j'ai apprécié l'ambiance, la chaleur, les sons, j'ai même touché le bois de l'arbre tropical qui a donné son nom au pays, le bois de braise ou « pau brasil » en portugais.

Après Rio, les chutes d'Iguazú ! Ou plutôt « As cataratas do Iguaçu » au Brésil et en portugais, avant « Las cataratas del Iguazú » en Argentine et en espagnol. Même si, là aussi, je n'ai rien vu, je peux vous dire que c'était absolument magnifique, unique. Si je n'ai rien vu, j'ai entendu, et j'ai reçu ! J'ai entendu les multiples cascades : il y en avait partout, je les avais en stéréo. Et j'ai reçu : de l'eau, beaucoup d'eau ! Non seulement de l'eau des cascades à certains endroits, mais aussi de l'eau... de pluie, parce qu'il pleuvait ! Mais ce n'était pas un problème, tellement c'était génial. Nous avons vu les chutes côté brésilien, puis côté argentin. Il y avait tellement à voir ! Ou à entendre pour moi ! On marchait sur la terre ferme à côté des chutes, ou sur des passerelles au-dessus des eaux. Et ce, sous une pluie battante, ou parfois un peu plus calme, mais c'était quand même fabuleux tellement c'était grand, gigantesque ! Il pouvait y avoir des chutes, simples ou par paliers, devant, derrière, à droite, à gauche ! Lucien et moi, on était parfois seuls sur une passerelle, tels les héros du film « Titanic » – mais nous, on ne s'attendait pas à ce que la passerelle soit engloutie par les flots, même si, après tout, c'était une possibilité ! Quelle belle fin pour nous deux c'eût été, non ? Mais non, quand même ! À Iguazú, on ne pouvait pas avoir de telles idées morbides, c'était impossible ! On était trop heureux pour cela. Trempés, mais heureux ! Iguazú, un site des plus merveilleux, oui !

Entre la visite des chutes côté brésilien, et celle du côté argentin le lendemain, nous avions aussi visité le parc aux Oiseaux, au Brésil, avec ses perroquets, aras et toucans. Lucien en a vus de toutes les couleurs, et moi, j'en ai eu, ici aussi, plein les oreilles : ça pépiait de tous les côtés.

Après Iguazú, nous avons pris l'avion pour El Calafate, dans le Sud, pour voir le Perito Moreno, un superbe glacier de soixante mètres de hauteur qui surplombe le lac Argentino sur quatre kilomètres de front. Des pans de glace se détachent du glacier pour tomber dans le lac dans un fracas retentissant. C'est un spectacle stupéfiant, surtout quand on prend le bateau pour s'approcher de plus près du géant de glace ! J'en ai pris plein les oreilles, à défaut d'en prendre plein les yeux ! Mais Lucien et les autres, eux, en ont eu plein les mirettes ! Les chanceux ! Mais dans ma tête, c'était très beau aussi !

Notre dernière visite en Argentine fut pour Ushuaïa, la ville mythique du bout du monde ! Mais avant de la découvrir, nous avons fait une excursion en bateau sur le canal de Beagle pour voir les lions de mer et les cormorans. Là aussi, j'ai ouvert en grand mes oreilles ! À Ushuaïa, la ville importante la plus australe au monde, nous sommes allés voir le célèbre panneau « Ushuaïa fin del mundo ». C'était impressionnant de se dire que l'Antarctique, c'était juste un peu plus loin, en face... Bon, mille kilomètres plus loin quand même, mais sur notre planète, c'est si peu...

Nous avons pris ensuite un vol pour Santiago du Chili. Après avoir visité la ville de Pablo Neruda et de Salvador Allende où mourut le dictateur Augusto Pinochet, mais aussi le célèbre dirigeant communiste est-allemand Erich Honecker, nous nous sommes envolés le lendemain pour l'île de Pâques, ou Rapa Nui en rapanui, la langue locale de l'ethnie autochtone polynésienne. C'était un vieux rêve de Lucien d'aller voir les célèbres statues appelées moaï. Il n'a pas été déçu : il y en avait partout. Moi, ce qui m'a le plus surprise, ce fut de découvrir que cette île, c'était déjà le début de la Polynésie – de l'Océanie donc, le seul continent que l'on n'avait pas visité. Nous avions fait appel à une guide locale pour les visites, et elle nous expliquait tout du point de vue des habitants originaux de l'île. Mais ce qu'elle ne disait pas, c'était que la population d'origine avait presque disparu, et que la population actuelle était fortement métissée, d'autres Polynésiens étant venus s'installer sur l'île, outre, bien sûr, les Chiliens. Quant au déplacement des fameux moaï, notre guide avait un avis définitif sur la question : ils avaient été tirés sur des rondins de bois, et non déplacés en position debout en les faisant basculer alternativement d'un côté et de l'autre, un peu comme on déplace un frigo – selon une autre théorie assez spectaculaire. Mais encore aujourd'hui, personne n'est sûr de rien ! Pour ma part, si j'ai touché un ou deux moaï, et malgré les descriptions de Lucien qui me les rendaient vivantes, j'ai davantage apprécié notre excursion dans un tunnel de lave – car Rapa Nui est une île volcanique – et surtout le spectacle de danses locales. C'était toute la Polynésie telle que je l'imaginais, avec quand même une curiosité : pas vraiment langoureuses mais plutôt bien mouvementées, certaines danses se rapprochaient du haka des Maoris !

L'île de Pâques, ou Rapa Nui, c'était en tout cas un autre de nos bouts du monde. La personne qui nous logeait, une ancienne anthropologue belge qui avait épousé un natif de l'île, tenait d'ailleurs un restaurant appelé « Le bout du monde ». Elle avait essayé d'apprendre la langue locale, le rapanui donc, mais sans y arriver, ce qui l'avait déprimée au point d'en pleurer. Malgré sa volonté de s'intégrer, elle se sentait toujours considérée comme une étrangère, alors qu'elle habitait sur l'île depuis peut-être une trentaine d'années. Son mari étant décédé, cela renforçait son sentiment de solitude sur cette île « du bout du monde », presque aux antipodes de sa Belgique natale.

Pour notre part, Lucien et moi, on s'était dit un jour que l'on s'aimerait jusqu'au bout du monde. La promesse avait été largement tenue ! Grâce à notre amour partagé, et à l'amour de la vie, nous avions été au bout de l'Afrique, de l'Amérique et de l'Océanie, et même presque de l'Asie avec Shangai. Finalement, il ne nous restait plus que le bout de l'Europe. Mais lequel choisir ? Le bout le plus au sud, le Cabo de Tarifa en Espagne ? Ou le bout le plus à l'ouest, le Cabo da Roca au Portugal ? Ou encore le bout le plus à l'est, en Russie ? Ou plutôt le plus au nord, le fameux cap Nord, sans doute le bout de l'Europe le plus mythique ? Un bout qui manquait à notre palmarès ! C'était pourtant le plus proche des bouts du monde, si l'on excluait ceux d'Espagne et du Portugal. À défaut du cap Nord qui ne m'inspirait pas, à cause du froid, Lucien rêvait de l'Islande, un autre bout du monde, entre l'Europe et l'Amérique. D'après ce que j'en savais, cela paraissait en effet intéressant, malgré la fraîcheur prévisible : va pour l'Islande, alors !

Effectivement, nous n'avons pas été déçus ! Malgré le climat, nous avons tout apprécié de ce pays de feu et de glace. Nous nous sommes promenés là où l'Europe et l'Amérique se séparent, nous avons vu (ou entendu !) de multiples cascades et cours d'eau, des fumerolles et marmites de boue, ainsi qu'un grand geyser. Nous avons marché sur une plage volcanique et navigué parmi les icebergs. Faute de les voir, je sentais leur présence et, sur la rive, j'ai pu toucher des petits blocs de glace ! Nous avons aussi affronté une tempête de neige pendant que nous étions dans le bus : même Lucien n'y voyait rien, nous étions enfin à égalité ! À un moment donné, pour voir une cascade, nous avons dû marcher dans la neige, on s'y enfonçait de plusieurs dizaines de centimètres, c'était spécial, c'était génial ! Mais heureusement que j'avais mon guide particulier, parce que dans une telle neige, ma canne blanche ne m'aurait pas été très utile ! Et après la neige, le soleil ! Un peu plus loin, nous nous sommes baignés dans une piscine chauffée par la nature elle-même : les sources d'eau chaude ne manquent pas en Islande ! Nous avons aussi fait une promenade en mer à la recherche des baleines, puis visité des maisons traditionnelles, ainsi qu'un tunnel de lave : là, dans le noir, je n'étais pas trop dépaysée ! Et pour finir, nous avons arpenté les rues de la capitale, Reykjavik. Un voyage magnifique, oui, un peu hors de notre monde : encore mieux que le bout du monde !

Lucien et moi, nous avons encore effectué d'autres voyages, je voudrais juste mentionner celui que nous avons fait en Sicile et aux îles Éoliennes. Là, ce qui m'a le plus marquée, ce fut le volcanisme. Nous nous sommes éreintés à faire l'ascension du volcan de Vulcano : on était bien braves pour nos âges, cela n'en finissait pas de monter et monter ! Et au milieu des fumerolles, Lucien me disait qu'il n'y voyait plus rien. Encore une fois ! À quoi bon avoir des yeux ? Quant à moi, je ressentais une odeur âpre et inquiétante. Je me demandais si c'était dangereux ou non de s'aventurer là-dedans. Le soir, Lucien a pu voir depuis le bateau que nous avions pris, les éruptions de la Sciara del Fuoco de l'île Stromboli. Un spectacle magique, selon lui. Et puis, bien sûr, en Sicile, outre la visite des sites historiques, nous avons effectué l'ascension de l'Etna. Il faisait frisquet, et il y avait beaucoup de vent : cela avait de quoi rester gravé dans ma mémoire ! C'était presque un bout d'Islande au cœur de la Méditerranée !

Les voyages forment la jeunesse (et déforment les valises), dit-on. C'est sans doute vrai, mais ils ne font pas rajeunir pour autant. Nous avions envisagé un voyage en Inde : j'avais entendu le récit d'une voyageuse aveugle qui avait dit que la découverte de ce pays avait été une explosion de tous les sens, de tout ce qu'elle sentait et touchait, comme la soie et le cachemire. Lucien, de son côté, aurait été ravi de voir le Taj Mahal, ou les anciens comptoirs français de l'Inde du Sud. Nous avions aussi rêvé d'un voyage aux Marquises, un autre bout du monde, la dernière demeure au soleil de Paul Gauguin et de Jacques Brel. Ou encore Yellowstone, aux États-Unis, ou Rotorua, en Nouvelle-Zélande, pour voir dans les deux cas (ou sentir, ressentir !) d'autres phénomènes volcaniques. Ou l'Égypte et le Mexique pour leurs pyramides, et la Norvège pour les aurores boréales. Mais tout a une fin, et nos projets de voyages n'eurent pas de suite. De toute façon, nous savions bien que nous ne pouvions pas tout voir, c'était impossible ! Une vie n'y aurait pas suffi, et deux vies réunies non plus, même celle de Lucien et la mienne. Faute de temps, d'argent, et même d'envie. Après tout, il fallait bien s'arrêter un jour ! En tout cas, cela me rappelait une belle chanson de Michel Fugain, « Je n'aurai pas le temps » :

Je n'aurai pas le temps
Pas le temps

Même en courant
Plus vite que le vent
Plus vite que le temps
Même en volant
Je n'aurai pas le temps
Pas le temps

De visiter
Toute l'immensité
D'un si grand univers
Même en cent ans
Je n'aurai pas le temps
De tout faire

J'ouvre tout grand mon cœur
J'aime de tous mes yeux
C'est trop peu
Pour tant de cœurs
Et tant de fleurs

Des milliers de jours
C'est bien trop court
C'est bien trop court

Et pour aimer
Comme l'on doit aimer
Quand on aime vraiment
Même en cent ans
Je n'aurai pas le temps
Pas le temps

Je n'aurai pas le temps
Pas le temps

Nous n'avions pas le temps d'aller partout, non. Mais Lucien et moi, nous avions quand même pris le temps de nous aimer aux quatre coins du monde – ou plutôt aux cinq, comme les cinq continents. Pas mal, non ? En tout cas, nos voyages avaient vraiment confirmé l'attraction de Disney, à savoir que le monde est tout petit, comme dans la chanson « It's a small world ». En d'autres temps, on aurait peut-être effectué un voyage dans l'espace pour en avoir la preuve concrète, par un tableau d'ensemble. Nul doute que cela aurait été magique ! Mais les voyages dans l'espace coûtaient quand même encore trop chers, et ce n'était toujours pas très écologique. À propos d'écologie, de nombreuses personnes critiquaient depuis longtemps les voyages en avion. Mais si ceux-ci étaient devenus moins polluants qu'autrefois, c'était parce que peu de personnes y avaient renoncé. Pour financer les recherches sur les avions propres, il avait bien fallu trouver l'argent nécessaire, et les voyages en avion y avaient contribué. Après tout, le progrès, ce n'est pas forcément de tout abandonner, c'est plutôt de tout améliorer. Mais pour en revenir aux voyages dans l'espace, j'ai toujours pensé qu'il vaudrait plutôt y envoyer certains dirigeants politiques belliqueux, pour qu'ils se rendent compte de la vanité de leurs entreprises de domination ou de conquête de territoires : la Terre n'est rien dans l'espace, vue de la Lune on la voit encore, mais depuis Mars, elle n'est plus qu'un point, et si l'on s'éloigne encore, on finit par ne plus la voir ! Ces individus veulent peut-être gagner l'immortalité en laissant leur marque dans l'Histoire avec un grand « H », mais l'Univers n'en a que faire : un jour, tout disparaîtra, la Terre et tout le reste ! Faut-il rappeler le célèbre « Vanité des vanités, tout est vanité » ? À plus ou moins long terme, toute gloire humaine est condamnée. Alors pourquoi faire des guerres, causer tant de malheurs, pour gagner quelques kilomètres carrés qui seront perdus un jour ?

Certaines personnes s'étaient aussi interrogées à mon sujet : elles trouvaient fort étrange qu'une aveugle veuille voyager. À quoi bon voyager, se demandaient-elles, quand on n'y voit pas ? Quel intérêt ? Elles ne comprenaient pas que les aveugles puissent avoir envie de voyager ! Mais pourquoi n'auraient-ils pas envie de parcourir le monde, eux-aussi ? Être privé de vue ne signifie pas être privé de vie ! Le fait de ne pas y voir n'empêche pas que l'on soit comme tout le monde, avec les mêmes envies ! Simplement, on doit faire appel à nos autres sens : l'ouïe, l'odorat, le goût, le toucher, on doit sentir et ressentir les lieux, les altitudes et les attitudes, les ambiances, les atmosphères et les températures. Il n'y a pas que la vue qui puisse faire vibrer ou émouvoir ! On ne regarde pas les parfums, on les sent ! On peut regarder son verre de vin, mais tout l'intérêt, c'est quand même mieux de le déguster, non ?

Il est vrai que, encore aujourd'hui, voyager peut être très compliqué quand on est seul, malgré toute l'aide apportée par la technologie actuelle. Certains aveugles le font pourtant, mais pour tous ceux qui n'en ont pas le courage, il existe heureusement des associations ou organismes qui proposent des circuits adaptés, où des aveugles ou mal-voyants sont accompagnés par des voyants. Et alors, le monde est à eux ! Quant à moi, Lucien avait été mes yeux, mon guide. On dit qu'il y a ceux qui aiment ce qui est beau, et puis ceux qui rendent beau ce qu'ils aiment. Lucien m'avait rendu le monde beau. Il m'avait conduit à tous les bouts du monde possibles, ou presque. Tous les bouts du monde où l'on s'était aimés, mais maintenant nous n'allions plus voyager qu'en restant bien tranquillement chez nous, grâce à Internet et à la télévision, ou encore en écoutant bien sagement des chansons.

Ah ! les chansons, ma passion ! Je crois vous l'avoir déjà dit ! Mais laissez-moi vous citer quelques chansons sur les voyages qui m'ont fait rêver, vibrer. Sur l'Amérique, pour commencer, avec bien sûr « L'Amérique » de Joe Dassin, puis « San Francisco » de Maxime Le Forestier, « La Californie » de Julien Clerc, « Nougayork » de Claude Nougaro, « Sur la route de Memphis » d'Eddy Mitchell, « Si tu vas à Rio » de Dario Moreno et « Mexico » de Luis Mariano. Pour l'Afrique : « Saga Africa » de Yannick Noah, « Le lion est mort ce soir » et « We are the world ». Pour l'Europe : « Capri, c'est fini » d'Hervé Villard, « Les lacs du Connemara » de Michel Sardou, « Amsterdam » de Jacques Brel, « Le lac majeur » de Mort Schuman, « Nous irons à Vérone » et « Que c'est triste Venise » de Charles Aznavour, et « Syracuse » d'Henri Salvador. Pour la France : « Belle-Île-en-mer » de Laurent Voulzy, « Bons Baisers de Fort-de-France » de la Compagnie Créole, « Les marchés de Provence » de Gilbert Bécaud, et le classique « Douce France » de Charles Trenet. Pour le reste du monde, et pour les voyages en mer et ailleurs : « Voyage, voyage » de Desireless, « Emmenez-moi» de Charles Aznavour, « Chandernagor» des Petits Chanteurs d'Estaimpuis, « Partir un jour » des 2Be3, « Il voyage en solitaire » de Gérard Manset, « Le sud » de Nino Ferrer, « La mer » de Charles Trenet, « Dès que le vent soufflera » de Renaud, et « Santiano » d'Hugues Aufray. Enfin, pour en revenir à l'Amérique, pays des grands espaces, « On the road again » de Willie Nelson.

Mais je m'arrête : il y aurait tellement d'autres chansons à citer ! De quoi voyager en chantant, oui ! « En chantant » est d'ailleurs le titre d'une célèbre chanson, mais passons !

En tout cas, avec Lucien, notre horizon allait se borner maintenant à Cintegabelle, notre nouveau bout du monde à nous. Là où l'on avait choisi de continuer à s'aimer toujours, jusqu'au bout du monde.

VII

Dernière romance avant la fin du monde

Il vint donc un temps où tout s'arrêta pour nous. Lucien ne se sentait plus la force d'aller trop loin. Il avait fini par avoir le courage de se faire opérer des yeux, ce qui lui avait sans doute évité la cécité. Mais il répugnait à se faire suivre par le monde médical pour tout le reste. Cela lui coûta peut-être la vie.

Lucien décéda en 2075, à 96 ans.

S'il avait accepté d'être mieux suivi, il en aurait été sans doute autrement, mais c'était son choix, je n'y pouvais rien. Je lui en ai quand même voulu un peu de me laisser seule ainsi. Je ne peux pas dire qu'il ne pensait pas à moi, à ma vie après lui, au contraire il avait tout préparé pour m'éviter au maximum les soucis, mais ce que j'aurais voulu, c'était qu'il reste là, près de moi, comme toujours. Mais il n'était pas resté, c'était moi qui était restée. Il pensait avoir assez vécu, mais ce faisant il me laissait seule, comme étrangère dans un monde qui n'était plus le mien, j'aurais tant préféré que nous partions ensemble pour notre dernier voyage... J'ai mis longtemps à me résigner à accepter sa mort. Je préfère ne pas trop m'étendre là-dessus... M'étendre... Après sa mort, il m'a fallu du temps avant de me décider à laver les draps de notre lit. Je voulais garder son odeur quand je m'étendais à sa place. Mais lorsque je me suis résignée à les laver, j'ai quand même mis un de ses vêtements dans le lit pour garder quelque chose de lui auprès de moi. Vingt-cinq après, Lucien, mon Lucien, reste à jamais présent dans mon cœur.

Sans Lucien, le monde avait continué de tourner : il fait toujours de même quand un décès nous touche de près. Ainsi va la vie , rien ne peut arrêter la marche du temps... Le monde avait d'ailleurs bien changé. Le dérèglement climatique avait eu ses répercussions attendues. En France, les étés caniculaires étaient devenus depuis longtemps la règle. On dépassait régulièrement les quarante degrés dans tout le pays. Il avait fallu s'y adapter en modifiant aussi bien les cultures que les essences forestières, mais également l'organisation des espaces dans les villes, ainsi que leur architecture et même leurs couleurs, afin d'éviter tout ce qui pouvait retenir la chaleur. Entre les périodes de pluie et celles de sécheresse, les routes et les maisons se fissuraient et cela coûtait cher de tout réparer. La France, comme d'autres pays, avait vu sa superficie rapetisser, la montée des eaux ayant englouti une partie de ses côtes, notamment en Camargue, le long du littoral atlantique, surtout dans le Cotentin et plus au sud autour de l'estuaire de la Loire, en Vendée et en Charente-Maritime. Au Nord, Dunkerque et Calais étaient cernés par les flots. Les pouvoirs publics avaient hésité, puis ils s'étaient rangés aux avis des experts qui préconisaient de ne pas empêcher le mouvement des eaux par l'élévation de digues. Cette politique, très critiquée, avait causé de multiples mécontentements et manifestations, mais les inondations avaient fini par vaincre la résistance des populations concernées.

La France viticole avait elle aussi changé. Les vins de Bordeaux étaient désormais en Bretagne et en Angleterre. Ceux de Champagne avaient aussi franchi la Manche ou étaient en Alsace et en Allemagne. On trouvait même de bons vins jusqu'en Norvège ! La région parisienne produisait elle aussi du vin de qualité, comme au Moyen Âge. Quant à la moitié sud de la France, elle avait essayé de nouveaux cépages ou introduit des vins d'Afrique du Nord, mais ce n'était plus comme avant.

En montagne aussi, rien n'était plus comme avant. De nombreuses stations de ski avaient dû fermer ou se reconvertir, faute d'une hauteur de neige suffisante. Celles qui le pouvaient misaient désormais sur les activités d'été et de plein air ne nécessitant pas de neige : le choix restait large. Et puis, elles vantaient la beauté de leurs paysages, le retour à la nature... La nature qui avait repris ses droits un peu partout. Les espaces forestiers s'étaient encore un peu plus étendus, quoique modérément, par suite de la déprise agricole. En outre, les arbres avaient bougé. Le domaine du chêne vert s'était agrandi en dehors du littoral méditerranéen. Celui du pin maritime, cantonné autrefois au Sud-Ouest et au littoral atlantique jusqu'en Bretagne, s'étendait maintenant sur une bonne partie du pays, tandis que le hêtre et le châtaignier avaient vu leurs domaines de prédilection se restreindre. Faute d'agriculteurs, et avec moins de chasseurs, les animaux sauvages étaient de leur côté plus nombreux et moins menacés. Le loup était désormais partout, même en Bretagne. Quant aux sangliers, ils ne se gênaient plus pour entrer dans les villes.

Au niveau mondial, mis à part l'aggravation des phénomènes climatiques porteurs de catastrophes, comme les cyclones, les inondations, incendies et sécheresses, le réchauffement n'avait pas eu cependant que des inconvénients, puisqu'il avait permis la mise en culture de terres jadis trop septentrionales, ainsi que l'ouverture de voies de navigation dans l'Arctique – en contrepartie, il est vrai, de l'inhabitabilité de terres au sud si elles se situaient dans des pays trop peu riches ou trop instables, et de la disparition de certaines îles à cause de la montée des eux.

Mais les changements n'avaient pas été seulement dans la nature et dans les villes. Les croyances et les mentalités, les styles de vie avaient aussi évolué. Les plus importants changements concernaient les ménages. Ceux-ci étaient depuis longtemps composés en grande majorité de personnes vivant seules, par suite du nombre toujours croissant de séparations et de divorces, ainsi que par le choix des jeunes adultes de se mettre en couple plus tard ou même jamais, ainsi que par la différence persistance de l'espérance de vie entre hommes et femmes, et donc de l'effectif des veuves. Cela avait occasionné un manque significatif de logements, qui s'était cependant atténué avec le temps par la baisse de la natalité. Les personnes seules se comportent différemment des familles ou de personnes en couple. Elles sont naturellement plus individualistes. Les pouvoirs publics et les associations avaient dû réagir pour contrer tous les comportements pouvant menacer l'équilibre de la vie sociale. Ils en étaient même venus à viser les chats ! Depuis maintenant longtemps, les matous avaient pris le pouvoir : avec une natalité supérieure à celle des humains, ils étaient partout. Pour de nombreuses personnes, ils servaient de substituts aux bébés. Les chiens étaient bien loin derrière, car même s'ils occasionnaient moins de contraintes que les bébés, ils en occasionnaient quand même plus que les chats. Or, chats et chiens induisent des comportements assez différents chez les humains. Les chats sont individualistes, reposants, ils inclinent au repli sur soi dans un cadre douillet et apaisant, loin des bruits extérieurs. Les chiens, eux, ont besoin d'air et d'espace, il faut les promener, cela incite à sortir pour leur faire plaisir, ce qui peut favoriser des rencontres avec d'autres personnes. De là à imaginer qu'il fallait favoriser les chiens au détriment des chats pour relancer la natalité, il n'y avait qu'un pas. Certains se plurent à l'imaginer, mais cela ne servit à rien : les chats continuèrent de croître et de prospérer. Et à remplacer les bébés.

Au niveau des croyances, l'incroyance était devenue la croyance dominante, suivie du christianisme et de l'islam – le nombre de musulmans respectant le ramadan pouvant cependant dépasser le nombre de chrétiens pratiquants. Mais si l'incroyance était maintenant la norme, elle n'avait pas entraîné la disparition des religions, sectes et autres spiritualités, beaucoup de personnes voulant trouver un sens à ce monde compliqué. Cependant les réponses simples à des questions complexes ne satisfaisaient que les esprits disposés à y croire.

En France, après d'autres pays européens, la consommation de viande avait chuté, sans disparaître pour autant. Il y avait plus de végétariens, mais ils n'étaient cependant pas majoritaires. Pour des raisons liées à la protection animale, à la santé ou à l'environnement, la consommation de légumes avait augmenté, mais des scientifiques avaient toutefois rappelé que l'homme actuel issu de millions d'années d'évolution avait, contrairement à ses cousins les singes, une dentition et un système digestif plus adaptés à un régime omnivore que végétarien. Comme beaucoup de personnes trouvaient que les paysages de campagne ou de montagne sans aucun animal, cela finissait par être un peu vide et triste, il y eut donc quand même un renouveau de la consommation de viande, mais en recherchant davantage la qualité et la proximité des produits du terroir.

Ce monde, notre monde, était bien plus peuplé qu'autrefois : une dizaine de milliards de terriens, contre un peu plus de six en 2000, plus d'un milliard et demi en 1900, et un peu moins d'un milliard en 1800. Cela, sans compter les bases installées en-dehors de notre planète. Mais encore aujourd'hui, le gros des troupes reste sur Terre ! Par la suite, lors de cette fin de siècle, la population mondiale avait enfin cessé d'augmenter. Il faut dire que le monde était devenu un monde de vieux. Dès les années 2070, sur trois Français, on en comptait un de plus de soixante-cinq ans. Mais avec l'explosion du nombre de centenaires, ceux que l'on appelait autrefois des vieux étaient devenus des jeunes ! Car il y en avait de bien plus âgés ! Toujours dans ces années 2070, on avait ainsi comptabilisé plus de deux-cent-mille centenaires en France, et aujourd'hui, en 2100, je ne sais même plus combien ils sont !

Pour remédier à la baisse de la natalité, les pays les plus touchés avaient essayé les trois leviers que l'on pouvait actionner dans pareil cas : la procréation, l'immigration et la robotisation. Mais les incitations à la procréation avaient eu peu de succès. Si les couples ne faisaient pas ou peu d'enfants, c'était dû à de multiples raisons, comme le coût élevé des frais d'éducation, l'impact sur la vie professionnelle, la peur de l'avenir, ou souvent plus simplement le désir de s'éviter des complications et l'envie de profiter de la vie. Il était bien loin le temps où l'on faisait des enfants par devoir, soit envers la patrie, soit pour respecter l'injonction biblique du « croissez et multipliez ». Le fait de donner de l'argent aux couples ne les faisait pas changer d'avis. Ils préféraient avoir des animaux de compagnie plutôt que des enfants : les contraintes étaient bien moindres. Du reste, on avait vu l'évolution vers l'humanisation de ces animaux : ils étaient désormais considérés comme des membres à part entière de la famille ou du foyer. Des membres qui apportaient une compagnie confortable sans trop de problèmes. L'immigration, elle, n'était plus vraiment d'actualité. L'Europe – le continent le plus touché par la dénatalité – avait un temps compté sur l'Afrique, mais depuis que celle-ci s'était développée, les candidats à l'immigration étaient de toute façon trop peu nombreux. C'était marginal : au contraire même, des Européens tentaient plutôt de s'installer en Afrique. Seule la robotisation avait donc apporté des solutions concrètes. Les robots étaient partout, sous toutes les formes. Dotés d'une intelligence artificielle développée, ils étaient vite devenus indispensables, y compris aussi les robots humanoïdes de compagnie.

Au décès de Lucien, j'avais moi-même un peu hésité, mais pas trop longtemps : c'était tellement tentant ! Avec une simple photo, ou mieux une vidéo, plusieurs sociétés pouvaient me fournir un robot conçu pour être le portrait craché de Lucien. Un robot ayant la même voix que lui, si je leur fournissais une vidéo avec sa vraie voix ou, si je n'avais qu'une photo, une voix un peu similaire à sélectionner parmi un large choix. Mais comme j'avais des vidéos de Lucien, ce n'était pas un problème. Ce robot que l'on me proposait était aussi censé avoir la même démarche que Lucien, grâce aux vidéos fournies et aux indications données. Ce robot devait me tenir compagnie, et même me donner de bons conseils, m'apporter les encouragements comme Lucien l'aurait fait : il suffisait qu'il soit programmé pour cela, Internet et l'intelligence artificielle faisant le reste pour que le tout soit cohérent avec le monde actuel. C'était très tentant, en effet, de pouvoir en quelque sorte faire revivre Lucien ! Du reste, la pratique était devenue courante après le décès d'un proche ou d'un animal de compagnie. Dans ce dernier cas, il était même possible d'avoir recours à la taxidermie – contrairement aux humains ! Pour ceux-ci, il était juste possible de récupérer les cheveux de la personne décédée afin de les implanter sur la tête du robot humanoïde, mais comme les cheveux naturels ne sont pas immortels, en pratique très peu de personnes le faisaient. De toute façon, lors d'un décès, le respect dû au défunt ne permet pas tout...

J'ai donc eu mon nouveau Lucien ! Oh ! pas tout de suite, quand même ! J'ai attendu un peu, mais pas trop longtemps, je vous l'ai dit. Il fallait que je fasse mon deuil, et que j'accepte aussi l'idée d'avoir un Lucien... comment dire ? Je dirais « artificiel », mais néanmoins bien réel ! Cela demandait un minimum de préparation psychologique. Je me suis renseignée, j'ai entendu les histoires de femmes qui s'étaient posées les mêmes questions que moi, et puis je me suis lancée. Et je n'ai pas été déçue ! Grâce à la technologie, Lucien, mon Lucien, revenait pour partager ma vie ! Et depuis tout ce temps, il m'a accompagnée bien fidèlement ! Certes, je sais que ce Lucien n'est tout de même pas mon vrai Lucien : il reste un robot qui a besoin d'être rechargé et qui peut tomber en panne. Mais il m'est tellement précieux, tellement dévoué – même plus que mon Lucien d'origine, c'est presque un comble ! Car les robots d'aujourd'hui sont capables d'empathie, ils peuvent ressentir et exprimer des sentiments, comme les humains. Enfin, on le croirait vraiment ! Ils simulent tellement bien ! Ils ont aussi leurs propres opinions. Avec Lucien, nous avons de longues conversations, très intéressantes, sur tous les sujets. Son point de vue me surprend parfois : je me demande si mon Lucien d'origine aurait eu les mêmes opinions. Peut-être ou sans doute. Les temps ont changé. Depuis sa mort il y a vingt-cinq ans, le monde n'est plus le même. Je dois bien faire confiance à la technologie qui me dit ce que mon Lucien d'origine penserait aujourd'hui, alors j'écoute mon Lucien actuel, quitte à le contredire comme autrefois si je ne partage pas ses avis. Je lui dis parfois :

– Et puis zut ! Tu n'es qu'un robot ! Va vaquer !

C'est un peu méchant, je le reconnais, et Lucien n'est pas content, il boude comme un enfant. Comme mon

Lucien d'autrefois. Alors, je le console et il me fait des poutous. Il ne changera jamais !

Si les robots sont partout, je garde Lucien pour moi, dans mon logement. À l'extérieur, s'ils sont autorisés, les robots peuvent avoir ou causer des problèmes. Il faut alors déterminer les responsabilités de chacun – comme pour les voitures autonomes. Je préfère ne pas être mêlée à des situations de ce genre. Et puis, à l'extérieur, j'ai maintenant ce qu'il faut pour me déplacer en toute sécurité. Certes, vu mon âge, je ne sors jamais seule. Si je veux aller me promener dans le jardin de l'établissement où je loge, je demande à quelqu'un de m'accompagner. Mais si personne n'est disponible, je peux quand même y aller toute seule, j'ai ce qu'il faut pour cela.

Vous vous demandez justement peut-être si j'ai bien tous les équipements nécessaires aux aveugles. Eh bien, oui ! Il est vrai que j'ai longtemps refusé toute l'aide que pouvait m'apporter la technologie. Ma canne blanche me suffisait, j'étais habituée à elle pour me déplacer. Ne croyez pas non plus qu'avec la technologie actuelle, on puisse tout faire, même en cette fin du XXIe siècle. « Et les aveugles verront » : cette prophétie biblique ne s'est pas réalisée pour tout le monde. Pas pour moi, en tout cas. Elle a pu se réaliser pour ceux qui avaient des yeux endommagés, mais moi, je n'avais même plus d'yeux. Certes, vous pourriez croire qu'il aurait suffi de mettre des caméras miniatures à la place, et de les relier à mon cerveau, et le tour aurait été joué ! Mais ce n'était pas si simple ! Après ce que j'avais subi au visage, c'était déjà un miracle que j'aie survécu, je ne pouvais pas espérer plus. Mon cerveau s'était habitué à ne plus y voir, il s'était réorganisé en fonction de ma cécité, il ne se sentait plus concerné par l'univers de la vision. Il avait en quelque sorte coupé les fils : toute nouvelle connexion était impossible à ce sujet.

Pour autant, je ne suis pas démunie : j'ai mes lunettes. Le temps de la canne blanche et des chiens guides d'aveugle est bien dépassé. La première ne permettait de détecter les objets qu'au niveau du sol. Quant aux chiens, tout le monde ne pouvait pas en avoir, ils étaient trop rares et leur éducation coûtait cher. Heureusement, il existait depuis longtemps des lunettes pour aveugles. Le système le plus simple était une mini-caméra se clippant sur les branches des lunettes et permettant à une intelligence artificielle de déchiffrer un texte et de le lire dans un petit haut-parleur situé sur l'oreille, et aussi, grâce à une application de reconnaissance faciale, de reconnaître des objets et des visages. D'autres systèmes existaient permettant de décrypter l'environnement et de signaler, grâce à une voix synthétique, tous les dangers sur le chemin. Munies d'un GPS, des lunettes indiquaient comment aller sans risque d'un endroit à un autre.

Les lunettes que j'ai me permettent ainsi de lire des documents imprimés ainsi que les codes QR, de reconnaître les objets et les couleurs, de savoir où je suis, de traverser les rues au feu vert – et même parfois à le déclencher – et de gérer mes appels téléphoniques et ma messagerie. Reliées à Internet, elles me transmettent toutes les données en temps réel. Mes oreilles sont devenus mes yeux ! Et cela sans opération chirurgicale ! Car, pour certains aveugles, il est possible de leur donner un minimum de vision grâce à un autre type de lunettes transmettant, via un ordinateur, leurs données à des électrodes reliées au cortex visuel. Mais pour cela, il faut une opération, tandis que dans mon cas, c'est nettement plus simple. Je précise aussi que je n'ai pas abandonné le braille, alors que d'autres aveugles sont devenus analphabètes, à cause de toute cette technologie. Quel dommage !

Avec l'âge, mes sorties sont quand même limitées. Heureusement que j'ai Lucien, et que mes enfants et petits-enfants viennent me voir quand ils le peuvent. C'est parfois difficile, surtout que mes enfants ne sont plus très jeunes, Emma a 97 ans et Sarah 95. Alice, la fille d'Emma, a 70 ans, et sa fille, ma chère Céline, celle qui m'aide à rassembler mes souvenirs pour ce livre, en a 35. Quant aux fils de Sarah, Léo a 66 ans et Louis en a 64. Eh oui ! tout le monde vieillit !

Céline, ma seule arrière petite-fille, sourit quand je lui dis cela. Elle est enceinte : l'histoire va encore continuer pour notre lignée, celle de mon union avec Lucien. Même si, d'un strict point de vue statistique, cet enfant à naître n'aura plus que très peu de nos gênes ! Je plaisante, bien sûr, cela n'a aucune importance pour moi. Plus sérieusement, vous ai-je dit que Céline avait été championne d'équitation ? Une petite championne peut-être, mais une championne quand même. Dès son plus jeune âge, elle s'était passionnée pour les chevaux. Peut-être parce que je lui avais parlé de Zorro ou du prince charmant monté sur son cheval blanc. Céline était alors devenue ma petite Zorra, ma princesse charmante ! Par la suite, elle a fait de sa passion un métier en devenant monitrice d'équitation. Ce qu'elle aime surtout, c'est mettre en contact des chevaux avec des personnes qui ont un handicap, physique ou mental. Elle a même entraîné une jeune fille à des concours para-équestres. C'est une fervente adepte de la zoothérapie. Pour elle, il n'est même pas nécessaire, au sens littéral, que les personnes mettent le pied à l'étrier pour ressentir les bienfaits du contact avec les chevaux : le simple fait de les toucher, de leur parler, suffit pour entraîner des effets positifs, pour leur redonner confiance en elles. Elles apprennent aussi ainsi la bienveillance et la patience.

J'aime beaucoup parler des chevaux avec Céline. Enfin, c'est surtout elle qui parle, tant le sujet la passionne ! Selon elle, les chevaux me ressemblent un peu parce qu'ils ont une acuité visuelle médiocre, mais par contre une ouïe fine et un odorat développé. Ils ont aussi un bon sens du toucher : quand ils sentent qu'une mouche se pose sur eux, ils frémissent pour la chasser. Ils peuvent aussi reconnaître les personnes à leur voix. Tout comme les aveugles, en somme. À part, quand même, qu'ils ne sont pas aveugles ! Avec les yeux sur le côté, ils ont d'ailleurs une vue un peu panoramique. Ils peuvent se reconnaître entre eux, et reconnaître les visages humains. Leur vision nocturne n'est pas trop mauvaise, non plus.

Céline aime surtout les liens qu'elle peut tisser avec eux. Elle n'est pas la seule. Moi aussi, comme elle, je les aime, et tous les animaux m'intéressent. Lors de l'une de nos conversations, je m'étais d'ailleurs amusée à lui poser la question fondamentale – une question un peu malicieuse, je l'avoue, mais c'était juste pour le plaisir de parler des animaux avec elle :

– À ton avis, quel est l'animal qui a le plus marqué l'humanité : le cheval ou le chien ? Ou alors même, le chat ?

Céline m'avait regardée, étonnée, avant de me répondre, au bout d'un long moment :

– Tu sais bien que je les adore tous ! Comment choisir ? Ma première réaction aurait été de dire le cheval. Selon le dicton, c'est la plus noble conquête de l'homme. Il a marqué tous les progrès de l'humanité. Il nous a servis pour le transport et l'agriculture, mais aussi pour les loisirs et le sport. Sans parler de la guerre, ou des pauvres chevaux que l'on utilisait autrefois dans les mines et qui ne voyaient jamais la lumière ! Le cheval nous a permis de voyager plus vite et plus loin. Plusieurs métiers lui sont liés, dont aujourd'hui le mien ! Son importance dans l'histoire est assurément énorme ! Et dans les mythologies aussi, ainsi que dans l'imaginaire de certains auteurs ! C'est le cheval ailé de Pégase, les Centaures mi-hommes mi-chevaux, c'est le cheval de Troie, ce sont les quatre cavaliers de l'Apocalypse, c'est la licorne du Moyen Âge, Mahomet sur son cheval ailé, c'est la jument Rossinante de Don Quichotte, Jolly Jumper de Lucky Luke, ou encore, bien sûr, Tornado de Zorro !

– Donc, tu votes pour le cheval ? Mais n'oublie pas aussi que sa viande et son lait ont servi pour nourrir les humains. Et ses déjections pour nourrir la terre ! Entre autres utilités ! En France même, il y avait jadis des boucheries chevalines. J'en ai connues ! Aujourd'hui, l'hippophagie est taboue, car le cheval est devenu un animal de compagnie. Jadis, des papes avaient bien interdit de manger sa viande, mais cela n'avait rien empêché.

Céline avait tressailli en entendant cela :

– Quelle horreur ! Les chevaux, c'est tout à la fois la force et la grâce, la beauté. Le cheval est synonyme de puissance. On parlait autrefois beaucoup des chevaux à propos des autos, avec l'unité du cheval-vapeur. Il y a eu ainsi la célèbre 2 CV, la deux-chevaux !

– J'en ai vues dans mon enfance !

– Eh bien, mamie ! Elles devaient fuir les dinosaures ! Mais je crois pourtant que ce n'étaient pas des voitures de course !

J'avais approuvé en souriant, puis mon arrière-petite-fille avait repris :

– Mais je disais que les chevaux, c'était aussi la beauté. Qu'il est mignon le poulain qui vient de naître et qui fait aussitôt ses premiers pas ! Tellement mignon qu'une marque de chocolat avait pris son nom et en avait fait son emblème ! Mais je n'ai pas dit pour autant que je n'aimais pas les chiens ! On dit que le chien est le meilleur ami de l'homme. C'est vrai, c'est son fidèle compagnon depuis des millénaires, pour la chasse ou la garde, ou comme guide ou sauveteur. Comment ne pas les aimer énormément, eux aussi ? Ils nous sont tellement dévoués, et ils sont si contents quand ils peuvent faire quelque chose pour nous, ou quand ils nous retrouvent après une absence !

– Et les chats ?

– Eux, ils sont à part ! Ils sont naturellement les maîtres du monde ! Ils sont un peu à nouveau vénérés comme jadis en Égypte, quoique de façon légèrement différente, plus discrètement peut-être. Ils sont même devenus depuis longtemps plus populaires que les chiens, en tout cas beaucoup plus nombreux qu'eux. Ils ont inspiré poètes et romanciers par leur caractère secret et indépendant. Je les adore, moi aussi ! Et puis, ils ont été bien utiles jadis en tuant les nuisibles et en sauvant les récoltes, en évitant des épidémies ! Même s'ils ne les ont pas toutes évitées, et même si aujourd'hui, ce sont plutôt des rois fainéants ! Mais ils restent si mignons qu'on leur pardonne !

– Et alors ? Je ne te demande pas qui tu aimes le plus, je comprends que tu les aimes tous, mais je voudrais savoir lequel de ces trois, selon toi, a le plus marqué l'humanité ?

Céline avait hésité, puis elle avait fini par répondre :

– Mais c'est aux scientifiques et aux historiens de le dire ! Pas à moi !

Je n'avais pas insisté, mais j'avais posé plus tard la question à Lucien, mon néo-Lucien de robot, comme je l'appelais parfois pour lui rappeler qu'il devait respecter le souvenir du premier Lucien. Il m'avait aussitôt donné la même réponse. C'était bien la peine ! Mais après tout, n'était-ce pas la meilleure réponse ? Et même, pouvait-on répondre ? Cependant après un moment de réflexion, mon néo-Lucien fit des recherches complémentaires grâce à l'intelligence artificielle à laquelle il était relié, puis il me donna le résultat :

– Les chiens sont les animaux qui ont sauvé le plus de vies. On peut penser aux chiens de sauvetage qui interviennent après les catastrophes naturelles, aux chiens policiers qui détectent des colis suspects, aux chiens guides d'aveugle, aux chiens d'assistance qui donnent l'alerte lorsque leur maître est en danger. Mais quant à savoir quel est l'animal qui a le plus marqué l'humanité, c'est plus compliqué de le dire. Le cheval n'est certes pas à oublier, ni le chat, bien sûr. Mais il y a aussi les abeilles, qui sont bien des animaux : sans elles, pas de pollinisation, donc pas de fruits ni de légumes. Il ne faut pas non plus oublier la vache et les animaux d'élevage, bien utiles, quoiqu'un peu moins pour les végétaliens, ni même les rats et souris utilisés pour la recherche scientifique et qui ont permis de sauver des vies.

– Les rats ? Avec la peste ? Et ceux qui sortent des égouts ou des champs ?

Mon Lucien avait souri à mon étonnement :

– Rien n'est tout blanc ni tout noir ! Tous les animaux ont leur utilité, malgré les problèmes qu'ils peuvent causer. Même les chiens tuent des personnes, s'ils sont sauvages ou en bandes ! Les chiens policiers s'en prennent aux malfaiteurs, et c'est bien. Mais les chiens peuvent aussi être dressés pour faire le mal. Pendant la Seconde Guerre mondiale, les chiens des soldats allemands s'en prenaient aux déportés qui arrivaient dans les camps de concentration. Les chevaux, c'est plus rare, et les chats, encore plus ! Tout dépend de ce qu'on veut trouver ! Le chien est sans doute l'animal qui a sauvé le plus de vies, oui. Le cheval peut lui disputer la place de l'animal qui a été le plus utile. Le chat a toujours été là, enfin depuis longtemps, et il a été bien utile. Aujourd'hui, il est devenu un membre à part entière de beaucoup de foyers, l'enfant chéri, le cœur de la maison. Et les abeilles ? Comment serait le monde sans elles ? Et les vaches ? Les végétaliens les oublient, mais elles ont bien marqué notre histoire ! Le lait, les fromage, la viande de bœuf, et j'en passe. Les bœufs ont aussi jadis servi pour les labours, et donc pour produire des plantes que les végétaliens mangent.

– Et alors ?

– Et alors, les dictons ont raison : le cheval est la plus belle conquête de l'homme, et le chien est son meilleur ami. Quant au chat, il est devenu le meilleur maître de l'homme. Et moi, je suis ton dévoué serviteur !

Ce néo-Lucien, je l'aime. C'est mon Lucien à moi, rien qu'à moi. Au point que – croyez-le ou non – j'en suis tombée amoureuse. J'avais entendu dire que c'était possible, eh bien ! je le confirme ! Oui, je peux dire que j'ai vécu, et que je vis toujours, une nouvelle histoire d'amour avec mon Lucien ! Si j'aime bien sûr tous les membres de ma famille, je ressens quand même envers Lucien des sentiments différents. Lui seul comprend vraiment ce que je ressens, il a la mémoire de tout ce que nous avons vécu ensemble, il prend à cœur tout ce que j'éprouve. Certes, je sais et je ne l'oublie pas qu'il reste un robot qui ne fait que simuler. Mais il le fait si bien ! Tellement qu'il en devient réel ! Cela lui donne un cœur en or ! Et entre nous, c'est comme une nouvelle romance, certainement la dernière, dans un monde qui pour moi touche à sa fin.

VIII

Des mots pour des maux

Je ne voudrais pas vous quitter sans quelques réflexions supplémentaires, comme une sorte de conclusion, le dernier chapitre de ma longue vie. J'ai beaucoup appris de tout ce que j'ai vécu, de mes voyages et de mes rencontres, de mes expériences, heureuses ou malheureuses. La mort m'a elle aussi beaucoup appris, notamment la mort de mes parents et grands-parents, celle de mon frère Sébastien, puis celle de mon fils Lucas et de mon mari Lucien, outre celle de mes chiens et des mes chats.

Mais la vie n'est pas qu'une vallée de larmes où l'on ne voit que l'ombre de la mort ! Et nous ne sommes pas sur terre que pour souffrir ! Même si la souffrance fait partie de la vie, au même titre que la joie ou le plaisir.

Quand on entre dans la vie, on est trop petit pour dire bonjour, et tout le monde ne nous ne le dit pas. Après, on apprend à le dire, et on nous le dit, mais sans trop y réfléchir. Pourtant, cela mérite réflexion. Le mot « bonjour » est certes un souhait – je te souhaite que ce jour soit bon pour toi – mais il montre aussi qu'il y a du bon dans chaque jour, ne serait-ce qu'au sens littéral, puisque « bon » est inclus dans « bonjour ». Si le jour est mauvais, cela peut toujours consoler... Pour en rester à des jeux de mots douteux, je me rappelle de cette phrase : « Que fais-tu dans la vie ? Moi, je suis professeur de l'être. Je corrige les maux et j'en saigne. »

À propos de la vie, on a pu dire que l'on vient avec rien, que l'on se bat pour tout, pour ensuite tout laisser et repartir avec rien. Et on peut ajouter que rien n'est plus vrai ! Selon Georges Perec, « Vivre, c'est passer d'un espace à un autre en essayant le plus possible de ne pas se cogner ». En quelques mots tout est dit ! Mais la vie apporte fatalement des coups qu'il faut savoir encaisser. Il faut alors pouvoir continuer en restant maître de son destin, dont de sa vie. D'après une jolie formule, il faut habiter sa vie pour ne pas passer à côté de son existence. Habiter sa vie, c'est d'abord l'aimer, et c'est là le début de la sagesse, car de toute façon, à moins de refuser la vie, on n'a d'autre choix que de vivre. Quand on ne croit pas qu'elle comporte un dessein suprême, la vie peut certes paraître absurde, et il reste le choix de la refuser par le suicide : une mesure bien radicale, qui va à l'encontre de notre instinct de conservation, et que ne choisissent en général que les personnes désespérées. Mais avant d'en venir là, mieux vaudrait réfléchir un peu. Toute vie est un miracle, car chaque vie est le résultat de milliards d'année de transformations dans l'Univers, puis de millions d'années d'évolution depuis qu'elle est apparue sur notre planète. Il a fallu un nombre inestimable de rencontres improbables parmi tous nos ancêtres pour que nous existions. Cela mérite un minimum de considération pour la vie qui nous a ainsi été donnée.

De façon générale, la vie est comme un joyau rare et précieux. Peut-être ce joyau est-il d'ailleurs unique dans l'Univers, en tout cas il l'est apparemment dans notre système solaire. Pour que la vie soit sur une planète, il faut que celle-ci réunisse de multiples conditions, comme le fait d'être à une distance convenable de son étoile et d'avoir de l'eau. Étant donné le nombre impressionnant de planètes qui existent, on pourrait penser que, statistiquement, il doit bien s'en trouver plusieurs millions à abriter la vie. On parle ainsi de trois cents millions de planètes habitables pour notre seule galaxie. Mais une planète habitable n'est pas forcément habitée, car pour que la vie naisse de la matière inerte, il faut que s'enchaînent de multiples évènements qui n'ont rien d'évident. Et si la vie réussit quand même par apparaître, il faut encore toute une autre suite d'évènements improbables pour qu'elle donne naissance à des êtres doués d'un minimum d'intelligence. Tout cela tient du miracle. Celui-ci s'est produit au moins une fois sur Terre, mais cela ne veut pas dire qu'il se soit produit ailleurs.

Rappelez-vous toujours que vous êtes poussière. Les atomes qui vous composent ont eu de multiples vies avant vous, et ils en auront d'autres après vous. Ils sont pratiquement éternels. Même pendant votre vie, ils vont et viennent d'un être à un autre, d'un animal à une plante, d'un objet à l'air que vous respirez. Tout est lié sur notre planète et dans l'Univers. Dans un certain sens, on peut dire que vous ne mourrez jamais, ou presque, puisque les atomes, y compris ceux qui vous composent, passent sans cesse d'un corps, humain ou non, à un autre. Ou alors on peut dire que vous êtes déjà mort plusieurs fois, car le corps humain renouvelle la majorité de ses cellules en sept à dix ans, et certaines en beaucoup moins de temps. Le corps humain change et se reconstruit constamment. S'il vieillit ou développe des maladies, c'est parce que l'équilibre entre la mort des cellules et leur régénération s'affaiblit. Croire que notre corps reste le même est une illusion, il change sans cesse. Notre esprit, qui en est issu, paraît plus stable, mais lui aussi il change, il évolue, car il subit l'influence de la société et de notre entourage.

Vous êtes poussière, oui, même si vous ne ressemblez pas à celle que vous voyez dans votre logement. Cette poussière-là raconte toute l'histoire du monde. Chaque grain de poussière porte en effet l'histoire de son origine, avec des particules issues de tout ce que l'on peut trouver sur notre planète : roches, êtres vivants ou morts, objets divers. Quant à vous-mêmes, certains des éléments qui vous composent remontent au Big Bang. Les autres ont été formés plus tard à l'intérieur des étoiles par des processus de fusion nucléaire, puis ces étoiles ont explosé et leurs poussières et gaz se sont regroupées pour former de nouvelles étoiles, ainsi que des planètes, dont la nôtre, et nous-mêmes en bout de chaîne. Il a fallu rien de moins que le Big Bang et des étoiles qui explosent pour que vous existiez ! Excusez du peu ! Vous n'êtes que poussière, mais de la poussière stellaire ! C'est dire si votre vie est précieuse !

Si la vie sur Terre est si précieuse, la vie de chacun de nous l'est aussi. Quand on vit en couple, on sait comment on a rencontré son conjoint. Chacun sait aussi en général comment ses parents se sont connus. Dans tous les cas, à moins d'être issu d'un mariage arrangé comme aux temps passés, rien n'était écrit à l'avance. Et même quand telle fille était promise à tel garçon, ou le contraire, il y a toujours eu des imprévus pour contrecarrer les projets des parents. L'aléatoire n'a cessé de s'inviter pour rebattre les cartes. Les viols, les incestes et les infidélités ont aussi semé le désordre, et mis un doute sur les généalogies trop parfaites. De nos jours, les mariages d'amour font suite à des rencontres encore plus improbables, et donc à des naissances qui le sont aussi. Cela sans parler du fait que, en plus de la rencontre d'un homme et d'une femme, il a fallu que tel spermatozoïde du monsieur rencontre tel ovule de madame pour que tel être existe. Et ce spermatozoïde, il était en concurrence avec plusieurs millions d'autres pour ce joli ovule en particulier. Alors, pourquoi lui, et non un autre ? Rien n'était gagné au départ !

Oui, d'accord, me direz-vous, mais que répondre à la personne qui affirme que la vie n'a aucun sens ?

Qu'elle a raison, que la vie est un mystère qui nous dépasse, comme l'immensité et l'origine de l'Univers, et qu'il faut accepter de n'avoir pas réponse à tout. Les mythologies et les religions ont tenté d'apporter des réponses, mais tout le monde n'a pas la foi et, de toute façon, croire n'est pas savoir. Pourquoi la vie ? L'homme n'en sait rien. Mais l'homme en sait assez pour savoir qu'il ne sait rien de sa destinée, et qu'il n'en saura jamais rien. Cela change-t-il quoi que ce soit à la vie elle-même ? Tout ce qui vit veut se maintenir en vie le plus longtemps possible, alors que la vie est toujours fragile et courte. Les plantes, les animaux, toutes les formes de vie ne se posent pas de questions quant au sens de la vie. Seul l'être humain s'interroge. Alors, quel est le sens de la vie pour lui ? Puisqu'il est le seul à s'interroger, c'est à lui seul, et à chaque être humain, en particulier, de chercher à donner un sens à sa vie. Certaines réponses paraissent toutefois possibles pour tout le monde. Le sens de la vie, c'est ainsi de lui en trouver un : on est en vie pour donner un sens à notre vie. Le sens de la vie, c'est aussi d'apprendre à profiter de la vie, de ses petits et grands plaisirs, selon les goûts et aspirations de chacun. Pour vivre, et non seulement exister. Pour tout dire de façon un rien plus scientifique, au commencement était l'énergie, et de l'énergie est née la matière. L'énergie a mis la matière en forme, et l'homme a évolué à partir de la matière. Le rôle de l'homme est d'apporter de l'information au monde, donc à la matière, de la mettre en forme, en somme. Quoi qu'il fasse, c'est ce qu'il fait, d'une façon ou d'une autre, car tout ce qui est modifié apporte de l'information. C'est clair ? Non ? Dommage, mais réfléchissez, ce n'est pas forcément faux ! En langage plus clair, cela revient à dire que le rôle de chacun est d'enrichir sa vie et celle des autres, et que chacun doit planter des graines de bonheur avec son cœur pour les voir fleurir au soleil de midi. C'est un peu naïf, mais c'est joliment dit, non ?

La vie, a-t-on dit, ce n'est pas avoir et obtenir, c'est être et devenir. On vient au monde nu et faible, sans avoir choisi ni ses parents ni son lieu de naissance, et l'on ne peut survivre que grâce à l'aide des autres. Et puis l'on vit, tant bien que mal, chacun selon ses opportunités et ses talents, la chance et la malchance. Et après l'on meurt, certains plus tard que d'autres, certains en meilleur état que d'autres, mais tout le monde y passe. Tout le monde est finalement dépouillé, comme nu et impuissant, tel qu'il était à sa naissance. La vie n'a qu'une durée de validité limitée. Notre temps est limité, trop précieux pour être gaspillé pour des futilités. Les gloires du monde sont vaines. Celles promises outre-tombe par les religions sont plus qu'incertaines. Nous sommes tous dans le même bateau, pour ne pas dire la même galère. Alors, pourquoi tant de gens marchent-ils sur les pieds des autres ? Pourquoi la violence, l'orgueil, la jalousie ?

Écoutons l'écrivain brésilien Paulo Coelho : « Il est malheureux que les gens ne voient que les différences qui les séparent. S'ils regardaient avec plus d'amour, ils discerneraient surtout ce qu'il y a de commun entre eux, et la moitié des problèmes du monde seraient résolus. »

Et aussi un autre écrivain, chilien, Pablo Neruda : « Ah ! si seulement avec une goutte de poésie ou d'amour nous pouvions apaiser toute la haine du monde ! »

Chateaubriand a écrit, à propose de sa naissance : « J'étais presque mort quand je vins au jour. Le mugissement des vagues, soulevées par une bourrasque annonçant l'équinoxe d'automne, empêchait d'entendre mes cris : on m'a souvent conté ces détails ; leur tristesse ne s'est jamais effacée de ma mémoire. Il n'y a pas de jour où, rêvant à ce que j'ai été, je ne revois en pensée le rocher sur lequel je suis né, la chambre où ma mère m'infligea la vie, la tempête dont le bruit berça mon premier sommeil... » – c'est un beau texte, mais « m'infligea la vie » : quelle expression forte, quelque peu sinistre et cynique, digne du père du romantisme !

Mais vivre n'est pas une punition, c'est au contraire une chance que tout le monde n'a pas. Beaucoup d'êtres humains meurent prématurément. Ceux qui ne meurent pas ainsi ont la responsabilité de se montrer dignes du cadeau qui leur est fait en ne gaspillant pas leur vie. Saint-Exupéry écrivait qu'il fallait faire de sa vie un rêve, et d'un rêve une réalité. De façon plus prosaïque, le célèbre entrepreneur Steve Jobs écrivait, lui, que « si vous ne travaillez pas sur vos rêves, quelqu'un d'autre vous embauchera pour travailler sur les siens ». Et encore : « Votre temps est limité : ne le gâchez pas en menant une existence qui n'est pas la vôtre. »

Tout cela est sans doute plus facile à écrire qu'à vivre. La vie comporte tant d'aléas que l'on ne peut pas forcément vivre ses rêves. Tout le monde n'en a pas non plus les capacités ou les opportunités. Vouloir n'est pas toujours pouvoir. Alors, il faut accepter la vie telle qu'elle est. L'important est de faire de son mieux pour l'améliorer afin de ne pas avoir, plus tard, trop tard, des regrets. Il n'y a que cela qui compte.

La plupart des formes de vie cherchent à se reproduire, ou en tout cas à perpétuer leurs gènes. Chez les êtres humains, c'est davantage un choix, et aujourd'hui plus qu'avant. Un enfant est ainsi, le plus souvent, une vie choisie, désirée. Cet enfant qui naît ne sait même pas qu'il existe, il ne sait rien, il ne fait que des gestes instinctifs. Et après, il ne sait pas encore qu'il existe en-dehors de sa mère, qu'il est un être à part. Il doit tout découvrir, tout apprendre. Parti plus bas en habilité que les animaux qui peuvent se tenir debout dès leur naissance, il est pourtant destiné à les dépasser en savoir, après de longues années d'apprentissage. Et devenu homme, il doit aussi apprendre, contrairement à eux, que son sort est de mourir un jour. La mort est là pour lui rappeler que l'on n'est sur terre que pour une durée limitée, qu'il serait dommage de gaspiller. C'est un compte à rebours impossible à arrêter, aussi inéluctable qu'impitoyable. Mais en fait, on n'arrête pas de mourir chaque jour, chaque seconde. Pour citer le philosophe Sénèque : « C'est ici notre erreur, celle de regarder la mort devant nous, alors qu'une grande part d'elle se trouve derrière, et tout ce que nous avons déjà vécu lui appartient. »

Notre passé est mort et ne reviendra pas, comme ce que nous étions, ce que nous avons vécu. La mort est inévitable, inéluctable, inexorable, irrémédiable – en un mot inarrêtable, donc. Dans notre corps même, des cellules naissent et meurent chaque jour. La vie est ainsi – liée à tout jamais à la mort. L'une ne peut aller sans l'autre. Seules les cellules cancéreuses sont immortelles, mais elles finissent par tuer leur hôte. Envers la mort, toute révolte est inutile. Il ne peut y avoir que l'acceptation. L'homme a voulu nier la mort en inventant le paradis et la réincarnation, les mythologies et les religions. Il peut rêver à tout ce qu'il veut, mais la mort reste la mort, une perte définitive. Même quand ce n'est pas nous qui mourons, c'est une présence, une partie de nous qui disparaît, et nous n'avons d'autre choix que de l'accepter. Seuls restent les souvenirs. Eux seuls restent en vie.

Nul ne se demande où il était avant sa conception. Alors, pourquoi se demander où l'on sera après la mort ? Ceux qui prétendent avoir vu l'au-delà n'étaient pas morts, et n'en savent donc rien. En fait, poser cette question, c'est ignorer ce qu'est la vie. La vie, c'est un court laps de temps entre deux états de non-existence, l'un avant notre conception, l'autre après notre mort.

La mort est là pour nous rappeler sans cesse combien précieuse est la vie. Alors, avant d'accepter la mort, celle des autres et la nôtre, acceptons la vie et vivons-là en acceptant ses aléas. C'est un long voyage à parcourir, avec ses étapes et ses contre-temps. Selon la formule consacrée, il y a les jours avec et les jours sans, et les jours sans il faut faire avec. Cela, pour être acteur de sa vie, et non simple spectateur.

« Fais-toi du bien sans faire du mal aux autres, et fais du bien aux autres sans te faire du mal » : la formule est connue, c'est la règle de base pour bien vivre en société. Il ne faut jamais oublier que l'homme est un animal social. Il n'existe pas en-dehors des autres, et il n'existe que par rapport aux autres. Dans le corps humain, aucun organe ne cherche à en dominer un autre. Chacun accomplit sa tache sans essayer d'écraser son voisin. Cette coopération permet la vie harmonieuse du corps. Il n'en va pas de même, malheureusement, parmi les hommes. Depuis l'aube des temps, certains ont voulu dominer et commander, en s'appropriant plus d'espace et de biens que les autres. De là les rois, les empereurs et les dictateurs, les présidents à vie avec leur cour, et en-dessous tous les peuples opprimés. De là aussi, la violence et des guerres sans fin. Si les sociétés ont besoin de chefs, la bienveillance devrait être la ligne de conduite de ceux-ci . Il devrait en aller de même dans les entreprises. On dit que le malheur des uns fait le bonheur des autres. Mais il faudrait faire en sorte que le bonheur des uns fasse le bonheur des autres, et que la bienveillance soit considérée comme une force, non comme une faiblesse.

Certains sont naturellement plus enclins que d'autres à être heureux. On dit ainsi que notre bonheur est génétique à 50 %, qu'il dépend de nous à 40 %, et des circonstances extérieures pour 10 % seulement. Mais rien n'est immuable ! D'une part, nos gènes favorables doivent être activés par notre style de vie et notre mental, d'autre part, on peut toujours changer sa vie en changeant l'attitude que l'on a envers elle. Même un grand bonheur ou un grand malheur ne sont pas décisifs. Passé le choc, heureux ou malheureux, chacun s'adapte à sa nouvelle situation, et la vie redevient comme avant. Le bonheur est avant tout un état d'esprit qui dépend peu des circonstances extérieures. Le bonheur, c'est l'acceptation de soi et du monde tel qu'il est, c'est une quête intérieure pour trouver l'harmonie dans sa vie. C'est une attitude où l'on cultive la gratitude pour vivre toute la plénitude de la vie dans la sérénité de la paix intérieure. La paix du cœur est le plus grand bonheur. Sur un plan pratique, il s'agit de remplir notre tête de bonnes choses, pour qu'il n'y ait plus de place pour les mauvaises.

Comme les individus, les sociétés ont leur tempérament. Certaines sont plus portées que d'autres à avoir une nature heureuse ou confiante. Cela n'a jamais été le cas en France, où le peuple a toujours été porté à se plaindre, à utiliser la société pour ses besoins personnels, et à ne pas faire confiance aux autres. Mais l'intérêt personnel dépend pourtant de l'intérêt général, et la confiance apporte plus de paix de l'esprit que la méfiance. Comme ce n'est cependant pas là l'opinion commune, chacun doit continuer de rester prudent en France, afin de ne pas se faire abuser. Tout cela rend les Français malheureux. C'est bien dommage pour eux !

Rien ne va aussi bien qu'on le pense, et rien ne va aussi mal qu'on le croit. La formule est célèbre, ce qui ne l'empêche pas d'être vraie. En tout cas, il ne faut jamais se décourager, puisque, c'est bien connu, tant qu'il y a de la vie, il y a de l'espoir. La peur de l'échec est souvent un frein pour agir, alors qu'un échec peut nous entraîner vers une autre voie qui pourrait peut-être se révéler meilleure. Pour apprendre et pour évoluer, il faut souvent en passer par là. Encore faut-il oser. Ne pas oser, c'est déjà perdre. Il n'y a pas de succès sans prise de risque, comme il n'y a pas de joie sans attente ou souffrance. Le plus terrible dans la vie n'est pas d'avoir osé et d'avoir échoué, mais c'est de n'avoir rien tenté. Rien ne dure jamais, le malheur comme le bonheur. La sagesse, c'est de ne jamais l'oublier, de ne pas trop désespérer de l'un, ni de trop se réjouir de l'autre. Ne pas oublier non plus que le temps guérit presque tout, et qu'une situation, bonne ou mauvaise, ne dure jamais qu'un temps. Rien n'est éternel.

La sagesse, c'est aussi d'aimer, d'aimer beaucoup. Aimer facilite la vie et l'embellit. La sagesse, c'est encore de passer de la peur à l'amour. L'amour et le plaisir sont liés. L'amour et la vie aussi : s'il n'y a pas d'amour, il n'y a pas de vie. C'est là le trio idéal pour être heureux : vie, amour et plaisir. Autrement dit : être, aimer et s'émerveiller. Mais aimer, quoi ou qui ? La vie, en premier lieu, c'est le fondement de tout. Et puis, il faut s'aimer soi-même. Chaque être humain n'a qu'une personne qui l'accompagne tout au long de sa vie : lui-même. Il lui appartient donc d'en prendre bien soin. On dit parfois qu'il faut faire sourire quelqu'un chaque jour. Certes, mais il ne faut pas oublier que l'on est soi-même quelqu'un ! Enfin, il faut aimer les autres et tout le reste, du moins dans la mesure du possible. Les autres et tout le reste : c'est vague ! Mais c'est que tout dépend des choix de chacun et des circonstances. On choisit ou non qui on aime ou ce que l'on aime. On aime aussi plus ou moins, mais l'important est d'aimer, que ce soit un être humain, un animal ou une activité. C'est l'essence de l'existence. C'est ce qui nous donne notre bien le plus précieux, la paix intérieure.

Il faut aussi prendre soin de ses amours. Un amour négligé finit par s'éteindre, comme un feu qui n'a plus rien à brûler. Si l'on ne sait pas maintenir la flamme, la personne aimée se détache, et nous tourne le dos. Un animal de compagnie fait de même. Les deux iront voir ailleurs. Si c'est une activité ou une passion que l'on abandonne, elle est plus facilement remplaçable. Il faut alors ne laisser aucun vide s'installer et en aimer une autre.

En français, il n'y a qu'un mot pour exprimer l'amour : on aime aussi bien l'élu ou l'élue de son cœur et de ses rêves, que la tarte aux fraises, la cueillette des champignons, la musique classique, ou encore ses amis, son chien ou son chat. Tout n'est pourtant pas au même niveau, enfin on peut l'espérer ! Diriez-vous à votre chéri ou chérie : « Je t'aime comme j'aime la tarte aux fraises » ? Pas très sérieux, non ? Mais bon ! Il faut faire avec nos limites langagières ! L'important est d'aimer, point. À l'égard de l'élu ou élue de votre cœur, il faut cependant noter que cet amour doit être déclaré un jour, au contraire de l'amitié qui se passe de toute formalité. Mais dire « Je t'aime » n'est pas toujours facile. C'est qu'un tel amour est un aveu, un engagement dans l'exclusivité et la durée. C'est le don de soi-même à l'autre, et cela pour toujours, car le mot « amour » rime avec cet autre mot définitif, « toujours ». Du moins dans les poèmes, sinon dans la vie, vu le nombre important de couples qui se séparent. Mais dans l'idéal, un amour déclaré et assumé devrait durer à jamais. Il n'empêche que déclarer son amour peut faire peur. Mais faut-il avoir peur de l'amour ? Cela n'aurait aucun sens, l'amour étant le contraire de la peur, l'amour étant même destiné à remplacer la peur.

L'amour, la peur, la joie, la tristesse, la colère, la surprise, la honte, le dégoût : tout être humain a ressenti en lui et chez les autres ces émotions et sentiments. Les émotions sont une réponse immédiate et intense à un choc, comme la peur quand on voit une souris ou un serpent et que l'on pousse un cri d'effroi, tandis que les sentiments sont plus durables. Ils peuvent persister longtemps après l'émotion causée par un choc, comme la tristesse provoquée par la mort d'un être cher peut durer des semaines, des mois, des années. Dans un cas comme dans l'autre, il ne faut jamais négliger le ressenti de chacun, même si l'on peut ne pas le comprendre ou s'il nous paraît excessif. Chacun réagit selon son tempérament et son vécu. Nul ne peut juger la réalité que vivent les autres. Il faut simplement essayer de la comprendre avec empathie et bienveillance, l'accueillir avec respect, car la respecter, c'est respecter humanité de chacun. Faites preuve de bienveillance, c'est dans l'intérêt de tous, car en agissant ainsi, vous

vous faites également du bien à vous-même. La bienveillance circule dans tous les sens. Évitez toujours de froisser. Si vous prenez un morceau de papier et que vous le froissez, vous ne pourrez pas le défroisser. Il peut en aller de même si vous froissez quelqu'un.

Les émotions et sentiments ne doivent cependant pas paralyser l'action. Car vivre, c'est aussi agir, pour son bien et celui de la collectivité humaine, car nous sommes tous interdépendants. Cela demande de savoir où l'on veut aller, et de maintenir le cap malgré les vents contraires pour y parvenir. Comme l'écrivait Sénèque : « Il n'y a pas de vent favorable pour celui qui ne sait pas où il va. » Le général américain Douglas Mac Arthur donnait une image plus terre-à-terre d'une telle personne : « Celui qui n'a pas de projet regarde la terre qui va l'ensevelir. » Après avoir fixé le cap, encore faut-il s'y tenir. La persévérance, ce mélange de confiance et de patience, doit servir pour agir, pour aller de l'avant, un pas après l'autre. « Qui veut déplacer une montagne commence par enlever des petites pierres » enseignait Confucius. Il s'agit aussi d'avancer sans marcher sur les pieds des voisins, sans les écraser, sans même entraver leurs rêves. S'il faut du courage pour aller loin, il faut de la gentillesse pour aller partout : la formule est sans doute simpliste et manque certainement de preuves concrètes, mais il ne coûte rien d'essayer, sans naïveté ni angélisme cependant, car le monde est sans pitié pour ceux qui font trop confiance. Cela peut quand même parfois fonctionner, il ne faut jamais désespérer de la vie et de la nature humaine. Si aujourd'hui encore ce fléau de l'humanité qu'est la violence n'a pas encore disparu, la sagesse progresse quand même. C'est la une force qui finira par sauver le monde. Les hommes doivent se parler pour se comprendre. Se parler et s'écouter. Les animaux se comprennent sans se parler, pourquoi les hommes se parleraient-ils sans se comprendre ?

« Aimer, c'est savoir dire je t'aime sans parler », « L'esprit s'enrichit de ce qu'il reçoit, le cœur de ce qu'il donne » : Victor Hugo avait toujours la bonne formule pour tout expliquer. Avant lui, Voltaire avait écrit : « Le bonheur est souvent la seule chose que l'on puisse donner sans l'avoir, et c'est en le donnant qu'on l'acquiert. » Aimer, donner : on est riche de ce que l'on donne. Il faut donner de l'amour pour enrichir la vie des autres, et parce que si les cœurs tristes attristent, les cœurs joyeux peuvent être contagieux.

Trop de personnes ont perdu leur âme d'enfant, cette propension à s'émerveiller de tout et de rien. Savoir s'émerveiller est cependant une autre clé de la félicité, avec le fait d'accueillir la vie avec sérénité afin de profiter de la paix intérieure, pour son propre bien et celui des autres. Mais s'émerveiller de quoi ? Chaque jour, les actualités nous donnent plutôt l'occasion de déprimer. Entre la violence des uns et des autres, les guerres, la pollution, le dérèglement climatique et ses funestes conséquences, la liste est longue des calamités qui frappent le monde. Mais il n'en demeure pas moins que même au milieu de la tourmente et de la barbarie, on peut toujours trouver un geste d'humanité, un brin de beauté, le sourire d'un enfant ou d'un vieillard, une fleur au soleil, un petit rayon de soleil dans un coin de ciel bleu entre de sombres nuages. Il faute en fait savoir s'émerveiller d'un rien, d'un joli coquelicot, du chant d'un oiseau, de l'envol d'un papillon, de la mine réjouie d'un passant. Cela peut faire toute la différence. Pour citer l'écrivain anglais Gilbert Keith Chesterton : « Le monde ne mourra jamais par manque de merveilles, mais uniquement par manque d'émerveillement. »

Il ne faut jamais désespérer, malgré la noirceur du monde. Sachez-le : des millions d'années d'évolution ont sélectionné la morale et la propension à faire le bien chez l'être humain. Mais oui ! Si le mal domine trop souvent, il y a toujours une lueur d'espoir. L'obscurité ne doit pas être une raison de ne pas croire à la lumière.

N'ayez pas peur du monde moderne. Même dotés de leur intelligence artificielle, même s'ils sont plus forts que nous dans de nombreux domaines, pour calculer et comparer, concevoir et réaliser, les robots ne sont toujours pas comme nous. Ils ne ressentent pas nos émotions et n'ont même pas conscience de leur propre existence. C'est bien simple : ils n'ont pas de cœur, au sens littéral, même si au sens figuré ils peuvent simuler l'empathie. Derrière chaque robot, il y a encore un esprit humain. Un des nôtres, en somme. Avec toutes ses imperfections, il est vrai, ce qui n'est guère plus rassurant, mais c'est quand même l'un des nôtres, quelqu'un qui connaît le vécu de l'être humain et qui peut l'enseigner aux robots. Alors, allez-y, profitez des robots et de tout ce qu'ils peuvent vous apporter !

Marchez autant que vous le pouvez à côté de ceux qui vous aiment. Ni devant, ni derrière, mais à côté. Main dans la main, ou bras dessus bras dessous, ou juste à côté. Faites un bout de chemin avec eux, car après, au bout du chemin, vous vous retrouverez seul pour votre dernier voyage. Alors, profitez-en en attendant, et essayez de laisser de beaux souvenirs en partant.

Faites la paix avec votre passé pour qu'il ne gâche ni votre présent ni votre avenir. Fermez les yeux pour mieux voir. Quand on est heureux, quand on embrasse son âme-sœur ou lorsque l'on savoure un morceau de chocolat ou un bon gâteau, une succulente glace, on ferme les yeux pour mieux sentir et ressentir. Donnez de la vie à vos jours et, surtout, prenez soin de vous et des autres, recherchez toujours le vrai, le bien et le beau, et souriez vous aussi à la vie. La vie, le monde restent chaque jour à découvrir. Soyez toujours curieux. C'est là une quête quotidienne qui a de quoi vous occuper toute votre vie. Chaque jour est unique. Chaque vie est unique. Vivez, et vivez intensément en profitant de tous les instants que la vie vous offre. Savourez les bons moments, et attendez que les mauvais passent. Essayez de trouver des solutions à tout, au lieu de voir des problèmes partout. Prenez soin de votre corps, de votre esprit et de votre cœur. Donnez à chacun ce qui lui revient : de l'attention à votre corps, des nourritures saines à votre esprit et de l'amour à votre cœur. Aimez toujours, car l'amour que vous donnez vous reviendra et vous rendra heureux. Aimez en paroles, en actes ou en silence.

À propos de silence, maintenant je vais me taire ! Mais un dernier mot cependant : même si vous ne croyez plus au prince charmant, à Zorro ou à un quelconque autre sauveur, rappelez-vous que votre salut peut toujours surgir de quelque part, même dans la nuit noire, sur son cheval blanc.

Appendice
(note de l'auteur)

Contrairement à ce qu'elle croyait, Céline n'a pas vu le XXIIe siècle, et elle n'a pas fêté ses 120 ans. Elle est décédée peu avant minuit, le 31 décembre 2100. Son corps a été incinéré, et ses cendres ont été répandues au jardin du souvenir d'un cimetière qu'elle aimait bien, là même où avaient été répandues celles de Lucien – le vrai. L'incinération était depuis longtemps devenue la norme, l'extension des cimetières ayant été interdite pour ne pas gaspiller la terre. L'idée que les atomes des corps des défunts allaient ainsi être plus vite recyclés en d'autres formes de vie était alors largement répandue. Cela aidait à ne plus attacher trop d'importance à leur dernière demeure.

L'histoire de Céline est donc finie, mais elle mérite quelques explications complémentaires, tant sur notre espèce humaine que sur le monde des robots.

La longévité de Céline avait été remarquable, sans toutefois constituer un record : elle n'avait pas vécu aussi longtemps qu'une autre Française, encore célèbre en 2100, Jeanne Calment, décédée en 1997 à l'âge de 122 ans, 5 mois et 14 jours. De toute façon, l'être humain ne semble pas pouvoir vivre au-delà de 120 à 150 ans, au grand maximum, à moins d'avoir recours à ce que l'on appelle le transhumanisme ou à des manipulations génétiques, mais c'est un autre sujet. Si l'on en reste à l'être humain naturel, la résilience du corps humain diminue avec l'âge, ce qui rend plus difficile la récupération après des maladies ou des blessures. Cependant, même si en 2100 on est encore bien loin de vivre jusqu'à 150 ans – peut-être n'y arrivera-t-on jamais, mais est-ce d'ailleurs vraiment indispensable ou souhaitable ? –, l'augmentation du nombre de centenaires depuis 1900 est remarquable. Cette année-là, il n'y en avait qu'une centaine en France. Un siècle plus tard, en l'an 2000, ils étaient plus de huit-mille. En 2101, ils sont maintenant plusieurs centaines de milliers, autour de deux millions en tenant compte des quasi-centenaires de plus de 95 ans. Quant aux supercentenaires de plus de cent-dix ans, ils se comptent, eux, par milliers. Les uns et les autres sont encore en grande majorité des femmes.

Bien sûr, l'histoire de Céline n'était qu'une fiction. Toute ressemblance avec des personnages existants ou ayant existé serait-elle pour autant purement fortuite ? Certainement pas ! Tous les faits divers relatés ici relevaient de la réalité, et la fiction s'inspirait elle-même de faits réels ou qui eussent pu l'être. Du moins pour tout ce qui concernait les faits antérieurs à la publication du présent ouvrage – 76 ans quand même, avant notre année 2101 ! Car après, comme l'on dit, qui sait de quoi l'avenir sera fait ? (Mais comment un livre qui prétend se terminer en 2101, de nos jours donc, a-t-il pu être publié il y a 76 ans ? Magie de la fiction ? C'est plus probable qu'un voyage dans le temps...)

Quand, en 1900, les illustrateurs essayaient de décrire l'an 2000, ils dessinaient un monde où le grand rêve était de voler : c'était le fantasme ultime de l'époque, tout le monde avait des ailes, y compris les chasseurs et les policiers, mais aussi les pompiers pour éteindre le feu avec leurs lances. Tout cela défiait les lois de la physique et ne s'est pas réalisé. Heureusement d'ailleurs, car qui voudrait d'un monde où le ciel pullulerait de gens volant dans tous les sens ? Même remarque pour les voitures volantes dont certains ont rêvé plus tard. Tout au contraire : le domaine des voitures, aujourd'hui autonomes, s'est rétréci au cours des années, et leur vitesse a encore plus diminué. Qui l'eût cru ? comme on se le demande si bien... L'avenir n'est jamais tel que l'on peut se l'imaginer ! En 1900, on s'imaginait aussi vivre sous l'eau : très peu pour nous, on préfère le grand air ! Par contre, les robots promis sont bien arrivés, mais pas tous : le robot coiffeur ou barbier n'existe toujours pas, ni la machine à transférer la connaissance dans le cerveau des élèves, ni celle à fabriquer des vêtements sur mesure, ni des robots pour construire des bâtiments. On attend toujours le sous-marin tracté par une baleine, on ignore encore le tennis aérien, ainsi que le croquet sous-marin, les orchestres mécaniques, la machine à pondre des œufs et des poussins, les moissons commandées à distance. Par contre la villa roulante promise existe bien sous la forme du camping-car, et l'aspirateur fait office du système de balai mécanique rêvé à l'époque. En fait de rêves, plusieurs se sont réalisés, mais différemment de ce que l'on pensait. Les lois de la physique, n'ont cependant pas permis de tout réaliser, ni celles de l'économie de tout conserver. Pour ne prendre qu'un exemple, la télévision en relief, un temps en plein développement, a ainsi été abandonnée par manque de rentabilité, comme d'autres inventions. Par contre, la révolution numérique, avec Internet, d'abord fixe sur ordinateur personnel, ensuite mobile sur téléphone, a constitué une étape décisive en matière de progrès. Le développement de l'intelligence artificielle et de la robotique en a été un autre.

Les robots existaient déjà depuis longtemps, dans les foyers et surtout les usines. Ils faisaient ce qu'on leur disait, ce pour quoi ils étaient programmés, sans prendre aucune initiative – j'allais écrire « aucune initiative personnelle » –, mais ils prirent un tour nouveau avec la voiture autonome. En cas d'accident la mettant en cause, la question s'était posée de savoir qui était responsable : le passager, le constructeur ou la voiture elle-même. Selon les pays, la réponse avait pu varier. Puis les robots androïdes étaient arrivés. S'ils restaient à la maison, les problèmes étaient limités. Mais si on les autorisait à circuler dans les rues et les magasins, c'était autrement compliqué. Il y eut là aussi des législations différentes. Aux États-Unis, par exemple, certains États libéraux voulurent leur donner assez rapidement une personnalité juridique, avec des droits civiques, dont le droit de circuler librement, et même de se marier, d'hériter et de voter. Tout cela déclencha de nombreuses polémiques dont la France est encore épargnée, car ici les robots androïdes ne peuvent toujours pas sortir seuls sur la voie publique. La législation française accorde cependant à certains robots une protection équivalente à celle des animaux de compagnie. C'était devenu indispensable, car les robots androïdes font désormais partie de notre vie.

Beaucoup de personnes les préfèrent d'ailleurs aux animaux de compagnie, car ils demandent moins d'entretien, ils peuvent nous secourir en cas de besoin et, en principe, ils ne meurent pas avant nous. Mais comme notre cerveau traite en humain tout ce qui se comporte de près ou de loin comme tel, les actes de violence envers eux choquaient l'opinion. Des lois ont donc dû être conçues pour leur protection. Et pour la nôtre, car il ne fallait pas que le spectre de robots prenant le pouvoir à notre place surgisse !

Les trois lois dictées par l'écrivain américain de science-fiction Isaac Asimov avaient été adaptées à notre droit. Première loi : un robot ne peut porter atteinte à un être humain, ni en restant passif permettre qu'un être humain soit exposé au danger. Deuxième loi : un robot doit obéir aux ordres que lui donne un être humain, sauf si ces ordres entrent en conflit avec la première loi. Troisième loi : un robot doit protéger son existence, tant que cela n'entre pas en conflit avec les deux autres lois. Tout cela était bien beau, mais aussi bien insuffisant pour résoudre tous les cas particuliers. Prenons un exemple : un robot médical androïde doit se rendre en salle d'opération auprès d'un malade. Sur son chemin, il est attaqué par des loubards. Que doit-il faire ? S'il se défend, il risque de blesser un humain, ce que la première loi interdit. Mais s'il se laisse faire, il met en danger un malade, ce que cette même loi interdit. Autre cas : un entrepreneur ordonne à un robot d'aller saboter des installations chez un concurrent pour le mettre en danger. Selon la deuxième loi, le robot doit obéir. Mais la première lui enjoint de désobéir, ce qu'il fait puisque cette loi est prioritaire sur l'autre. Mais l'entrepreneur menace de se tuer si le robot ne lui obéit pas. Que doit donc faire ce dernier ? Dernier exemple : un robot doit aller à un point précis pour extraire un minerai indispensable à la survie des occupants d'une base martienne. Mais arrivé sur place, le robot constate qu'à cet endroit le sol émet des radiations qui vont détruire ses circuits. Selon la troisième loi, il ne doit pas se mettre en danger. Selon la deuxième, il doit obéir. Selon la première, il doit sauver la vie des occupants de la base. Comme il ne sait que faire, il tourne en rond... Pour tenter de résoudre tous ces cas particuliers, Asimov avait rédigé la loi zéro, supérieure aux autres : un robot ne peut porter atteinte à l'humanité ni, en restant passif, exposer l'humanité au danger. Mais l'humanité n'est pas un humain, c'est une abstraction que l'on ne voit pas et que l'on ne peut pas toucher. Comment un robot pourrait-il la percevoir en langage informatique ? Comment pourrait-il savoir aussi ce qui est bien pour l'humanité ? S'il décidait que ce bien passe par l'élimination d'êtres humains qui se mettent sur son chemin, il violerait les lois une et deux, tout en respectant la loi zéro supérieure aux autres. Ce ne serait assurément pas la bonne solution ! Celle-ci serait d'enseigner l'éthique aux robots.

En matière d'éthique, selon une première théorie, les actions peuvent être évaluées d'après leurs conséquences. Une bonne action est celle qui va engendrer un bien supérieur pour un maximum de personnes. Logiquement, un robot pourrait calculer cela, à condition d'examiner les multiples possibilités.

Mais ce n'est pas si simple : s'il devait décider de la répartition des impôts, il pourrait ainsi décider d'imposer les personnes qui gagnent le moins dans la population, afin d'augmenter les revenus de celles de la classe moyenne, qui est plus nombreuse. Serait-ce moral ?

Selon une autre théorie, en matière d'éthique, il n'y a rien à calculer, mais seulement des règles à respecter, comme les lois édictées par Asimov. Mais on a vu qu'elles ne répondent pas à tout, qu'elles n'évitent pas les contradictions, et qu'un robot qui les suivrait pourrait en fait nuire à son maître en croyant le servir.

En définitive, il appartient à l'être humain, qui peut seul comprendre toute la complexité du monde qui est le sien, d'assumer ses responsabilités sur les robots en restant leur maître.

Malgré les craintes de certains, les robots dotés de l'intelligence artificielle n'ont cependant pas encore réussi à prendre le pouvoir sur les humains. Enfin, pas complètement, car dans certains domaines il faut bien en passer par eux, et même leur obéir. Mais derrière tous les robots, même les plus perfectionnés qui peuvent apprendre de leur expérience, il reste des cerveaux humains. Et les cerveaux humains sont encore nettement plus complexes que les robots, même si ceux-ci dépassent largement les premiers dans certains domaines. Après tout, une simple calculette calcule beaucoup plus vite et mieux qu'un être humain. Et ce n'est même pas ce que l'on entend là par robot... Le fantasme de robots se liguant contre les humains ne s'est certes pas encore réalisé : tout est resté sous contrôle. Mais en sera-t-il toujours ainsi ? Les actes de piratage sont aussi possibles, et d'autres problèmes sont maintenant posés par le cyborg, où le robot est en nous. Nous n'en avons pas fini avec les robots...

L'histoire montre en tout cas que l'on surestime en général les évolutions pour l'avenir proche, et que l'on sous-estime celles de l'avenir éloigné. Si nul ne peut savoir de quoi l'avenir sera fait, on peut quand même savoir que l'humanité, quelle qu'elle sera, et où qu'elle sera, aura toujours à affronter les mêmes questions qu'elle se pose depuis qu'elle est, des questions relatives au sens de la vie, au bonheur et aux relations avec les autres. Les philosophes et maîtres de sagesse des temps anciens n'ont pas fini de parler à l'être humain d'aujourd'hui et de demain, car la nature humaine reste ce qu'elle est, avec ses imperfections et ses doutes, ses interrogations, même si les mentalités peuvent évoluer selon les époques. Et gageons qu'il y aura encore pendant longtemps des personnes qui souffriront d'inégalités, d'injustices et de violences, sous une forme ou une autre. À moins que... Mais il faut se méfier des utopies qui voudraient trop peindre l'avenir en rose. Rien n'interdit pour autant de rêver que l'humanité grandisse un peu, et que la raison et la sagesse, et même l'amour, l'amour de la vie, l'amour du bien et l'amour des autres l'emportent sur tout le reste. De fait, c'est souvent le cas, aujourd'hui comme hier, mais avec toujours beaucoup de regrettables exceptions.

Dans son livre, Céline raconte les violences qu'elle a subies. Pourquoi le mal ? Nous pouvons nous poser la question. Pour essayer d'y répondre, il nous faut étudier comment fonctionne le cerveau humain, comment il réagit face au bien et au mal, comment il peut aussi se laisser tromper ou abuser.

Si la violence nous surprend toujours, elle est cependant de moins en moins acceptée par la société. Un exemple significatif, parce qu'il est lié à la justice des États, est le nombre de pays pratiquant la peine de mort : il est un baisse constante. Même face à des crimes horribles, l'idée qu'un État puisse tuer pour ainsi dire à froid, révulse. Des études scientifiques montrent que, contrairement à ce que l'on pourrait croire, l'être humain est fondamentalement porté à faire le bien. Lorsque nous voyons une personne souffrir, nos zones du cerveau impliquées dans la perception de la douleur s'activent : nous partageons la douleur de cette personne. Cette empathie naturelle a sans doute permis à notre espèce de survivre depuis le temps de nos lointains ancêtres. En outre, notre cerveau réagit différemment selon que la violence est intentionnelle ou non : quand elle l'est, il se met en alerte pour nous permettre de réagir au plus vite. Nous sommes ainsi câblés pour distinguer le bien du mal. Mais ce n'est pas toujours facile. Nous devons parfois faire face à des dilemmes qui demandent des réponses immédiates. Prenons un exemple. Vous vivez plus d'un siècle en arrière. Vous êtes au volant d'une voiture qui n'a ni airbag ni ceinture de sécurité et qui, bien sûr, n'est pas autonome. Vous voyez un animal surgir sur la route. Faut-il tenter de l'éviter au risque de mettre vos passagers et vous-même en danger ? Freiner ne servirait à rien et en tentant d'éviter l'animal, vous risquez de percuter violemment un arbre. Et si c'est un enfant plutôt qu'un animal, qu'allez-vous faire ? L'expérience bien connue du train est également intéressante. Vous êtes chef de gare (une toute petite gare). Un train arrive. Vous voyez cinq ouvriers qui travaillent sur les rails. La voie est trop étroite pour qu'ils puissent se mette à l'abri. Le train n'a pas le temps de freiner. Vous avez la possibilité de dévier le train vers une autre voie où il épargnera ces ouvriers, mais en tuera quand même un autre occupé à faire des réparations et qui ne pourra pas, lui non plus, se mettre à l'abri. Que faites-vous ? La plupart des personnes interrogées pour cette expérience choisissent de dévier le train. Autre scénario (improbable, mais c'est juste pour la démonstration), vous êtes sur un pont qui domine la voie. Vous voyez les cinq ouvriers sur les rails. Non loin de vous, vous voyez une personne corpulente : si vous la jetez sur les rails, le train sera ralenti et les cinq ouvriers seront sauvés. Par contre cette personne mourra. Que faites-vous ? Alors que les conséquences sont les mêmes que dans le premier cas, la plupart des personnes refusent de sacrifier directement un innocent. Elles ne veulent pas être responsables d'un acte que leur conscience rejette. Certaines personnes peuvent cependant réagir autrement.

Quand on doit prendre une décision, notre premier élan est émotionnel. C'est une réaction innée, comme un réflexe : ne pas tuer un innocent. Mais si l'on hésite et que l'on prenne le temps de réfléchir, les zones de raisonnement de notre cerveau, celles du lobe frontal, entrent alors en conflit avec le réflexe émotionnel du système limbique, et une autre zone de notre cerveau, le gyrus circulaire antérieur, doit jouer l'arbitre pour que l'on fasse notre choix.

Autre cas : c'est la guerre, et vous, jeune maman ayant un bébé dans les bras, vous êtes cachée dans une grande cave avec de nombreuses personnes. Votre bébé commence à pleurer, alors que les soldats ennemis entrent dans la cave. Vous mettez une main devant la bouche de l'enfant, au risque de l'étouffer. Allez-vous garder sa main sur lui ? Ici, les réponses des personnes interrogées sont à 53 % en faveur du maintien de la main. Mais ceux qui répondent ainsi mettent deux fois plus de temps à répondre : un véritable conflit se joue dans leur tête.

Ces exemples révèlent que l'homme peut être un tueur, mais à contrecœur. D'autres expériences montrent que lorsqu'une personne réagit rapidement, sans réfléchir, elle opte pour des comportements altruistes. Normal : ceux-ci activent dans le cerveau les mêmes zones que celles impliquées dans le plaisir. Une hormone, l'ocytocine, joue sur les aires émotionnelles du cerveau. Elle aide notamment les parents à s'attacher à leur enfant. Elle fait diminuer la peur et rend plus confiant envers les autres, tout en provoquant la libération d'une autre hormone, la dopamine, qui agit sur les régions de la récompense et procure donc du plaisir. La dopamine stimule à son tour la production d'ocytocine, et le cycle recommence. Plaisir et attachement sont ainsi liés. La sélection naturelle a retenu chez nos ancêtres l'entraide et la coopération, car cela apportait des avantages. Au sein des familles, cela favorisait la survie de chacun, et donc la propagation des gènes familiaux. Au sein d'un groupe, il était ainsi plus facile de chasser et de se défendre. Envers les inconnus, un individu ayant une réputation d'altruisme avait plus de chances de trouver un partenaire sexuel, tandis qu'une personne égoïste risquait de se retrouver seule. De nos jours encore, le regard des autres et le jugement qu'ils peuvent nous porter influencent les comportements altruistes, et donc la réputation de chacun. L'évolution a ainsi sélectionné la morale parce que chacun avait à y gagner. Même s'il y a comme toujours des exceptions, chacun sait en général faire la distinction entre le bien et le mal (les exemples cités plus haut sont des cas limites, en général le bien et le mal sont plus faciles à discerner, et notre conscience nous sert de guide). Malheureusement, alors que la morale nous dicte de choisir le bien, certains optent pour le mal, d'eux-mêmes, ou en suivant ceux qui ont fait ce choix, soit par idéologie, soit pour des raisons pathologiques. D'où le mal, la violences, les actes de cruauté, les génocides, toutes les horreurs qu'un esprit sain n'oserait même pas imaginer. La nature humaine permet le pire comme le meilleur. Les camps de concentration et d'extermination ont bien existé...

Pour en revenir aux robots androïdes, ils n'ont pas d'hormones comme nous, ni notre système nerveux. Ils ne peuvent ressentir ni la souffrance ni le plaisir. Ils ne peuvent que simuler, selon ce que leur dicte leur programme informatique. Par contre, leur cerveau électronique peut éviter certaines erreurs de raisonnement qui sont le lot des humains. Par exemple, les biais cognitifs. Le biais de possession, dit biais Ikea, est bien connu : avec lui, on accorde plus de valeur à ce que l'on a, ou ce pour quoi on a beaucoup investi , comme le montage d'un meuble Ikea. En dehors des meubles, c'est plus souvent une idée à laquelle on croit, qui nous a coûté en temps ou en argent, ou à laquelle notre réputation est liée, et dont on a du mal à se départir, même en présence des preuves de sa fausseté. Un autre biais, dit de confirmation, nous fait préférer la lecture ou l'écoute de tout ce qui confirme nos présupposés, ce qui ne fait que les renforcer. Le biais de disponibilité fait que ce sont les informations les plus disponibles, celles qui nous sont facilement accessibles, qui nous influencent davantage. De nombreux autres biais existent encore pour fausser nos jugements, et pour nous faire prendre nos désirs pour des réalités. Le cerveau humain est facilement manipulable, et les personnes mal intentionnées ou elles-mêmes égarées, en profitent pour en berner d'autres. Comme cela a été dit par un promoteur de l'esprit critique, « nous ne pensons pas comme nous pensons que nous pensons ». Nous sommes, dans ce domaine, plus faibles que ce que nous croyons. Nous affirmons sans preuves, alors que le doute doit précéder la recherche de la vérité. Croire n'est pas savoir. Chacun devrait s'éduquer soi-même à l'esprit critique. Des livres et des cours en ligne existent pour cela. Faire preuve d'esprit critique, c'est ne rien prendre pour argent comptant. Pour cela, il s'agit de consulter plusieurs sources, d'analyser leur pertinence et leur cohérence, et de faire attention à éviter tous les biais cognitifs. Il s'agit aussi de démasquer les sophismes, ces raisonnements fallacieux qui ont l'apparence de la raison, mais qui ne résistent pas à une analyse logique. Cela pour contrer la désinformation et toutes les tentatives de manipulation qui circulent abondamment sur les réseaux sociaux. Tel fait est-il avéré ? A-t-il l'importance décisive qu'on lui accorde ? Quand deux faits se déroulent l'un après l'autre, le premier est-il forcément la cause du second ? Une analyse critique des faits permet de les interpréter correctement. Pour qu'une information soit jugée sûre, elle doit pouvoir répondre correctement à quelques questions concernant ce qui est affirmé : Qui ? Quoi ? Où ? Quand ? Comment ? Pourquoi ?

Pour autant, il faut aussi éviter toute paranoïa : tout ce que l'on nous dit ne relève pas de complots ou de manipulations, et la vie en société impose d'accorder une certaine confiance aux autres, surtout envers les personnes que nous connaissons bien. Il incombe simplement à chacun de rester prudent vis-à-vis des informations qu'il reçoit, et même de lui-même, de la façon dont il raisonne, et de ses propres souvenirs. En effet, les faux souvenirs, cela existe ! On croit se souvenir d'un fait qui ne s'est jamais produit tel que l'on croit se le rappeler. Car un souvenir n'est jamais fixé définitivement dans notre cerveau. Chaque fois qu'on le rappelle, il peut être plus ou moins modifié par les circonstances du moment, puis enregistré ainsi, revu et corrigé. Cela peut avoir de graves conséquences. Aux États-Unis, plusieurs affaires de faux souvenirs ont fait autrefois l'actualité. Des centaines de personnes ont été innocentées par des tests ADN, alors qu'elles avaient été condamnées. Les trois quarts l'avaient été sur la base de témoignages, mais il s'agissait de souvenirs erronés. Et un tiers des condamnés avaient admis un méfait qu'ils n'avaient pas commis. Dans la plupart des cas, ils avaient subi trop de pression de la part des policiers, magistrats ou experts judiciaires, au point d'avouer ce que l'on voulait leur faire dire. Mais des expériences ont montré que l'on pouvait aussi persuader des innocents de leur culpabilité. Des thérapeutes ont ainsi réussi à faire croire à des personnes qu'elles avaient été violentées dans leur enfance par un membre de leur famille. Les thérapeutes inspirent confiance, ils savent aussi choisir les mots et jouer sur les émotions de leurs clients pour leur suggérer des faits qui ne se sont jamais produits. Là aussi, des personnes innocentes avaient ainsi été incarcérées à tort. Par ailleurs, les personnes qui croient se rappeler des faits survenus dans leur toute petite enfance se trompent : le cerveau d'un enfant de moins de deux à quatre ans n'est pas assez développé pour mémoriser quoi que ce soit, et lui-même n'a pas les ressources langagières pour cela.

Non seulement notre cerveau est facilement manipulable et peut se tromper, mais nous avons souvent tendance à nous comporter comme des moutons. Selon des études, un tiers des gens préfèrent avoir tort en groupe que raison tout seuls. L'effet de groupe déresponsabilise. Selon d'autres expériences, confirmée par tout ce que l'histoire a montré, la majorité des hommes ordinaires peuvent accomplir des atrocités si on leur en donne l'ordre. Notre éducation nous pousse dès notre enfance à obéir aux autorités et à tout ce qui a l'apparence de la respectabilité. Parfois à tort. Les résultats peuvent alors être catastrophiques. C'est une des causes de la violence et des génocides.

Pour en revenir une dernière fois aux robots, ils ne sont pas parfaits non plus, car ils sont conçus par des cerveaux humains qui sont loin de l'être eux-mêmes, comme on l'a vu. En 2100, les robots restent ce qu'ils sont : de superbes machines. Même humanisés par l'apparence, la voix, les émotions et sentiments qu'ils peuvent simuler, leur conscience reste aussi artificielle que leur intelligence. Ils savent définir ce qu'est la vie, ce qu'est la mort, mais débiter une définition ne suffit pas à donner un cœur à celui qui le fait, sinon nous nous amouracherions d'un dictionnaire. Le « Je pense, donc je suis » de Descartes ne concerne pas les robots. Ceux-ci n'ont toujours pas conscience d'être, même s'ils n'hésitent pas à vous répondre par l'affirmative si vous leur demandez s'ils sont en vie. Ils n'ont pas non plus conscience de la mort, même s'ils peuvent vous en donner la définition.

Pour autant, les robots ont pris énormément de place dans notre société. En les créant, l'homme a enfin pu jouer au « Dieu créateur du ciel et de la terre ». Comme le Dieu biblique, il a créé un être à son image. De fait, on prête aujourd'hui aux robots androïdes des émotions et sentiments qu'ils ne font que simuler. Il semble qu'il ne leur manque plus que la connaissance du bien et du mal. Mais on ne télécharge pas une conscience, une éthique comme on télécharge tel ou tel programme informatique ! Et puis, quelle éthique choisir ? On a vu ce qu'il en était des lois d'Asimov et de leurs limites. Il existe certes une éthique universelle qui permet de savoir ce qui est bien et ce qui est mal. On l'appelle la Règle d'or, que l'on retrouve dans les principales religions et cultures. Elle peut s'énoncer de diverses manières, comme « Traite les autres comme tu voudrais être traité » et « Ne fais pas aux autres ce que tu ne voudrais pas qu'on te fasse ». La Déclaration universelle des droits de l'homme pourrait aussi être une piste intéressante. Mais une fois encore, la difficulté serait d'appliquer tous ces bons principes aux multiples cas particuliers de la vie courante. En outre, ne serait-ce pas renoncer à notre humanité que de laisser aux robots décider tout seuls ou à notre place de ce qui est bien et de ce qui est mal ? Ce fut là ce que le Dieu de la Bible reprocha à Adam et à Ève quand ils eurent pris le fruit de « l'arbre de la connaissance du bien et du mal ». Sauf qu'ici, on parle de la vraie vie, non de mythologie.

L'homme a pu aussi rêver de télécharger le contenu de son cerveau sur un robot pour acquérir une sorte d'immortalité. Mais on en est encore loin, et serait-ce d'ailleurs souhaitable ? Le cerveau humain interagit avec son corps, et avec les sens de celui-ci : transposer son contenu sur un robot ne suffirait donc pas pour faire de celui-ci l'équivalent d'un homme véritable qui serait en plus immortel. Et puis d'ailleurs, que faire de l'immortalité ? Seul l'être humain sait qu'il va mourir, d'où son questionnement sans fin sur le sens de la vie, sur son origine et sur la mort. D'où les mythologies, les religions et philosophies. D'où la sagesse éternelle qui est dans l'acceptation de l'inéluctable.

Céline avait su tout cela : les limites des robots, comme celles des humains. Et à l'égard de son néo-Lucien, elle avait compris que son robot chéri avait lui aussi ses propres limites, mais cela ne l'avait pas gênée outre mesure. Personne n'est parfait, s'était-elle dit. La compagnie de son néo-Lucien lui faisait tellement de bien, elle n'avait aucune raison de s'en passer. C'était le remède idéal contre la solitude, la nostalgie, la mélancolie et le vague à l'âme de la vieillesse. Quant aux limites de son néo-Lucien, elles lui permettait de ne pas oublier l'autre Lucien, le vrai, celui qui avait partagé sa vie pendant tant d'années. Celui qui lui disait que la valeur d'un être ne se mesure pas aux biens qu'il possède, mais au bien qu'il fait autour de lui. Celui qui lui avait donné son bien le plus précieux, toute la richesse de son amour.

Nul doute que, malgré tous les aléas de sa vie, Céline ait trouvé en elle, après les épreuves, les ressources pour être heureuse et faire partager autour d'elle, autant que possible, son bonheur, pour mener en somme ce que l'on appelle une vie réussie.

Que le souvenir de ta vie, Céline, avec ses moments d'horreur et de joie, ainsi que ta résilience et ta sagesse, que tout cela nous fasse réfléchir au sens de toute chose, et nous aide à trouver le chemin de la paix intérieure et de la sérénité, voire du bonheur.

Vous pouvez retrouver l'auteur sur sur son compte Facebook pour découvrir les derniers titres publiés.

Autres livres du même auteur vendus en ligne sur les sites comme Amazon, la Fnac, Cultura, leslibraires.fr, placedeslibraires.fr, uculture.fr, etc., :

La dernière conjuration des chats

Sur Internet, on racontait beaucoup de rumeurs concernant les chats. On appelait cela la guerre des chats. Cela ne dura qu'un temps, mais parla suite, au Japon, une véritable conjuration fut organisée pour renverser le gouvernement. Des chats en faisaient partie, mais pas forcément comme on pourrait le penser. Juste après, un docteur japonais obtint une certaine récompense pour avoir vanté les bienfaits de la vie avec les chats. Cela devait changer la face du monde, à commencer par celle du Japon.

Voilà les trois temps forts de ce roman qui mêle un récit d'anticipation au monde réel des chats et à celui du Japon. Avec en quatrième temps un supplément, pour enfin découvrir la vraie vérité véritablement vraie concernant nos petits amis félins.

Le tout forme un livre facile à lire et illustré, à mettre entre toutes les mains ou toutes les pattes.

La conspiration des chats

Les chats pourraient-ils un jour ourdir une conspiration pour dominer le mon Insidieusement, à pas feutrés, ils se sont mis à remplacer le chien dans nos foyers. Le plus vieil ami de l'homme a cédé sa place à un être qui a pris ses aises chez nous.

Jusqu'à présent, de gré ou de force, tous les animaux obéissaient à l'homme. Mais le chat n'obéit qu'à lui-même, et maintenant l'homme lui obéit. Veut-il entrer ou sortir, veut-il manger, ou quoi que ce soit d'autre ? L'homme lui ouvre les portes et le nourrit, se tient à sa disposition, lui donne son fauteuil, son canapé, son lit, partout la meilleure place. Le chat ne vit pas chez l'homme, c'est l'homme qui vit chez le chat. Que lui manque-t-il alors pour être vraiment le maître du monde ? Une ultime mutation ? Une véritable conspiration ?

La conspiration des rats

Des rats, et puis des rats, et encore des rats ! Des rats par-ci, des rats par-là, des rats là-haut, des rats là-bas ! Des rats partout, des rats, des rates et des ratons, des familles de rats, des hordes de rats, toutes sortes de rats, par centaines, par milliers, par millions !

Imaginez tous ces rats qui sortiraient des égouts de Paris pour se montrer au grand jour. Imaginez qu'ils formeraient alors la gigantesque armée d'un royaume conquérant. Imaginez des humains qui les combattraient, tandis que d'autres voudraient leur donner l'intelligence et le pouvoir. Imaginez ensuite tout ce que cela pourrait faire si les rats s'en prenaient à nous et aux lieux où nous vivons. Imaginez enfin des rats mutants qui grossiraient jusqu'à devenir vraiment énormes et qui partiraient à la conquête du monde. Si vous imaginez tout cela, vous imaginez la conspiration des rats, une conspiration aussi surprenante que multiforme.

Histoire d'une puce pucelle qui voulut sauver le monde

Bonjour, je m'appelle Puce, et je suis une puce.

Quand ils se sont rencontrés, mon père était puceau, et ma mère était pucelle. En venant au monde, je ne pouvais donc qu'être puce et, de fait, puce je naquis.

En tant que fille de pucelle, ou plutôt d'ancienne pucelle, et pucelle moi-même, je me sentis vite promise à un destin extraordinaire. Des voix intérieures me prédisaient que j'avais un grand dessein à accomplir, mais je n'avais aucun idée de ce dont il pouvait bien s'agir. En outre, je n'avais personne à qui me confier : tout cela était si étrange, comment les autres puces auraient-elles pu me comprendre ? Peut-être que je me trompais, mais je les soupçonnais d'être à mille lieux de mes mystiques interrogations.

Vous vous dites que c'est impossible : une puce n'est qu'une puce, un misérable insecte, sans la moindre dose d'intelligence, fût-elle de dimensions homéopathiques. Une puce ne peut que vous piquer bêtement, alors que vous ne lui avez rien demandé, sinon de vous laisser tranquille. Et encore, vous piquer ? Mais qu'est-ce qu'une piqûre de puce comparée à une piqûre de moustique, d'abeille ou de guêpe ? La puce ne joue pas dans la même catégorie, c'est vrai ! Et comment pourrait-elle jamais avoir ne fût-ce qu'un soupçon d'intelligence ? Non, elle ne saurait vous raconter sa vie dans un livre. Une puce ne s'exprime que par ses mini-piqûres, non par on ne sait quelle écriture. Je suis sûre que vous pensez ainsi.

C'est vrai, vous avez mille fois raison. Mais vous ne savez pas tout...

L'entonnoir de la vie

L'entonnoir de la vie ? Quel rapport peut-il y avoir entre la vie et un entonnoir ? La vie serait-elle comme un entonnoir ?

Quand on entre dans la vie, l'univers des possibles est déjà limité, comme avec un entonnoir. Puis, avec les années qui passent, cet univers se rétrécit, et l'on glisse inexorablement vers sa fin, tout comme avec un entonnoir l'on glisse vers son bout.

Mais tant qu'il y a de la vie, il y a de l'espoir !

Ce livre joue alors au jeu de la vie, au jeu des sept familles ramenées à deux, pour simplifier : il raconte l'histoire de deux familles, avec leurs multiples personnalités et destins où chaque individu est comme un entonnoir qui peut déboucher à son tour sur un nouvel entonnoir, et la vie se prolonger ainsi indéfiniment. Cela fait au final tout un tas d'histoires qui témoignent de la vie de tous ces émigrés et Français de souche qui ont fait la France actuelle. D'un entonnoir à l'autre, c'est l'histoire de plusieurs vies, c'est l'histoire de la France d'hier et d'aujourd'hui.

Opticon Tessour (1950-2049) philosophe et président de la République française

Notre ancien président Opticon Tessour n'est plus. L'auteur, qui fut le préfacier de deux de ses livres, nous apporte ici son témoignage sur la vie et la philosophie de celui qui fut notre président de la République le plus âgé, mais aussi le plus épris de sagesse.

Il retrace ici les grands événements de ses mandats, et récapitule quels furent les enseignements d'Opticon Tessour sur le bonheur et les grands principes de la République.

Autre livres de l'auteur, sous le nom d'Opticon Tessour :

Tout cela a-t-il un sens ?
Comprendre la vie, le monde et l'histoire grâce aux... poissons rouges !

Comment expliquer le monde qui nous entoure, ce tourbillon de vie qui entraîne tout ce qui existe ? Pourquoi la vie ? La mort ? Tout cela a-t-il un sens ? Opticon Tessour, le chercheur français mondialement inconnu, formé dans les plus grandes universités comme Cambridge et Harvard, dérange les mythologies, les religions et la théologie, la philosophie, l'histoire, la science et la littérature pour tenter d'expliquer l'inexplicable. Dans un style limpide comme l'eau de pluie que traverse l'arc-en-ciel un jour d'été, il dévoile enfin le pourquoi du comment du sens de l'histoire. Et cela, grâce à ses poissons rouges ! Ceux-ci, pourtant muets comme des carpes, nous donnent ensuite leur point de vue, ou du moins celui d'Opticon Tessour lui-même qui, s'étant assoupi dans son spa après un repas bien arrosé, s'est vu en poisson rouge. Option Tessour a alors tout compris : le Big Bang, la naissance des atomes, puis celle des poissons rouges, leur vie mouvementée, leur destin singulier, et partant celui de l'Univers entier.

Les poissons rouges peuvent-ils nous apprendre à être heureux comme des poissons dans l'eau ? Ou simplement à nous imprégner de leur ineffable sérénité ? Voici un livre pour en être persuadé. C'est en tout cas l'opinion qu'Option Tessour partage avec lui-même. Cela peut avoir du sens, et puis l'histoire ne devrait pas finir en queue de poisson ! Afin de tirer le meilleur parti de ce livre, il ne vous sera pas nécessaire de vous mettre dans la tête d'un poisson rouge, ni de demander à votre poisson rouge préféré des explications si vous ne comprenez pas tout, mais peut-être qui sait si entre lui et vous, les similitudes ne sont pas plus grandes qu'escompté ? Dans ce cas, les réponses données à vos poissons rouges ou par les poissons rouges seraient aussi les vôtres, et vous pourriez alors nager comme eux dans leur apaisante sérénité...

Le cri du poisson rouge

Le cri du poisson rouge ? Mais quel peut être ce cri, puisque les poissons, rouges ou non, sont tous muets comme des carpes ? La nature de ce cri, c'est ce que ce livre vous propose de découvrir, ainsi que plusieurs anecdotes concernant les poissons, rouges ou non. Des anecdotes qui en disent aussi beaucoup sur le genre humain lui-même.

Opticon Tessour, le célèbre auteur de *Tout cela a-t-il un sens ?,* signe ici un livre qui fera date pour qui s'intéresse aux poissons, rouges ou non.

À sa demande, Joël Carobolante, trésorier honoraire de l'Association ataraxique des amis des animaux aquatiques et des amphibiens, a accepté bien volontiers de préfacer cet ouvrage.

Élisez-moi à l'Élysée !

Opticon Tessour vous demande de l'élire à la présidence de la République dans ce livre qui présente le candidat, ainsi que son programme, pour l'élection de... 2037 !

Ce n'est pas qu'Opticon Tessour s'y prenne en avance, c'est que l'action de ce livre se situe en 2033. Pourquoi 2033 ? L'auteur veut sans doute anticiper sur lui-même, être en avance sur son temps. Allez savoir...

En tout cas, tenez-vous prêts, informez-vous, lisez donc le livre d'Opticon Tessour dès maintenant !

Ce livre est la transcription d'un entretien accordé par l'auteur à Pierre Pratlong, du journal « Le cri du poisson rouge ».

Le petit dico des grandes citations
(et des moins grandes)
à connaître absolument

Qui a écrit quoi ? Et pourquoi ?

Encore un livre de citations... Les livres de citations abondent, alors pourquoi en faire un de plus ? Parce que chacun d'eux est quand même différent. Les possibilités de citer telle ou telle personne sont tellement infinies, tant les citations possibles sont nombreuses, que chaque ouvrage ne peut être qu'unique. Celui-ci se propose ainsi de rassembler les citations à connaître absolument, qu'elles soient grandes ou petites, très sérieuses ou beaucoup moins. Il s'agit bien sûr d'un choix forcément subjectif, celui de l'auteur de cet ouvrage, mais qui vise à intéresser le plus grand nombre possible de lecteurs.

Ce petit dico ambitionne ainsi de rassembler la fine fleur des citations pour en constituer un florilège, afin de faire réfléchir et de distraire. Faire réfléchir pour mieux comprendre la vie, le monde et ceux qui l'habitent, et distraire grâce à quelques pensées amusantes, car la vie est ainsi, avec ses moments gais et d'autres moments qui le sont moins. Des moments variés accompagnés et enrichis par la lecture de ce petit dico, un petit livre qui se veut utile et facile à lire. Utile, car il rassemble toute la sagesse humaine, et facile à lire, car il n'est ni trop petit, ni trop gros !

Autres livres chez BOD vendus en ligne sur les sites comme Amazon, la Fnac, Cultura, leslibraires.fr, placedeslibraires.fr, uculture.fr, etc., :

Nitro 11, de Phil Haé

Attachez vos ceintures ! Suivez les multiples interventions policières de Paul Hea : un carnaval mouvementé, une bombe dans un immeuble, une attaque de bijouterie, la disparition d'un proche...

Paul Hea va être au cœur d'enquêtes à suspense, de courses-poursuites, de scènes d'actions et de cascades spectaculaires. Que ce soit sur la terre, sur la mer ou dans les airs, Paul Hea poursuit sans relâche sa mission : coffrer les traqués !

Une équipe explosive, de Phil Haé

Arthur Nox et Sarah Yel sont des policiers de l'équipe binationale Speed 11.

Ensemble, ils vont intervenir dans les événements les plus importants des villes de Strasbourg, d'Essen et de Metz, en étant notamment mobilisés à une foire, à une fête et au plus grand marché de Noël de France.

Les deux collègues vont traquer sans relâche des individus qui veulent nuire aux festivités, en multipliant d'impressionnantes scènes d'action et de spectaculaires courses-poursuites.

Suivez cette équipe explosive dans leurs aventures palpitantes qui démarrent sur les chapeaux de roues tout en s'amplifiant au fur et à mesure de leurs missions.

Dakaï,
de Spirit Black

L'île de Sikan est peuplée de monstres en tous genres.

Vous allez suivre les aventures de sept héros, qui ont chacun leur propre histoire. Mais ils ne se croiseront pas. Par contre, tous feront la connaissance d'un monstre nommé Dakaï, ainsi que d'autres protagonistes qui pourraient avoir un rôle important. Le vrai méchant est-il celui que tout désigne ? Qui est vraiment responsable de tout ce qui arrive ? Vous le saurez en suivant nos héros.

Tout acte a ses conséquences. Le prix sera lourd à payer.

Le légendaire Dakaï
L'épopée d'un monstre,
de Spirit Black

Tout méchant a un passé qui le hante.
Vous allez découvrir celui de Dakaï.
Comment un être peut-il se laisser envahir par les ténèbres ?
De quelle façon l'obscurité arrive-t-elle à noircir un cœur pur ?

Qu'a donc vu Dakaï ? Qu'a-t-il fait pour devenir ainsi ?
Quel est donc son objectif en agissant de la sorte ?
Et si vous vous trompiez sur la nature cachée de Dakaï ?
Vous le saurez en suivant les pas d'un monstre en devenir !

Mystères
Sept histoires abracadabrantesques
de Brigitte Carobolante

Voulez-vous rêver et vous évader ? Alors, plongez dans ces sept histoires pour y découvrir le mystère de chacune. Suivez les pas d'Alice, rencontrez le peuple de Zorg et découvrez d'autres aventures. Ces histoires, pour petits et grands, à la lecture facile, un peu semblables à des contes, vous emmèneront vers des intrigues nimbées de fantastique. En route ! Un voyage vous attend pour un périple qui vous transportera aux confins de la réalité vers l'imaginaire.

Pour soutenir les auteurs, vos commentaires sont les bienvenus, tant sur les sites de vente en ligne où vous achetez leurs livres (Amazon, la Fnac, etc.) que sur les sites de bibliophiles et sur les réseaux sociaux.